Mira Stern

Liebe mit gemischten Gefühlen

Buchbeschreibung:

Liliane will mit einem Wohnungswechsel neuen Schwung in ihr Leben bringen. Anfangs sieht alles vielversprechend aus; sie ist nicht nur von der bezaubernden Dachwohnung begeistert, auch der geheimnisvolle Vermieter übt eine ungewöhnliche Anziehung auf sie aus. Liliane sieht sich schon am Ziel ihrer Wünsche, doch der Weg zum Herzen dieses Mannes scheint verstellt zu sein. Wie von Geisterhand gelenkt, entzieht er sich, sobald Liliane seine Nähe sucht. Das Hindernis, das ihn von ihr fernhält, schleicht sich sogar in ihre Träume ein und stellt die Liebe der beiden auf eine harte Probe.

Über die Autorin:

Mira Stern, Jahrgang 1972, ist im Land Brandenburg aufgewachsen. Nach ihrem Abitur in Berlin studierte sie Germanistik/Kunstwissenschaft an der Universität Halle/Wittenberg. Später war sie eine Zeit lang als Lebensberaterin tätig. Inzwischen leitet sie in einer kleinen, idyllischen Seniorenresidenz das Projekt "Altern im Einklang mit der Natur". In ihrer Lebensphilosophie bekennt sich Mira Stern zu dem Prinzip der »Universellen Liebe«. Außerdem von ihr erschienen: »Die eigenwillige Magie der Liebe« (Mai 2020).

Mira Stern

*

Liebe

mit gemischten

Gefühlen

Bibliografische Information der Deutschen Nationalbibliothek:
Die Deutsche Nationalbibliothek verzeichnet diese Publikation in der Deutschen Nationalbibliografie; detaillierte bibliografische Daten sind im Internet über http://dnb.dnb.de abrufbar.

1. Auflage, 2020

mira-stern@e.mail.de

https://www.facebook.com/MiraStern.MaraStein/

Umschlaggestaltung: chaela (www.chaela.de)
Lektorat: Jenni Fenko

Die Personen und die Handlung des Buches sind frei erfunden. Etwaige Ähnlichkeiten mit tatsächlichen Begebenheiten oder lebenden oder verstorbenen Personen wären rein zufällig.

Herstellung und Verlag: BoD – Books on Demand, Norderstedt (Books on Demand GmbH, In de Tarpen 42, 22848 Norderstedt)

ISBN: 978-3-752-64334-3

Inhaltsverzeichnis

☼ Vorspann

Es ist Montag. Für manche Geschäfte bedeutet das: Ruhetag. Doch nicht für den kleinen Frisörsalon, der so auffällig farbenfroh angestrichen ist.

Liliane betritt den Pavillon entschlossen, und doch mit gemischten Gefühlen. Sie hat sich entschieden, über eine Schwelle zu treten, die ihr bisher unüberwindlich zu sein schien. Sie wird sich ihren Zopf abschneiden lassen. *Den Zopf.*

Ursprünglich wollte sie nur wegen der Katze kommen, die sie Ende letzter Woche auf dem Aushang im Schaufenster entdeckt hatte.

Unter dem drolligen Katzenfoto stand: »An liebe Hände abzugeben!« Darunter eine Telefonnummer. Liliane rief spontan an und telefonierte lange mit der Besitzerin der Mieze, die mit eigenartig dumpfer Stimme in den Hörer nuschelte. Liliane vermutete, die ältere Dame wäre krank, und müsse sich deshalb von ihrem Haustier trennen. Sie versicherte ihr: »Ich werde mehr als nur liebe Hände für Ihre Katze haben«, und hoffte, sie damit ein wenig zu trösten.

Die Katzenbesitzerin wollte sich unbedingt in diesem Frisörsalon mit ihr treffen. Liliane fand das höchst ungewöhnlich und fragte mehrfach nach: »Soll ich nicht lieber direkt zu Ihnen kommen?«

Beim ersten Mal überging die Dame die Frage, doch beim zweiten Versuch hieß es: »Nein. Ich will Sie zuerst mal beim Friseur treffen. Nur wenn Sie mir gefallen, nehme ich Sie mit zu meiner Katze.«

Eine harmlose Marotte einer alten Frau, dachte Liliane. Sie war sich absolut sicher, dass die Mieze ein behagliches Zuhause bei ihr finden würde.

Im Stillen schwor sie sich:

... Jetzt. Endlich. Denn ich bin an der Reihe. Es ist an der Zeit, loszulassen. Nun ist es an mir, mich dem Neuen zuzuwenden! Ich habe etwas aufzuholen. Die Lektion dazu war ja wohl mehr als anschaulich! ...

Sie schiebt die bedrückenden Erinnerungen schnell wieder beiseite. Die Erfahrung ist noch zu frisch. Es war ja in den vergangenen Wochen keineswegs um Katzen gegangen.

Vielleicht war es bloß ein Zufall, aber die alte Dame brachte mit ihrer Marotte die Kugel ins

Rollen. Liliane überkam der unbändige Drang, den fremden Anstoß zu Ende zu spielen.

»Hallo, guten Tag, trau'n Sie sich ruhig rein!« Die Frisöse reißt sie aus ihren Gedanken. »Sie kommen wegen der Frau mit der Katze, stimmt's? Sie hat mir schon von Ihnen erzählt. Sie hat mir sogar beschrieben, wie Sie wohl aussehen würden. Wie ich sehe, stimmt das alles haargenau. Dabei kennt die Dame doch nur Ihre Stimme!? ... Aber ... kennen *wir* uns nicht irgendwoher?«

»Ja, wir hatten schon einmal das Vergnügen.« Liliane schmunzelt und zeigt nach draußen.»Ich bin die, die Ihnen mal gesagt hat, dass sie für gewöhnlich einen Bogen um Frisörsalons macht.«

Die Frisöse fasst nach dem Namensschild an ihrem Kittel. Sabrina. Sie dreht daran herum, als könne ihre Erinnerung darin verborgen liegen, und solle gefälligst herausspringen wie ein Flaschengeist. Ihre Technik scheint zu funktionieren. »Ja, jetzt fällt es mir wieder ein! Inzwischen sind meine Einführungsangebote vorbei. Da gibt's also nix mehr zu verpassen!

Und zu befürchten haben Sie auch nichts!« Sie scherzt und ahnt noch nichts von ihrem Glück.

Liliane lächelt und überrascht Sabrina: »Und dabei wollte ich gerade über einen ganz besonderen Schatten springen. Sie hätten nicht zufällig Zeit, meinen Zopf abzuschneiden?« Sie zeigt auf das geflochtene Schmuckstück, das ihr bis zur Taille reicht.

»Den Ganzen?!«, ruft die Frisöse entsetzt und reißt die Augen dabei weit auf. Sie ahnt nicht, dass sie Liliane dadurch sofort sympathisch wird. Halb schwärmend, halb warnend gibt Sabrina zu bedenken: »Sie haben so schöne lange Haare! Wollen Sie die wirklich abschneiden!?«

»Ich nicht. Ich dachte, Sie könnten das erledigen. Sieht vielleicht besser aus, als wenn ich selber daran herumschnippele. Es wird schließlich eine Weile dauern, bis die wieder nachgewachsen sind. Ich muss dann solange so rumlaufen, wie Sie mich zurichten.« Ihr letzter Satz hat einen spaßigen Unterton.

Sabrinas Stimmung hellt sich auf und überstrahlt ihr Gesicht. Sie weiß ja, was sie drauf hat, und fühlt sich herausgefordert.

Liliane hingegen rutscht das Herz in die Kniekehlen. Sie japst nach Luft und schaut hilfesuchend auf die großen Blumentöpfe neben den Fenstern. Die Pflanzen recken genüsslich ihre Blätter in alle Richtungen. Denen geht's hier gut, denkt sie. Und die Vorstellung, dass Sabrina einfühlsam mit ihren Pflanzen umgeht, beruhigt sie. So jemandem kann man sich doch anvertrauen.

Liliane strafft ihre Schultern und hebt das Kinn. Ihre Entschlossenheit kommt zurück. Sie lächelt Sabrina zuversichtlich entgegen und ermutigt sie damit, weiterzufragen.

»Sie wollen die Haare abschneiden und dann gleich wieder wachsen lassen? Sind Sie krank?« Sabrina kichert etwas entschuldigend, dass ihr das so unverblümt rausgerutscht ist, aber Liliane lacht schallend los.

»Könnte man fast meinen, was? Aber nein, ich hab keine Chemo vor mir. Ich muss den Zopf loswerden. Da hängen bestimmte Erinnerungen dran. Die lassen sich nicht so einfach abschütteln.«

»Also gut, wie Sie meinen. Tut mir richtig drum leid. Wollen Sie den Zopf aufheben? So im Ganzen meine ich?«

Liliane schüttelt den Kopf und will schon verneinen, doch dann kommt ihr eine Idee.

»Doch! Ich werde ihn verbrennen. Geben Sie ihn mir im Ganzen mit!«

Jetzt ist sie erst recht bereit, diesen Schritt zu gehen.

Liliane betrachtet sich im Spiegel. Ein letztes Mal streicht sie über ihren langen Zopf und wickelt sich dann das Ende um den Finger. In Kürze wird ihr Haar nur noch bis zur Schulter reichen.

Sabrina sortiert derweil Lockenwickler der Farbe nach vom Frisiertisch in Körbchen, bis nur noch die Schere, ein Kamm und eine Bürste vor ihnen auf dem Tisch liegen.

»Was machen Sie denn beruflich?«, schaltet sie sich in die verstohlene Abschiedsgeste. Sie greift nach dem Zopf und löst die geflochtenen Haare sachte auseinander.

»Seit diesem Monat arbeite ich wieder als Fotografin. Bis vor Kurzem hatte ich eine eigene Grafik-Design-Agentur. Doch das hat sich jetzt erledigt, weil die Auszeit, die ich mir zwischenzeitlich nehmen musste, ihre Opfer von mir gefordert hat. Ich hab wieder und wieder meine Termine verschoben und dadurch die Aufträge an die Konkurrenz verloren.«

»Ach wie schade. Aber Sie finden doch bestimmt nochmal neue Kunden!«

»Will ich gar nicht. Wissen Sie, das ist ein Job gewesen, bei dem ich viel sitzen musste. Mittlerweile bin ich sogar froh darüber, dass mir die Entscheidung, damit aufzuhören, abgenommen wurde.«

»Ach so? Wie denn das?« Sabrina bürstet die langen Haare, als hätte sie ihre Lieblingspuppe vor sich.

Liliane lächelt und fühlt sich für einen Augenblick in ihre Kindheit zurückversetzt. Anscheinend will Sabrina ihr den Zopf nochmal neu flechten, bevor er ab muss.

»Wieso ich froh darüber bin? Nun ja. Als Fotografin bin ich viel unterwegs. Und ich sehe die Menschen um mich herum inzwischen viel genauer an als noch vor ein paar Wochen. Das ist unglaublich aufschlussreich!«

»Inwiefern?«

»Ich frage mich, was sie wohl für eine Geschichte in sich tragen – wie ihre Augen dazu kamen, so groß aufgerissen in die Welt zu schauen oder sich klein zusammenzukneifen, als wollten sie nichts erkennen.« Sie seufzt und streicht sich ein Strähnchen aus der Stirn, unter dem sich ihre Sorgenfalten versteckt hatten. Sie bemerkt deren unbeabsichtigte Enttarnung, lächelt und nickt ihrem Spiegelbild zu. »Ich betrachte jetzt die Falten an Menschen wie Jahresringe an einem Baum. Ich zähle ihre Erfahrungen und versuche, mir Bilder vorzustellen, die zu ihrem Aussehen passen.«

»Schön! Das mache ich auch manchmal!« Sabrina kichert leise und wartet gespannt auf Lilianes Fortsetzung.

»Man kann sich in Menschen sehr täuschen. Es gelingt nur selten, einen Blick hinter ihre Fassade zu werfen. Doch der Reiz, dahinter blicken zu wollen, bleibt für mich immer bestehen. Außerdem ist meine Neugier erwacht ...« Sie holt kurz Luft. »... Seit ich diese seltsame Geschichte erlebt habe, die mich hier in das Wohnviertel geführt hat.«

»Was hat Sie denn hier in dieses Wohnviertel geführt?«

»Eigentlich meine neue Wohnung. Aber dann gleich samt Vermieter!«

»Wie bitte?«

»Ich hab mich in meinen Vermieter verliebt, auf Anhieb!«

»Das müsste mir mal passieren! Kann man danach umsonst wohnen?«

»Nein, das will ich nicht. Noch nicht jedenfalls. Aber man weiß ja nie, was noch kommt.«

Das Schweigen, das einen Moment zwischen ihnen schwebt, flattert. Denn Sabrina will noch etwas wissen. »Was führt Sie denn ausgerechnet zu mir? ... Mit Ihrem Wunsch, belastende Erinnerungen abzuschneiden.«

»Genau genommen bin ich ja nur wegen der Katze hier. Dieser seltsame Treffpunkt hat mir den Anstoß verpasst. Mir fehlte der Mut, meine vage Idee umzusetzen.« Sie seufzt und hofft, dass sie der Mut jetzt nicht gleich wieder verlässt.

Sabrina legt den Kopf schief. Sie will mehr erfahren. Ihr fragender Blick lässt Liliane nicht los, zieht ihr die nächsten Worte regelrecht aus der Nase.

»Ich war gerade erst in meine neue Wohnung eingezogen, als ich zufällig Ihren Pavillon entdeckt hatte. Sie waren mir damals schon auf Anhieb sympathisch, ich weiß nicht, wieso. Ich mag die Pflanzen, mit denen Sie sich umgeben.

Sie verwandeln das hier in eine kleine Oase. Aber zuallererst hatte mich Ihr kreativer Fassaden-Anstrich angelockt! Den finde ich immer noch grandios.«

»Den hab ich selber gemacht! Sie sind die Einzige, der das gefällt. Die meisten finden das zu knallig und zu kontrastreich.«

Liliane lächelt. Da ist es wieder. Ihr geliebtes Wort. Doch sie schweigt diesmal dazu.

»Wollen Sie mir Ihre Geschichte erzählen? Für so einen drastischen Schritt muss es ja schwerwiegende Gründe geben. Vielleicht verraten Sie mir überhaupt ein bisschen was von sich. Dann tut es Ihnen nicht so weh, wenn Sie sehen, was ich Ihnen antue.«

Sabrina besitzt ein bemerkenswertes Einfühlungsvermögen.

Liliane schweigt wehmütig. Sie mag diese offenherzige Art der Frisöse und ist froh, bei ihr gelandet zu sein.

Ein Stimmchen in ihr spöttelt: »Alles nur wegen einer Katze, die überirdisch niedlich aus einem Foto herausgeschaut hat.«

Ihre Aufmerksamkeit wandert wieder zurück zu Sabrina. »Sie wollen die ganze Geschichte hören? Ich wüsste gar nicht, wo ich da anfangen sollte! Das würde verdammt lang dauern!«

»Und ich *liebe* lange Geschichten! Wir haben doch Zeit! Bis die Dame kommt, habe ich keinerlei Termine! Ich hab das Geschlossen-Schild soeben hingehängt.«

»Bis die Dame kommt, haben Sie keinerlei Termine?! Ist ja ein merkwürdiger Zufall!«

»Sie sagte, ich solle mir Zeit für Sie nehmen, aber autsch, das sollte ich natürlich nicht verraten! Verdammter Mist!« Sie wedelt mit ihrer Hand, als wenn sie sich verbrannt hätte.

»Wusste die Frau, dass ich mir die Haare schneiden lassen würde?«

»Nein. Das glaube ich eher nicht. Obwohl sie so eine Bemerkung gemacht hat, von wegen, man solle Ihnen vielleicht mal den Kopf waschen. Aber sie hat das ganz freundlich gesagt. Ich sollte eigentlich nur eine geduldige Zuhörerin sein, falls Sie was erzählen wollten.«

»So, so, *eigenartig*.«

»Nein! Gar nicht. Sie weiß, wie sehr ich Geschichten liebe. Sie kommt ja selber regelmäßig zu mir in den Salon. Manchmal nur zum Waschen und Frisieren. Und zum Erzählen. Ich bin vielleicht nur wegen der schönen Geschichten Frisöse geworden.«

Sie kichern wie Schulmädchen und fühlen sich auf Anhieb einander vertraut.

Liliane schwant aber schon, wer ihr nachher die Katze vorstellen wird. Und auch, warum sich deren Stimme am Telefon so eigenartig dumpf angehört hat. Vermutlich gerade so, als wenn sich jemand einen Schal umgebunden hätte, um nicht erkannt zu werden.

Doch Sabrinas Neugier rauscht ungeduldig hervor. »Wie hat denn das mit Ihnen und Ihrem Vermieter angefangen? Mal so unter Frauen. Ich bin schon so gespannt auf Ihre Geschichte!«

Liliane richtet ihren Blick nach innen und vergisst für einen Moment, warum sie in diesem Salon vor dem Spiegel sitzt, und was Sabrina da hinter ihr vorhat. Sie versinkt in ihren Erinnerungen wie in einem unheilvollen See. Doch sie strampelt und lässt sich nicht runterziehen. Sie enthebt sich dem strudelnden Sog und betrachtet die spiegelnde Oberfläche des Sees aus der Ferne. Sie entdeckt bewegte Bilder, nicht mehr nur die unangenehmen.

Die vergangenen Wochen ziehen an ihr vorüber. Liliane sieht sich *vor* dem Bild, in dem sie sich bisher gebannt gefühlt hat. So erzählt sie die Erlebnisse, als ob sie aus einem Buch vorlesen würde. Denn ab jetzt sind die Ereignisse Geschichte.

1 ☼ Wohnungssuche um jeden Preis

Liliane saß mit krausgezogener Stirn vor ihrem Computer. Sie ackerte sich verbissen durch die Wohnungsanzeigen und murmelte leise vor sich hin: »Ich muss endlich eine neue Wohnung finden!« Sie befürchtete aber, dass sie wieder nicht fündig würde. Dabei träumte sie schon so lange davon, aus ihrer hellhörigen Wohnung auszuziehen. Ihr nahm nur leider keiner ab, einen passenden Ersatz dafür zu finden. Ihr Zeigefinger trommelte auf die Maustaste, als könnten dadurch unsichtbare Angebote erscheinen. Sie scrollte und scrollte, die meisten Inserate kannte sie längst auswendig.

Im Großen und Ganzen war Liliane mit ihrem Leben zufrieden, weil sie es mit Mitte vierzig schon weit gebracht hatte. Eine eigene Agentur, die sie selbst auf die Beine gestellt hatte. Ein Job, der ihr Spaß machte. Sie konnte sich nicht beschweren. Doch sie fühlte sich nicht angekommen, spürte, dass ihr etwas fehlte. Ihre Arbeit füllte sie nicht vollends aus, und das, obwohl sie zeitweise von Aufträgen überschwemmt wurde. Sie bekam so häufig gesagt, was für ein Glück sie doch hätte. Bald traute sie sich nicht mehr, sich zu ihrem Leeregefühl zu bekennen.

An diesem Tag wollte Liliane aber aufhören, sich länger etwas vorzumachen. Ihr Single-Dasein gefiel ihr überhaupt nicht. Sie war nicht der Typ Mensch, der sich umtriebig auf die Pirsch nach Abenteuern begab. Ihr war jetzt klar, wie sehr ihre vier Wände dazu beitrugen, dass sie sich nicht lebendig fühlte.

Im Stillen versuchte sie, sich zum Handeln zu überzeugen.

... Ich hause schon viel zu lange an diesem ungünstig gelegenen Ende der Stadt. Jeden Morgen muss ich eine halbe Stunde früher aufstehen, nur um pünktlich im Studio zu erscheinen. Ich könnte mir die Fahrt mit dem Auto und die ewige Parkplatzsuche ersparen, wenn ich eine angemessene, aber günstiger gelegene Wohnung finden würde ...

Ihre Gedanken arteten in Grübelei aus.

... Davon abgesehen fühle ich mich bei mir zu Hause nicht mehr wohl. So schön die Wohnung ja ist, aber sie lähmt mich. Meine Möbel stehen seit zehn Jahren an immer demselben Fleck. Es ist, als würden sie mir einreden, dass ich mich ebenfalls nicht von der Stelle zu bewegen brauche. Außerdem stecken da überall Erinnerungen drin! …

Ein Wunder, dass Liliane sich das an diesem Tag eingestand. Denn sie bezog sich auf eine Geschichte, die sie sonst so gut wie möglich verdrängte. Was nicht hieß, so gut wie nötig.

Sie holte tief Luft, streckte die Arme in die Höhe und dehnte ihre Rückenmuskeln. Das war ihre Methode, die Aufmerksamkeit daran zu hindern, den abdriftenden Gedanken zu folgen.

Eine Stimme in ihr schimpfte: »Wenn du so weitermachst, findest du wieder keine Wohnung!«

Es stimmte, aber Liliane sammelte Argumente, um sich zu einer Entscheidung durchzuringen. Und es gab da noch etwas, das sie suchte. Es ließ sich nur nicht aussprechen.

Endlich richtete sich ihre Konzentration wieder auf die Wohnungsanzeigen.

Traumhafte Dachgeschosswohnung für Liebhaber des Besonderen zu vermieten! …

Liliane starrte die Zeilen an, die geisterhaft vor ihr aufgetaucht waren. Spontan hielt sie sie nur für eine Einbildung. Doch das Ausrufezeichen sprang ihr ins Auge.

Die bezeichnete Wohnung lag am entgegengesetzten Ende der Stadt, das hieß, sowohl ›günstig‹ in Bezug auf die Wohngegend, als auch ›günstig‹ gelegen im Hinblick auf ihr Studio. Der Preis war ein wenig oberhalb von ›günstig‹.

... mit Terrasse und Balkon ...

Wie geht denn das? Eine Dachgeschosswohnung mit zwei direkten Zugängen ins Freie? Und sonst nicht einmal fünfzig Quadratmeter? Liliane witzelte vor sich hin: »Kleine Wohnung mit Panoramablick würde bestimmt auch passen, oder?«

Doch in ihr hörte sie eine Stimme sagen: »Das ist es. Das ist genau das, was du suchst!«

... von privat.

Liliane schrieb sich die Telefonnummer auf ein Blatt Papier. Sie war gespannt, ob sie direkt bei einem Vermieter landen würde oder bei einer Vermittlungsgesellschaft. Sie räusperte sich und streckte den Rücken. Diese Wohnung wäre gewiss schnell weg. Liliane wollte sich charmant anhören, und nicht nervös in den Hörer piepsen. »Ja, guten Tag ...«, übte sie und räusperte sich noch einmal. Dann holte sie tief Luft und wählte die Nummer. Ihr Rücken drückte sich durch, die Schultern spannten sich, ihr Hals streckte sich.

»Wieland?«

»Ja hallo und schönen guten Tag, ich rufe wegen der Wohnung an ...«

»Ja?«

»Mein Name ist Weber ... Liliane Weber. Ich habe den Eindruck, dass Ihre Wohnung genau das ist, wonach ich schon ewig suche! ... Ich würde sie mir gerne so schnell wie möglich ansehen kommen ... und ... ich hab eine Heidenangst, dass sie mir noch jemand wegschnappt.«

»Was das angeht, können Sie ganz beruhigt sein. Ich nehme nicht jeden. Und bis jetzt kam noch keiner infrage von denen, die sich gemeldet haben.«

Liliane zögerte, sie wusste nicht weiter. »Wie müsste man denn sein, um akzeptiert zu werden?« Doch sie schlug sich augenblicklich auf den Mund. Sie hatte laut gedacht.

»Das ist schwer zu erklären. Das geht nach ... Gefühl ... sagen wir ... Sie müssten mir schon ziemlich sympathisch sein.« Er klang ein wenig verlegen.

Hörte sich das an, als wenn es völlig unwahrscheinlich wäre? Bisher war es für Liliane nie schwer gewesen, angenehm zu erscheinen. Zumindest für eine gewisse Zeit war sie den meisten Menschen sympathisch.

Sie versuchte, sich nicht anmerken zu lassen, dass sie sich nicht mehr allzu viele Hoffnungen machte, und forschte nach: »Und? Geben Sie mir eine Chance ... oder bin ich schon durchgefallen?« Sie kicherte verhalten hinterher.

»Durchgefallen? Nein, nein, also ... eigentlich nicht.«

»Was denn nun – eigentlich ›ja‹ heißt eigentlich ›nein‹ oder andersherum?«, witzelte ein Stimmchen innerhalb ihres Kopfes. Liliane wurde nicht so recht schlau aus dem, was der Mann am anderen Ende der Leitung von sich gab und wagte den nächsten Schritt.

»Eigentlich nicht ... hm ... vielleicht komme ich mir die Wohnung lieber ansehen, bevor sich Ihr ›eigentlich‹ für etwas anderes entscheidet. Sind Sie einverstanden? Darf ich mir die Wohnung ansehen kommen?«

Liliane wurde das Gefühl nicht los, dass sie mit diesem Vermieter umging, als müsse sie auf ihn Rücksicht nehmen. Seine Stimme hatte seine Ambivalenz nicht verbergen können, obwohl sie ausgesprochen angenehm klang. Offenkundig *musste* er die Wohnung vermieten, aber *wollte* nicht. Welche Gründe auch immer zu diesem ›müssen‹ führen mochten, er schien es nicht unbedingt nötig zu haben.

»Ja, gerne! Kommen Sie bitte ... Vielleicht schaffen Sie es ja ...«

»Doch ja, ich werde es schon schaffen! Womöglich schneller, als Ihnen lieb ist!« Liliane konnte sich ihren Scherz nicht verkneifen.

Darüber mussten sie beide lachen. Schon, um zu verbergen, dass auch ungesagte Worte etwas verraten.

Liliane hatte durchaus verstanden, dass er meinte, sie müsse schaffen, die von ihm gestellte Hürde zu überwinden. Doch sie war überzeugt, dass sie mit einer Prise Humor besser über die Runden käme. Ein Lachen, um gewappnet zu sein – sowohl gegen ihre eigene Angst, nicht zu genügen, als auch gegen sein

Unbehagen, wogegen sich das auch immer richtete.

Mochte er keine fremden Menschen in seiner Nähe? Oder hatte er schlechte Erfahrungen gemacht mit dem Vermieten von Wohnungen? War etwas Kostbares in dem Appartement verbaut worden?

»Ab wann könnte ich denn frühestens einziehen?« Der Satz entschlüpfte ihr unkontrolliert. Noch war doch vom Einziehen gar keine Rede gewesen! Sie lächelte trotzig und hoffte – vielleicht ja doch.

»Wie bitte?«

»Na nur schon mal für alle Fälle.«

»Wann würden Sie denn gerne?«

»Am liebsten gestern.«

»So, so. Dann kommen Sie mal her.« Er lachte kurz auf. »Ich sitze im selben Haus. Sie können also jederzeit herkommen. Aber ich brauche eine Ankündigung. Vergessen Sie keinesfalls, sich anzukündigen! ... Sonst haben Sie gleich einen schlechten Start.«

Er schnaubte belustigt, weil er ihr das verraten hatte.

»Sie sitzen im selben Haus? – Meinten Sie ... sitzen ... wie sitzen?« Sie kicherte über ihren eigenen Nonsens.

Liliane verhielt sich ungewohnt. Aber sie trachtete danach, mehr über diesen geheimnisvollen Vermieter herauszufinden. Womöglich gelänge es ihr, in Erfahrung zu bringen, was ihr Pluspunkte brächte, um die Wohnung zu ergattern. Dabei wusste sie nicht mal, ob ihr die Wohnung denn gefallen würde.

»Ich schreibe Artikel für die Feuilletonbeilage in der Zeitung. Das mache ich quasi bei mir zu Hause. Ich hab gleich unter meiner Wohnung ein Büro.«

Was für ein Traum, dachte Liliane, ein Büro direkt im eigenen Haus. Der braucht sich schon mal keine Sorgen über den morgendlichen Weg zur Arbeit zu machen.

Das Gespräch glitt immer mehr ins Private ab. Liliane beklagte sich über die Hellhörigkeit ihrer eigenen Wohnung: über ihr Gehirn, das sich unentwegt gezwungen sah, in den Gesprächsfetzen ihrer Nachbarn Sinnzusammenhänge zu entdecken. Über ihre Vorliebe, Musik laut zu hören und ihren Wunsch, eine Wohnung zu bewohnen, in der man diesem

Verlangen ohne Schuldgefühle nachgeben könnte. Über ihr Bedürfnis, jederzeit lauthals zu lachen, ohne dabei auf die Uhr schauen zu müssen ...

»Liliane Weber hießen Sie?«, erkundigte er sich und schrieb es sich auf.

»Ja. Heiße ich immer noch ...« Sie kicherte provozierend. Doch Herr Wieland unterbrach das Gespräch.

»Ich glaube, wir können hier im Haus weiterreden. Sie wollten ja sowieso kommen. Ich muss jetzt dringend was erledigen.« Er nannte ihr die genaue Anschrift und nuschelte dazu den ihr schon bekannten Namen. Doch er fügte leise und wie zufällig seinen Vornamen Florian hinzu. Liliane war zu aufgeregt, um dem eine Bedeutung beizumessen.

»Ja, gut, am liebsten käme ich gleich. Aber ich kann ja auch grad nicht ... wie wäre es denn heute am späten Nachmittag? Ich könnte ab fünf.«

»Um fünf? Ist gut. Dann bin ich jetzt vorgewarnt.«

Liliane versuchte, sich ihr Lachen zu verkneifen. Sie fand nicht, dass man vor ihr gewarnt werden müsste. Sie hatte den Eindruck, er würde Menschen nicht unbedingt mögen. Dennoch hatte er vermocht, ihr ihre anfängliche Scheu Fremden gegenüber zu nehmen. Das machte sie kribbelig. Oder war das nur, weil sie spürte, wie sich etwas in ihr in Bewegung setzte?

Sie wollte kein Möbel mehr sein! Sie wollte ihren Stellplatz verändern! Heute würde sie die Kündigung für ihre alte Wohnung schreiben. So oder so. Irgendeine Bleibe ließe sich schon noch finden.

Doch sie zweifelte kaum daran, in jener Dachgeschosswohnung zu landen.

Flugs überprüfte sie ihren Terminkalender. Einige Aufträge wären da zwingend abzuarbeiten. Doch danach könnte sie Termine canceln. Sie würde sich eine Auszeit nehmen, um sich ›voll und ganz‹ ihrer Wohnungssuche zu widmen – oder vielmehr dem Finden ihrer zukünftigen Wohnung.

In den nächsten Stunden versuchte Liliane, sich auf ihre Arbeit zu konzentrieren. Doch in Gedanken erkundete sie bereits ein neues Domizil ... hell sollte es sein. Sie brauchte immer viel Licht um sich. Und Platz für ihre vielen Blumentöpfe müsste es geben. Doch das dürfte bei einer Wohnung mit Balkon und Terrasse doch wohl kein Problem sein. Liliane hatte inzwischen längst die Lage ihres Wunschobjekts genauer unter die Lupe genommen. Dank Google Maps war es ja möglich, exakt auf das Haus zu zoomen. Liliane war daraufhin noch viel dringender an diesem Angebot interessiert als ohnehin schon. Sie breitete den Stadtplan aus und suchte nach der Anschrift, die sie am Telefon erfahren hatte.

Ihre Kollegin betrat das Büro und brachte Zeitungen mit. »Grüß dich, Lila! Ich hab überall in der Umgebung die Anzeigenteile eingesammelt, das sind diesmal so viele, da findest du bestimmt etwas. Ich hab so ein komisches Gefühl.«

»Hi, Carla. Das ist ja lieb von dir! Aber was meinst du ... von wegen ... komisches Gefühl?«

»Ich glaube, dass du heute endlich eine Wohnung findest. Du weißt ja ... ich bekomme doch immer diese seltsamen Ahnungen ...« Sie lächelte treuherzig und bat damit um Verständnis für ihre Eigenart.

»Könnte was dran sein ...«, gab Liliane schmunzelnd zurück.

»Was? Du machst ein Gesicht, als hättest du selber schon was gefunden!?«

»Bin mir nicht sicher, aber ich hab was an der Angel.«

»Erzähl mal!«

»Ich hab vorhin ein Inserat für eine kleine Dachgeschosswohnung entdeckt ... und ... auch gleich dort angerufen ...«

»Und ich renn rum, um für dich neue Anzeigen aufzutreiben? So was Blödes! ... Das Wichtigste hab ich prompt verpasst.«

»Hast ja noch nichts verpasst! Ich gehe heute hin und schau sie mir an.«

»Heute gleich? Sieht ja aus, als hätte sie auf dich gewartet!« Carlas Verwunderung schwang deutlich in ihrer Stimme mit.

»Das muss sich erst noch herausstellen. Der Vermieter scheint sehr wählerisch zu sein. Er meinte, er nähme nicht jeden. Überhaupt wirkte der ein wenig seltsam.« Liliane verzog das Gesicht.

»Seltsam muss nicht immer schlecht sein. Wir sind ja auch ein wenig seltsam, oder nicht!?« Sie kicherten verschwörerisch. Denn sie hielten sich gerne für verrückt.

»Wo liegt denn die neue Bude?«, wollte Carla wissen.

»Das glaubst du nicht! ... In der Schlosspark- siedlung!«

»Was!? In der Weststadt? Das kannst du ver- gessen! Da kriegt man keine erschwingliche Wohnung!«

»Der Preis ist zwar ein bisschen reichlich, aber gerade noch so akzeptabel. Vielleicht kann ich ihn ja ein wenig runterhandeln.«

»Ein Dachstübchen?«

»Ja. Aber mit Balkon und Terrasse! Hier guck mal, ich hab es mir gerade auf dem Plan ange- schaut.«

Carla machte einen Satz auf den Schreibtisch zu.

»O Gott! Das wäre ja super! Ich drück dir total die Daumen! Wenn das klappen würde, Mensch!« Doch sie hielt etwas zurück, das sie ebenfalls umtrieb.

Liliane bemerkte es. »Was ist denn los? Du hast doch was auf dem Herzen? Raus damit! Heut passt's.«

»Wird dir wahrscheinlich nicht besonders gefallen ... vielleicht reden wir lieber ein andermal darüber. Heute will ich dir deinen

Tag nicht verderben.« Carla druckste herum und wünschte sich, sie wäre nicht so leicht durchschaubar.

Doch Liliane ermunterte sie: »Na nun sag schon. Es wird mich ja nicht umbringen.«

»Moritz wird nun doch versetzt! Wir ziehen um ... weit weg ... nach Berlin! Wir bekommen wieder eine firmeneigene Wohnung.« Sie wich Lilianes Blick beharrlich aus. Doch die hörte ihr in aller Ruhe zu, ohne sie zu unterbrechen.

»Seine Firma managt das mit unserem Umzug. Und zwar schon nächsten Monat! Die arbeiten mit einem Top-Umzugsunternehmen zusammen, sagten sie ...«

Carla schielte vorsichtig zu ihrer Chefin und zog ein Gesicht, als erwarte sie eine Ohrfeige.

Liliane begriff, was das alles bedeutete. Sie würde Carla, ihre beste Freundin und geschätzte Mitarbeiterin, verlieren. Sie müsste sich nach einer neuen Angestellten umschauen. Doch ihr entwich nur ein »Hm«.

Carla zog die Brauen hoch und machte kugelrunde Augen. Sie traute dem Frieden nicht so recht. »Ich hätte dich ja gerne vorgewarnt, aber ich hab es selber erst vor drei Tagen erfahren. Und ich wusste nicht, wie ich dir das schonend beibringen sollte.« Sie schaute Liliane an wie ein Welpe, der eben was ausgefressen hat.

»Ist schon gut, Carla. Dann soll das wohl so sein ...«

»Du bist nicht sauer?! Ich hab mich verrückt gemacht, weil ich dachte, das würde dich umhauen! So gefasst hab ich dich ja lange nicht erlebt!« Sie prüfte Lilianes Gesicht mit misstrauischem Blick. »Alles okay mit dir?«

»Ja. Ich hab mir heute selber einen Tritt verpasst. Ich hab sogar die Kündigung für meine Wohnung geschrieben. Noch nicht abgeschickt, aber fertig getippt. Ich will endlich da raus. Mir ist fast egal, wo ich stattdessen lande. Hauptsache weit weg davon! ... Und ...«

»Ja?«

»Ich hab ohnehin gerade überlegt, ob ich mir hier in der Agentur nicht eine Auszeit nehmen könnte.«

»Hab ich richtig gehört? Heißt das, du willst die Agentur dafür dichtmachen?«

»Na wenn du nicht mehr da bist, um für mich einzuspringen, bleibt mir ja wohl nichts anderes übrig.« Liliane kicherte zwar, aber es klang etwas resignierend.

»Du könntest ja auch nur reduzieren.«

»Ich denk nochmal drüber nach. Aber spontan war mir nach einer Auszeit zumute. Vielleicht brauche ich mal Abstand von allem. Ich hab seit Ewigkeiten keine herausragend guten Fotos mehr gemacht. Das war mir immer so wichtig, nun kommt es schon viel zu lange zu kurz! Weißt du, mir schwebt so ein richtig radikaler Schritt vor. Wenn du jetzt gehst, dann hält mich auch nichts mehr.«

»Hast du keine Angst? Selbst, wenn du erst mal von deinen Reserven zehren kannst ... Irgendwann muss doch aber wieder was reinkommen. Was, wenn du dann nicht mehr zurückkannst?«

»Das habe ich seit Jahren genauso betrachtet und hab mich derweil nicht vom Fleck gerührt. Aber seit du mit Moritz zusammen bist, bin ich eine ziemlich einsame Singledame geworden.« Sie hüstelte. »Ich muss was ändern! Du weißt doch ... ich warte immer noch auf einen Mann, der mich wie ein Rattenfänger anzulocken vermag.«

»Ja, ja ... ich weiß ... und dann willst du ihm nicht blindlings folgen, sondern seine Frau werden und mit ihm in einem Berg verschwinden … Alles klar! Ich verstehe dich ja. Aber mit Mitte vierzig bist du womöglich aus dem Alter raus, noch darauf zu hoffen, oder?«

»Die Hoffnung stirbt zuletzt …«

Der Satz hallte von den Wänden wider, als wäre er aus dem Lautsprecher gekommen. Carla traf ein Blick, dem sie mit Worten nicht widersprechen konnte. Liliane stieß sich mit dem Fuß ab und vollführte eine Drehung mit ihrem Bürostuhl. Dann erklärte sie mit der Stimme eines kleinen trotzigen Mädchens: »Ich will immer noch einen Mann, mit dem ich mich wie ein Pferd in einem Doppelgespann fühlen kann …« Sie stieß sich mit der Hand am Schreibtisch ab und drehte eine weitere Runde mit ihrem Stuhl.

Carla ließ sich in ihren Sessel fallen und tat es Liliane gleich. Drehend trällerte sie: »… Er das eine und du das andere Pferd … beide harmonisch und kraftvoll an ein und derselben Kutsche ziehend … ich hab's nicht vergessen. Aber, war das nicht nur ein Traum?«

»Ja. Na und? Warum sollte ich diesen Traum aufgeben?! Aber ich weiß jetzt, dass mir in meiner mich lähmenden Wohnung solche Träume vergehen, da haben die keine Chance, gegen das Vergangene anzukommen. Also raus da! Nichts wie weg! Mut zum Wandel! ... Und vierzig ist doch kein Alter!« Sie schlug die Handflächen auf den Tisch und reckte sich.

»*Mitte* vierzig ... da geht's schon zielstrebig auf die Fünfzig zu!« Carla pochte mit dem Fingerknöchel auf die Tischplatte wie an eine Tür. Der Satz bat darum, hereingelassen zu werden.

»Und wenn! ... Vielleicht mache ich einen Fehler, kann ja sein. Aber während wir so drüber reden, wird mir erst recht klar, dass ich diesen Sprung ins kalte Wasser wagen möchte. Ich will wieder leben! Was denkst du, wie gut du es hast! Ihr beide seid ein Traumpaar! Und so ewig ist es ja nun auch nicht her, dass ihr euch kennengelernt habt!«

»Na ja, ist was Wahres dran.« Carla seufzte genüsslich und legte den Kopf in den Nacken.

»Ich will auch so einen Prinzen finden, wie du gefunden hast!« Liliane kicherte, weil der Satz wieder in dieser trotzigen Kleinmädchen-stimme aus ihr rausgerutscht war. Sie seufzte und zappelte mit den Fingern auf dem aus-gebreiteten Stadtplan.

Carla betrachtete sie erstaunt. Bisher hatte Liliane sich nie anmerken lassen, dass sie sich nach einem Mann sehnte. Sie hatte eher den Eindruck erweckt, sie käme supergut klar mit ihrem Singledasein. Seit ihrem Absturz – nach der Geschichte mit Thomas. Carla legte den Kopf schief und zog die Stirn in Falten. »Also gut. Wie du meinst. Ich stehe ja auf mutige Menschen!« Sie nickte mit dem Kopf, als ob sie sich selber überzeugen wollte, doch gleich darauf wiegte sie ihn bedächtig hin und her. »Solange das keiner von mir verlangt, was du da vorhast!« Sie schaute Liliane direkt an und fügte leise, aber bestimmt hinzu: »Ich drücke dir für alles die Daumen. Heute und überhaupt. Ich bin echt gespannt, wie das ausgeht! Irgendwie sieht es nach einem Abenteuer aus, findest du nicht?« Ihre Stimme wurde wieder leidenschaftlicher: »Ich meine ... im positiven Sinne. Ich finde es toll, wenn du dir das zutraust! Ich fange schon an, mich an deine verrückte Idee zu gewöhnen.«

Liliane schaute sie dankbar an und wusste wieder, warum Carla ihre beste Freundin war. Sie würde sie vermissen, das stand fest.

»Arbeiten wir noch was? Wie weit bist du denn heut früh gekommen?«

»Ich bin fertig geworden. Die Sache können wir abhaken ... ist richtig gut gelungen. Komm, ich zeig's dir mal bei mir auf dem Computer.«

Die beiden verloren sich wieder in ihrer Arbeitsroutine.

Nachmittags beschloss Liliane, an diesem Tag früher Schluss zu machen. Ihre Gedanken huschten, trotz ihrer produktiven Projekt-Ideen, andauernd zu ihrer Verabredung um fünf ... Sie hatte vor, von zu Hause aus zu starten, obwohl das – äußerst unpraktisch – im Osten der Stadt lag. Aber sie hatte sich in den Kopf gesetzt, sich in heimatlichen Gefilden ein bisschen aufzuhübschen. Sie hoffte, ihr Erscheinungsbild könnte den wählerischen Herrn Wieland günstig stimmen. Um drei verließ sie das Büro.

*****

Als sie das Auto vor den Häusern in der Schlossparksiedlung parkte, flatterte ihr Herz. Es war nicht vorteilhaft, etwas so unbedingt haben zu wollen. Die Enttäuschung würde nur umso schmerzlicher ausfallen. Liliane rutschte auf ihrem Sitz hin und her. Sie kurbelte das Fenster runter und fächerte sich Luft zu. Dann lehnte sie sich zurück und stellte die Rücklehne schräg. Sie war deutlich zu früh eingetroffen, Parkplätze hatte es frei zur Auswahl gegeben. Aber die einkalkulierte Zeit für die Suche war sicher nicht der einzige Grund für ihr frühes Erscheinen.

Die Zeiger der Uhr schienen stillzustehen. Liliane schloss die Augen und atmete tief und langsam. Sie gähnte und spürte, wie sie innerlich locker ließ. Und es gelang ihr, ihre Gedanken für eine Weile zum Schweigen zu bringen.

Endlich fühlte sie sich bereit. Sie stieg aus und zupfte an ihrer Bluse herum. Dann gab sie sich einen Ruck. Direkt vor dem Haus schaute sie an der Fassade nach oben und hoffte, die erspähte Rapunzel-Terrasse würde in Zukunft ihre sein. Sie war sich aber auf einmal nicht mehr sicher, ob es gewiss dasselbe Haus war, welches sie in der Google-Maps-Satellitenansicht herangezoomt hatte.

Ein Blick auf die Uhr mahnte Liliane, dass sie immer noch fünf Minuten zu früh war. Doch sie gab nichts drum. Fünf vor fünf. Das hörte sich doch drollig an. Sie klingelte bei Florian Wieland. Der Summer öffnete die Tür vom Hauseingang. Die Sprechanlage hatte er gar nicht erst betätigt.

Im Erdgeschoss befanden sich zwei Türen. Auf jeder klebte ein goldfarbenes Schild: ›Büro‹. Dass Herr Wieland direkt darüber wohnte, das wusste sie ja schon. Sie stieg die paar Stufen zum ersten Stock und zwang sich dabei zu innerer Ruhe. Sie wollte ihm gleich beim ersten Eindruck souverän erscheinen.

Herr Wieland öffnete seine Wohnungstür im selben Augenblick, in dem Liliane sie erreichte.

2 ☼ Ungewöhnliche Begegnung

»Ja, hallo ... guten Tag. Ich hatte heute angerufen ... wegen der Wohnung, die ich mir jetzt ansehen wollte.« Liliane behagten solche Momente nicht. Aber Herr Wieland lächelte ihr aufgeschlossen entgegen und sie spürte an dem – ein wenig zu lange auf ihr ruhenden – Blick, dass er positiv überrascht war. Seine Aufmerksamkeit strich wie ein Konturen nachzeichnender Pinsel über sie hinweg. Diese zarte, fast unmerkliche Art einer Berührung ersetzte den üblichen Handschlag zur Begrüßung. Lilianes Unbehagen löste sich in Wohlgefallen auf. Die Zeit, die für einen Augenblick stehen geblieben war, setzte sich wieder in Bewegung.

»Ja, kommen Sie! Die Wohnung liegt direkt über meiner.«

Er krempelte sich die Ärmel seines dunkelblau schimmernden Hemdes hoch und legte dabei ein verspielt wirkendes, dünnes Stoff-Armbändchen frei, an dem zwei winzige Anhänger baumelten. Ein Geburtstagsgeschenk seiner Mutter, das er dieses Jahr erhalten hatte. Er musste ihr versprechen, es jeden Tag zu tragen.

Seine Hand griff nach jenem Schlüsselbund am Brett, an welchem eine halblange Stöpsel-Kette drei Schlüssel miteinander verband. Jeder davon hatte einen Ring, doch einer der Ringe verfing sich nun ausgerechnet mit den baumelnden Anhängern des Bändchens an seinem Handgelenk.

Herr Wieland fluchte nicht, nein, er lächelte und entwirrte seelenruhig die merkwürdige Verflechtung seiner Anhänger mit dem Wohnungsschlüssel. Sein Brustkorb hob und senkte sich so auffällig, dass sich sein Atemrhythmus auf Liliane übertrug. Davon abgesehen bewegte er sich wie in Zeitlupe. Das war seine Methode, zu einer gewissen Ruhe zurückzufinden.

Wenigstens äußerlich. Denn in seinem Innern tobte ein Sturm. Er pustete verschüttete Bilder der Vergangenheit frei. Der unerwartet ungestüme Wind buddelte in einem abgeriegelten und zum Schutz abgedeckten Ausgrabungsgelände. Doch quer durch die Sandwolken hindurch flatterten tausende bunte, unerschrockene Schmetterlinge.

Er spürte, wie sie dieser energiegeladenen Frau entwichen, deren Stimme schon am Telefon alles in ihm in Schwingung versetzt hatte. Er fühlte sich unversehens in eine Zeit zurückversetzt, an die er sich nicht mal mehr zu erinnern gewagt hatte – sie lag vor seiner neuen Zeitrechnung. Die Flügelschläge der Schmetterlinge pulsierten nicht nur im Innern, sondern auch auf seiner Haut. Er hatte den Eindruck, dass sie ihn ermuntern wollten, sich wie eine Schlange zu häuten. Seine Finger suchten Halt. Kaum war der beringte Schlüssel wieder frei, trösteten sie sich mit der handschmeichelnden Berührung der Kügelchen an der Schlüsselbundkette.

Vermutlich ist der größere der Haustürschlüssel für unten, dachte Liliane. Die Kette sprang verspielt um seine Finger wie ein griechisches Komboloi und zog ihren Blick auch weiterhin auf sich.

Herr Wieland, der, entgegen ihrer Vermutung nach ihrem Telefonat, nicht wesentlich älter war als sie, schlüpfte unterdessen aus den Hausschuhen in Straßenschuhe. Dabei bemerkte er ihren Blick auf seiner Hand mit der Schlüsselkette, räusperte sich und lächelte vielsagend. »Gehen wir?«

Er trat aus der Wohnungstür und wandte sich der Treppe nach oben zu. Auf seine einladende Geste hin erwiderte sie: »Ich folge Ihnen lieber nach!«

»So, so. Dann lassen Sie mich als unhöflich dastehen, weil ich Ihnen nicht den Vortritt lasse!?« Er beschwerte sich betont amüsiert.

»Ich halte das für eine Ausrede von Männern, die den Frauen ungeniert auf den Hintern starren wollen«, konterte sie übermütig und wunderte sich gleichzeitig über ihre freche Anwandlung. Sie lachten herzhaft und fühlten sich auf Anhieb rätselhaft vertraut miteinander.

Oben angekommen, schloss Herr Wieland die Tür auf, die den gesamten kleinen Treppenflur beherrschte. Liliane staunte den geräumigen Treppenabsatz an.

»Toll – ganz alleine hier oben!« Ihre Hand strich über das glänzend polierte Holzgeländer. »Ist das Dachgeschoss erst später ausgebaut worden?«

Er antwortete aber nur auf das, was sie bestaunt hatte: »Keine Nachbarn zu haben hat einige Vorteile.« Seine Stimme untermalte die Worte in verschiedenen Nuancen. Sie schillerten und passten zu seinem vieldeutigen, fast unsichtbaren Lächeln. Er stupste die Tür auf und lud sie mit einer Geste des lang ausgestreckten linken Armes ein, einzutreten.

Sie stand auf der letzten Stufe vor dem Treppenabsatz und betrachtete ihn aus dieser tiefer gelegenen Perspektive.

… Mann o Mann, was für ein charmanter Vermieter! Der Kerl sieht unverschämt gut aus – elegant und trotzdem sportlich, intelligent und mit Lachfältchen. Eine verdammt reizvolle Mischung! …

Der Eindruck lenkte sie einen winzigen Moment lang davon ab, nur die Wohnung besichtigen zu wollen. Sie huschte schnell an ihm vorbei, doch atmete dabei verstohlen seinen Duft ein. Und ihr gefiel, was ihr da die Nase umwehte. Unaufdringlich auffällig, sinnlich, aufmunternd, ungewöhnlich.

Sie betraten den kleinen Flur, von dem aus Türen in alle Richtungen führten. Die Tür zum Wohnzimmer stand offen und forderte auf diese Weise dazu auf, einzutreten. Das Zimmer wurde von Tageslicht durchflutet und wirkte dadurch größer, als es war. Die unüblich breite Balkontür faszinierte Liliane auf Anhieb. Sie staunte über den freien Blick auf den Himmel und drehte sich kindlich begeistert dem Vermieter zu.

Doch sie verstummte schlagartig und ergab sich regungslos einem Bann. Die Stille in seinem Gesicht war von unergründlicher Tiefe. Ihr stockte der Atem. Sein Blick ruhte auf ihr und fühlte sich an, als würde er nach ihrem Rücken greifen und ihren Rumpf sachte heranziehen. Sie schnappte nach Luft angesichts dieser vertraulichen Berührung. Sein Blick ließ prompt locker und entließ sie aus seinem imaginären Griff.

Er stand dabei etwa zwei Meter von ihr entfernt. Liliane schoss eine Hitze in den Kopf, die sich unübersehbar auf ihrem Gesicht abbildete. Das Glühen auf ihren Wangen war ihr äußerst unangenehm. Denn sie hatte keine Ahnung, ob wahrhaftig er diese Berührungsillusion bewerkstelligt hatte oder bloß ihre eigene Fantasie mit ihr durchgegangen war. Im letzten Fall sollte er es aber in keiner Weise erfahren.

Er lächelte amüsiert.

Sie hatte den Eindruck, er käme mühelos an ihre Gedanken heran. Dennoch konnte sie sich nicht gegen weitere Bedenken wehren:

... Sich so lange gegenüberzustehen, ohne ein Wort zu sprechen, aber mit umso mehr Blickkontakt, ist eindeutig verdächtig, wenn in diesem Fall nicht sogar schon anrüchig ...

Sie versuchte, wegzuschauen, doch es gelang ihr nicht, sich seinem Bann zu entziehen.

Er lächelte unbeirrt.

Liliane wurde kribbelig. Sein Lächeln fühlte sich unverhältnismäßig nah an. So wie – einander nah. Sie atmete tief ein, überließ sich dem Sog, der von ihm ausging.

Es schien ihr, als würde ihr Blick mit eigenen Fingern durch sein Haar streichen und ein verspieltes Löckchen nach hinten zu den anderen legen. Sie genoss diese irreale Berührung.

... Der Abstand zwischen ihm und mir besteht aus den winzigsten zwei Metern, die mir je untergekommen sind ...

Das war der letzte Gedanke, der es noch wagte, sich in die Traumsphäre hineinzuzwängen.

Sein Parfümduft überbrückte die Entfernung mit Leichtigkeit. Das Beben seines Herzens vibrierte in ihren Fingerspitzen, als wären sie sein Seismograph.

Ihre Blicke hielten einander stand: Seine Augen leuchteten still vor sich hin; in ihren wehte ein Schleier in einem imaginären Wind. Sie zwinkerte dagegen an. Doch sie versuchte vergebens, Klarsicht zu erlangen. Der Raum um sie herum veränderte seine Atmosphäre. Die Luft, die sie atmeten, bestand nur aus – ihm und ihr.

Ein feiner Windhauch zog aus dem Hausflur kommend an ihnen vorüber. Die Wohnungstür, die bis dahin offen gestanden hatte, fiel nach zwei kurzen Anläufen ins Schloss. Liliane wurde schwindlig. Die Tür, die sie eigenwillig in ihrer Seifenblase einschloss, verdeutlichte ihr etwas zu anschaulich, dass sie soeben die Kontrolle über sich verloren hatte. Das schreckte sie auf. Sie gab sich einen Ruck und riss sich aus der Versenkung. Sie räusperte sich mehrmals und lenkte ihren Blick in die entgegengesetzte Richtung.

Ich wollte doch nur eine Wohnung mieten, rief sie sich ins Gedächtnis. Gehört denn der Vermieter neuerdings gleich dazu?

Sie atmete betont tief und gleichmäßig. Ihre Augen suchten nach Ablenkung, instinktiv wandten sie sich dem Licht zu.

Vom Balkon führten drei Treppenstufen auf eine tiefer gelegene, lange Terrasse. Liliane sah die vielen Blumentöpfe, die sie dort aufstellen würde, schon lebhaft vor sich. Eine schönere Wohnung, als eine mit solch einem Zugang ins Freie, hätte sie sich nicht wünschen können. Und das Beste daran: Das Haus war das einzige mit so einem vorgelagerten Terrain, niemand konnte von irgendwoher Einblick nehmen.

Liliane trat hinaus, ohne es beabsichtigt zu haben. Es war, als zögen ihre Augen ihren Körper nach sich. Sie betrachtete diese kleine Oase voller Staunen. Und angesichts der freien Aussicht war ihr fast egal, wie der Rest der Wohnung aussehen würde.

Noch immer sagte keiner von ihnen ein Wort. Beide erinnerten sich an Momente aus ihrem Leben, in denen Zeit vermochte, sich derart zu dehnen, dass Minuten in Sekunden passten. Sie wussten, dass sie merkwürdig auffällig schwiegen. Selbst dieses Schweigen fühlte sich wie eine Verbindung an.

Im nächsten Augenblick kehrte Liliane ins Zimmer zurück und hörte sich sagen: »Ich nehme die Wohnung!« Sie stutzte und vernahm prompt ein freches Stimmchen in sich, das sie fragte, wofür genau sie sich soeben entschieden hätte. Doch sie lächelte über diesen Kobold.

»Das freut mich ... mehr als Sie ahnen.« Seine Stimme war etwas rau.

Hatte sie den leise nachgeschobenen Teil des Satzes wirklich gehört oder sich nur eingebildet? Sie drehte sich sachte um und suchte nach einer Antwort. Sein Blick fing ihren, der an ihm vorbeihuschen wollte, auf.

Liliane schluckte und wurde zusehends kribbeliger. »Ich hab Ihre Antwort irgendwie nicht richtig verstanden.« Sie hüstelte. »Ich meine rein akustisch. Ich hatte da so ein Rauschen im Ohr.«

Ihr Kobold kommentierte das mit: »Hat je jemand etwas Blöderes hervorgestammelt?«

»Hm – das Rauschen ist neu hier in diesem Raum ...« Florian Wieland verkniff sich sein Lachen. »Für gewöhnlich gilt diese Wohngegend als die ruhigste weit und breit.«

Lachfältchen umtanzten seine Augen. Lilianes Lippen zuckten und waren bereit, loszuprusten. Doch sie presste sie kurz aufeinander und bemerkte dabei, wie rau sie sich anfühlten. Unwillkürlich glitt ihre Zunge dazwischen und legte einen feuchten Schutzfilm auf, der glänzte. Ihre Schneidezähne zupften kurz an der Unterlippe.

Seinen Augen entging das nicht nur nicht, sie strahlten, als wenn sich eine Lichterkette darin spiegeln würde. Liliane bemerkte das unbeabsichtigte Zusammenspiel und bereute inständig, sich diesem Mann wieder zugewendet zu haben. Doch der sprach bedenkenlos weiter. »Sie haben sich ja die übrige Wohnung gar nicht angesehen! Wollen Sie nicht wenigstens noch das Schlafzimmer inspizieren?«

»Nein! Jetzt nicht!«, platzte es aus ihr heraus. »Dann schon lieber das Bad!«

Ihre Stimme wirkte aufgebracht und deutlich zu laut für die kleinen Räume. Diese Art einer Wohnungsbesichtigung fand sie aber zu intim, um ausgerechnet das Schlafzimmer zu betreten.

Wieder schien Herr Wieland auf ihre Gedanken zu antworten: »Die Zimmer sind alle leer und warten auf Ihre Möbel. Im Schlafzimmer wollte ich Ihnen lediglich die schöne Aussicht aus dem Fenster zeigen.«

Liliane kicherte und konnte sich nicht bremsen. So, so. Da steht noch kein Bett, dachte sie. Mit einem Mal prustete sie los und ihr Lachen ließ sich nicht mehr einfangen. Die Tränen schossen ihr in die Augen und versuchten, alle Spannungen wegzuschwemmen. Der Druck hatte sich ein Ventil gesucht. Herr Wieland betrachtete das Schauspiel auf ihrem Gesicht. Ihr Lachen strahlte wie eine Sonne durch ihre verstohlenen Tränen.

»Wenn Sie so weitermachen, erscheint mir gleich ein Regenbogen.«

Er sagte es viel zu sanft, als dass sie diese leisen Worte hätte überhören können. Dieser Frequenz lauschte sie nur zu gern. Aber er drehte sich um und begab sich vor ihr her in den Flur; sie folgte ihm wie ein Hündchen.

Schwungvoll öffnete er die Badezimmertür. Das Licht, das durch das Dachfenster eindrang, überflutete den, für ein Badezimmer großzügig bemessenen, Raum.

»Hey! Hier kann ich ja glatt mein Büro einrichten!« Ihre Begeisterung war unverkennbar.

»Meine Frau hat sich früher mal beschwert, dass man von so viel Licht auf gehässige Weise jede Falte gezeigt bekommt. Ihr war es offenbar nicht gegeben, die Vorzüge des Lichts zu erkennen.«

»War? ... Inzwischen kann sie es?«

»Worauf deine Frage abzielt, liegt ja wohl für jeden auf der Hand«, mischte sich ihr innewohnender Kobold wieder ein.

»... Inzwischen ... ist sie tot«, gab der Vermieter leise zurück.

Ist es nicht taktlos, wenn einem das Herz vor Freude hüpft, während man »Oh, tut mir leid« hervor nuschelt? Aber Liliane konnte es schon nicht mehr ändern. Und ihr Herz schien nach diesem kurzen Satz eine Runde Walzer in ihrem Brustraum zu drehen – oder womöglich sogar Tango?

»Ich freue mich sehr, dass ich die Wohnung an jemanden wie Sie vermieten kann. Ich wollte immer, dass derjenige, der sie bekommt, sie auch zu schätzen weiß, und nicht einfach nur darin haust. Bei Ihnen weiß ich, dass Sie sie beleben werden.«

Liliane schmiegte ihre Wange an ihre hochgezogene linke Schulter und erschrak gleichzeitig darüber. Sie wollte nicht den Eindruck erwecken, sie hätte dabei an seine Schulter gedacht. Und so hob sie schnell das Kinn.

»Ja, ich werde ihr gewiss Leben einhauchen und ich freue mich schon darauf!«

Ihre Worte hatten sich fest und nachdrücklich anhören sollen, doch das Wörtchen ›einhauchen‹ hatte etwas abgefärbt.

»Wenn Sie Hilfe brauchen beim Umzug, kann ich vielleicht ein bisschen mit anfassen … wenn Sie mögen.« Er suchte nach einer Antwort in ihren Augen. Doch sie schaute verlegen weg. Sie wollte nicht verraten, was ihr bei seinen Worten durch den Kopf geschossen war.

»Die Treppe hier ins Dachgeschoss ist ein bisschen schmal geraten«, setzte er fort.

Sie vernahm die zweite Hälfte seiner Mitteilung eigenartig dumpf und drehte unwillkürlich ihren Kopf auf den Schultern hin und her, bis es in den Halswirbeln knirschte.

»Bei schweren Teilen macht aber mein Rücken nicht mit«, brummte er hinterher. Ob das eher entschuldigend oder verärgert gemeint war, blieb offen. Vermutlich beides.

Liliane kam noch immer nicht auf die Höhe der Miete zu sprechen. In der Anzeige hatte ja ein Betrag gestanden; sie wollte allerdings versuchen, ihn ein wenig herunterzuhandeln.

Jetzt fühlte sie sich nicht mehr dazu in der Lage. Die Wohnung schien ihr den Preis wert zu sein. Und der Gedanke pustete sich in ihr auf wie ein bunter Luftballon. Sie lächelte vor sich hin. Dieses Lächeln sah nicht aus, als ob sie verhandlungsmüde resignierte. Es sah viel mehr nach einem Hoffnungsschimmer aus.

3 ☼ Der Einzug

Als Liliane glaubte, dass sie sich das nächste Mal begegnen würden, kam alles anders. Am Einzugstag fühlte sie sich ohnehin schon übermäßig gestresst und fürchtete, im Chaos ihrer vielen Kisten den Überblick zu verlieren. Doch als Nächstes musste der Fahrer des Umzugsautos an der letzten großen Kreuzung in der Stadt eine Notbremsung machen, um einem Auffahrunfall zu entgehen. Genau genommen hätte Liliane froh sein müssen, dass der Fahrer so schnell und rechtzeitig reagiert hatte, um nicht in der Reihe der Knautschautos zu stehen. Aber sie sah in jenem Augenblick nur die Nachteile. Außerdem war ihm dann einer aufgefahren, wenn auch, ohne größere Schäden zu verursachen. Doch so musste sich der Fahrer ewig zur Verfügung stellen, bis die Polizei, die den Fall aufnahm, den fahrfähigen Verkehr wieder passieren ließ.

Liliane hatte das alles nur per Telefon erfahren und machte sich ihre eigenen Bilder dazu. Höchstwahrscheinlich sah es darauf verheerender aus als in Wirklichkeit. Sie stand abwechselnd ungeduldig vor dem Haus oder wieselte zwischen der Wohnung und der Bordsteinkante hin und her. Und sie sorgte sich unentwegt um das Porzellan und die empfindlichen Kerzenleuchter in ihren Umzugskisten und um die Spiegel und die Glasbilderrahmen! Dabei besaß sie gar keine echten Wertgegenstände. Ihr Geschirr wartete längst darauf, mal durch ein richtiges Service ersetzt zu werden, und die paar Kerzenständer wären zwar in der Tat nicht wiederbeschaffbar gewesen, aber ein Weltuntergang war es nicht unbedingt. Sie verhielt sich aber so. Sie beklagte ihr trauriges Schicksal, rannte hin und her und machte sich und die Leute, die ihr über den Weg liefen, verrückt. Wildfremde, arglose Passanten mussten sich ihre ach so tragische Geschichte anhören.

Eine Oma, die ihren Hund ausführte, hörte ihr endlich in Ruhe zu und gab ihr das Gefühl, ernst genommen zu werden. Liliane war ihr unendlich dankbar und ließ deren ›Schnuffi‹ an ihrer Hose rumsabbern, obwohl sie das sonst hasste.

»Erst schnuffeln die Köter an irgendwelchen Hundehaufen und nachher wischen sie sich ihre Nase an meiner Hose ab, obwohl ich doch nur freundlich geschaut hab, weil das Hündchen niedlich aussah«, pflegte sie in der Vergangenheit darüber zu schimpfen. Ihre Hundeliebe war äußerst ambivalent. Sie mochte Hunde, wie alle Tiere, und hätte jederzeit gerne mal einen durchgeknuddelt, wenn da nicht immer die feuchte Hundenase dazwischen stupsen würde, vor der ihr ein wenig grauste.

Lilianes Gedanken ließen unbemerkt von der Fixierung auf das *furchtbare* Unfallgeschehen ab. Die charmante Oma bot ein so perfektes Schauspiel an verständnisvollem Gucken dar, dass Liliane sogar den Hund neben ihr vergaß.

»Sie werden das schon schaffen, junge Frau. Sie haben so viel Energie, damit könnten Sie einen ganzen Wohnblock umsiedeln.«

Liliane überlegte kurz:

... War das eine versteckte Anspielung? Sollte ich so viel verstehen wie: ›Hören Sie auf, sich aufzuregen und unnötig Energie zu verschleudern?‹ ...

Aber nein, die Dame tätschelte ihr den Arm und raunte ihr zu: »Die Dinge finden sich nachher alle wie von selbst, Sie müssen nur darauf vertrauen. Und die Zügel locker lassen.«

Sie schaute ihr tief in die Augen und Liliane staunte über den unerwartet klaren Blick. Das Gesicht der flotten Oma kam ihr überhaupt nicht mehr alt vor.

»Sie sind aber nett!«, stammelte sie hervor. »Danke. Ich glaube, der Himmel hat Sie mir geschickt.«

Die hilfreiche Frau lächelte und wurde immer jünger vor Lilianes Augen. »Ich wohne gleich da hinten in dem hellgrünen Haus, sehen Sie das? Ganz da hinten! Von hier aus sieht man es kaum, aber es ist das einzige in Grün und ist also nicht zu verfehlen. Falls Sie sich mal langweilen sollten, kommen Sie doch bei mir vorbei. Ich habe den Eindruck, dass wir uns gut vertragen würden.« Ein weiteres Mal schaute sie Liliane intensiv und seltsam berührend an.

»Anscheinend verstehen wir uns auch ohne Worte«, nuschelte die zurück. Doch sie wunderte sich über ihre Antwort.

»Ja. Durchaus. Das hab ich *auch* damit gemeint!« Die Dame, die allmählich wieder älter wurde, zwinkerte ihr verschmitzt zu.

»Hier scheint mir ja eine eigenartige Wohngegend zu sein! Kaum bekommt man intensiven Blickkontakt, schon fühlt man sich regelrecht in seinem Innersten berührt.«

Liliane hatte laut gedacht und zog ruckartig den Kopf zurück. Fast gleichzeitig ging sie aber davon aus, dass die freundliche Frau ohnehin nichts mit ihrem Satz anzufangen wüsste. Bedenkenlos schaute sie ihr ins Gesicht und – es verriet ihr, dass sie sich täuschte.

»Denken Sie daran, dass Sie mich besuchen kommen! Egal wie viel Zeit bis dahin vergeht. Ich warte auf Sie!«

Liliane nickte und flüsterte ein »Ja – versprochen« hinterher. Aber sie hatte ein mulmiges Gefühl dabei. Die Situation erinnerte sie an Märchen, in denen man einen Pakt mit dem Teufel schloss.

... Aber diese Dame wirkt so alles andere als teuflisch. Eher kommt sie mir wie ein frecher Engel vor, welcher mir eben geholfen hat, nicht selber aus der Haut zu fahren ...

Die beiden Frauen lächelten sich an und legten ihre Hände ineinander, um ihr neues Bündnis zu besiegeln. Liliane durchströmte Wärme, die sich bis in ihren Nacken breitmachte, fast so, als wäre sie in eine wohlige Badewanne eingetaucht. Auf einmal wurde sie von solch einer Ruhe erfüllt, dass ihr niemand mehr angemerkt hätte, dass sie sich inmitten ihres Umzugs befand. Das Chaos hatte sich gleich mit beruhigt.

Die sympathische Oma folgte ihrem Hündchen, das bereits das wortlose Signal ›Ich gehe jetzt‹ von seinem Frauchen empfangen hatte.

Liliane schaute diesem eingeschworenen Pärchen hinterher und holte tief Luft.

Als sie sich zur Seite wandte, huschte ihr Blick über die Beschriftungen auf ihren Kartons. Die Möbelpacker waren schon dabei, das Auto auszuladen. Liliane fand es verblüffend, dass sie deren Eintreffen nicht bemerkt hatte, und lächelte belustigt über sich selbst. Sie beobachtete, wie leicht die Leute, auch ohne sie, alles im Griff hatten. Vorsichtig tappte sie die wenigen Stufen bis zur sperrangelweit offen stehenden Haustür hinauf und betrat, die Lage abschätzend, den Hausflur. Die nächsten Stufen stürmte sie nach oben.

Als sie an der Tür des Vermieters vorbeikam, wirbelte ein unbehagliches Gefühl quer durch ihr Inneres. Die Tür, die das in ihr auslöste, wirkte nicht nur verschlossen, sondern abschirmend wie ein Schutzwall. Lilianes Gedanken trommelten gegen ihre Stirn.

... Warum hat er sich bis jetzt überhaupt noch nicht gezeigt? Ich bin mir sicher, dass er zu Hause ist. Ich fühle, dass hinter der Tür jemand steht ...

Irritiert schüttelte sie den Kopf und stapfte die nächsten Stufen hoch. Gerade rechtzeitig, um den Trägern nicht im Weg rumzustehen.

Auf dem kleinen Treppenabsatz oben vor der Wohnungstür stand der Boss des Umzugsunternehmens. Er hatte Lilianes Zeichnungen in der Hand, auf denen jedes Regal, jeder Sessel maßstabsgerecht eingezeichnet waren. Sie hatte nächtelang nichts anderes gemacht, als die neue Wohnung virtuell einzurichten und alles akribisch aufzuzeichnen. Die Maße hatte sie sich gleich am ersten Tag vom Vermieter mitgeben lassen, auch wenn sie sich an das rein sachliche Geschehen bald schon nicht mehr so genau erinnern konnte.

Dieses Umzugsunternehmen war ein Glücksfall für jemanden wie sie. Das bemerkenswert eingespielte Team gab ihr keinerlei Anlass, sich in irgendeiner Weise dazwischen schalten zu müssen. Sie hatte das behagliche Gefühl, dass es – auch ohne sie – reibungslos vonstatten-ging. Um nicht blöd rumzustehen, betrat sie die Küche. Und staunte. Sogar dort waren einige Kartons in einer Ecke angesammelt. Und Möbelteile. Der Träger, der sie abgestellt hatte, huschte schon wieder an ihr vorbei nach draußen. Ein Monteur trat zu ihr in die Küche und sortierte die beschrifteten Schrankteile. Er machte sich offenbar bereit, die Küchenzeile aufzubauen.

»Soll ich Ihnen vielleicht irgendwie zur Hand gehen?«, fragte sie ihn.

Er lächelte und verkniff sich – für Liliane unverkennbar – den Scherz, der ihm dazu ein-fiel. Ausgesprochen höflich und dennoch angenehm locker erwiderte er: »Ich komme schon klar, bei mir geht das fix. Sobald die ersten Schränke stehen, können Sie ja mal pro-bieren, ob die Kaffeemaschine funktioniert.«

»Geht klar, werde ich machen, aber bis dahin können Sie sich schon mal einen Schluck aus der Thermoskanne genehmigen.« Sie schmun-zelte und fand, dass sie seine Anspielung geschickt zurückgespielt hatte.

»Och, aus Thermoskannen trinke ich eher selten, aber wenn Sie auch einen Becher dazu hätten?« Er zwinkerte ihr zu.

»Na Sie machen mir ja Spaß!« Liliane brachte ihm flugs einen Pappbecher voller Kaffee.

»Milch? Zucker?«

»Nur Zucker, aber bitte reichlich.«

Liliane verließ die Küche und freute sich auf die nächste Zeit. Die ersten Tage nach einem Umzug sind immer die spannendsten. Da erkennt man noch all die Möglichkeiten, die in einer neuen Wohnung stecken, bevor die Alltagsroutine damit beginnt, die Lust auf Veränderung und den dazugehörenden Enthusiasmus zu dämpfen.

Das Schlafzimmer war noch leer.

… Offenbar gilt das als unwichtiger Raum …

Sie belächelte diese Ansicht und fühlte sich erwischt, denn ihr kam das allmählich genauso vor. In ihrem Schlafzimmer passierte schon lange nichts mehr, was erwähnenswert gewesen wäre. Sie flüchtete auf den Balkon.

»Oh, die Blumentöpfe durften schon einziehen, das finde ich aber schön!«, rief sie begeistert dem Träger entgegen, der soeben dabei war, den riesigen Bottich mit dem Olivenbaum abzustellen.

»Na ehe denen noch was passiert. Die stehen ja überall im Weg rum!«, schnaufte er wenig einfühlsam. Er hatte keine Ahnung, wie wichtig Pflanzen in ihrem Leben waren. Ihm erschienen sie in diesem Augenblick nur schwer und hinderlich.

Liliane verstand ihn durchaus. Sie hatte sich selber schon so manches Mal den Rücken verrenkt, wenn sie was umräumen oder gar umtopfen wollte.

»Sie haben aber auch 'ne Menge solcher Riesentöpfe! Wären Sie denn nicht mit 'nem Garten besser bedient als mit 'ner Terrasse?« Seine keuchende Stimme verlieh gleichzeitig den Beschwerden seines Rückens Ausdruck.

»Ja. Vielleicht. Aber ich muss die Pflanzen um mich haben, bin nicht so der Kleingartentyp, verstehen Sie? Mein Garten müsste direkt bei mir am Haus sein.«

»Na gibt's doch. Kaufen Sie sich eben ein Haus. Dann hamse auch n Garten dazu. Wie hier unten.«

»Klar! Hätte ich auch gern. Fehlt nur noch der Lottogewinn vorher.«

»Nä! Den könnten wir alle gut gebrauchen, wa?« Er grinste und stiefelte von dannen.

Liliane näherte sich dem Brüstungsmäuerchen auf der vorgelagerten Terrasse. Vorsichtig beugte sie sich darüber und versuchte, einen Blick auf die Fenster unter ihrer Wohnung zu erhaschen. Nichts zu machen. Jedenfalls nicht, ohne womöglich Hals über Kopf selbst vor den unteren Fenstern zu landen. Von der linken Mauer aus gelang es ihr, einen Seiten-Flügel des Erkers mit einem Blick zu streifen. Doch die Scheiben spiegelten im hellen Sonnenlicht. Sie konnte so oder so nichts erkennen. Ihr eigener Terrassen-Vorbau verbaute die meiste Sicht. Er war als Dach oberhalb der unteren Fenster angebracht. Ganz unten befand sich ebenfalls eine kleine Terrasse.

Eigentlich clever gemacht, dachte sie, denn wer mag es schon, wenn ihm jemand ins Zimmer lugen kann.

Sie lehnte sich mit breit ausgestreckten Armen rückwärts an die Brüstung und schaute von dort aus in ihr zukünftiges Wohnzimmer. Die Balkontüren standen beide weit auf und ließen sowohl Lilianes Blicke als auch ihre Gedanken ein:

... Genau dort wird mein Arbeitsbereich entstehen, direkt hinter dieser herrlich breiten Türöffnung. Da kann ich winters wie sommers nach draußen schauen und wann immer es möglich ist, bei sperrangelweit offener Tür dem Vogelgezwitscher lauschen ...

Sie seufzte.

Das gemütliche Sofa wurde hereingetragen und in der dunkleren Nische des Raumes untergebracht. Genau wie sie sich das gedacht hatte, betonte es dort das kuschelige Eckchen. Sie nickte zufrieden, doch sie seufzte schon wieder, denn eine Erkenntnis drückte ihr von innen gegen die Brust. Auf der Couch würde sie nur sitzen, wenn es draußen dunkel wäre. Wenn überhaupt. Denn seit sie alleine lebte, empfand sie den Platz links und rechts von sich so zum Himmel schreiend leer.

Der Sessel wurde hereingetragen. Ihre Augen strahlten hocherfreut. Es kam ihr sehr gelegen, dass er die Aufmerksamkeit vom Sofa weg auf sich zog. Der Sessel war ihr Lieblingsplatz, um mal abzuschalten. Meistens warf sie sich quer über seine breiten, weich gepolsterten Armlehnen. Sie liebte es jederzeit, sich darauf niederzulassen, doch insbesondere, um sich bequem gelagert in ein Buch zu vertiefen. Jetzt wandte sie ihren Blick wieder von ihm ab und näherte sich lauschend der Tür.

... Da sind doch eben noch lauter fremde Menschen herumgewuselt, wo sind die denn alle hin verschwunden? ...

Sie folgte den Geräuschen ins Treppenhaus. Dort beratschlagten die Männer, wie sie die enge Kurve ins Schlafzimmer nehmen könnten, ohne dabei Schrammen zu hinterlassen. Lilianes Kleiderschrank war deutlich zu groß für solche Winkelzüge. Seine Türen hatten sich zwar abmontieren lassen, aber die Rückwand war am Korpus angenagelt und verklebt, es hätte beim weiteren Zerlegen unschöne Schäden gegeben. Die Umzugsleute wollten dem Schrank eine Chance geben, im Ganzen umzuziehen. Ganz in jeder Weise. Einen Versuch war es ja wert, und immerhin – bis hierher war er schon heil gekommen. Nach geraumer Zeit und einigem Ächzen gelang es ihnen, das heilige Stück unbeschadet im Schlafzimmer zu platzieren.

Der Rest des Tages verging wie im Flug. Das Einzige, das Liliane unbegreiflich erschien, war die überaus auffällige Unsichtbarkeit ihres Vermieters Florian Wieland. Bei jeder Runde durchs Treppenhaus schien sie mit ihren Augen sein Namensschild abzutasten. Immer in der Hoffnung, es könne ihr verraten, warum die Tür, auf der es klebte, sich nicht ein einziges Mal öffnete.

... Ein Glück, dass ich mich auf diese Hilfe beim Umzug gar nicht erst eingelassen habe. Oder ist eben das mein Fehler gewesen? Ist er beleidigt, dass ich seine Hilfe nicht in Betracht gezogen, sondern lieber ein professionelles Umzugsunternehmen beauftragt habe? Trotzdem merkwürdig. Bei *dem* Anfang – mit all seinem Zauber ...

4 ☼ Seltsam – einsam

Als am Abend alle weg waren, wirkte es überaus still in der Wohnung. Die Tür nach draußen war eigensinnig ins Schloss gefallen. Die Balkontür musste ebenfalls geschlossen werden, weil ein heftiger Wind aufkam.

Liliane schaute sich in der neuen Umgebung um und war äußerst zufrieden, wie angenehm unaufgeregt sich das Chaos hatte ordnen lassen. Ihre Augen tasteten die Wände ab und erkannten so manch Vertrautes wieder. Die Umzugsleute hatten in der alten Behausung alles fotografiert und katalogisiert und hier dementsprechend eingeräumt. Jedes Buch stand an seinem angestammten Platz im Regal. Doch gerade das erschien Liliane etwas makaber.

… All mein Hab und Gut ist bereits angekommen, selbst die Küchengeräte finden sich in ihren Schränken. Nur ich stehe hier rum und fühle mich plötzlich heimatlos. Warum? Müsste ich mich jetzt nicht freuen? Sollte ich nicht vor Begeisterung, wie unkompliziert der Umzug abgelaufen ist, Luftsprünge machen? Sogar die anfänglichen Störungen durch den

Unfall hatte ich ja zeitweise fast völlig vergessen …

Doch Liliane fühlte sich etwas verloren in ihrer neuen Wohnung. Ratlos starrte sie Löcher in die Luft und entdeckte prompt die Ursache ihres Übels, auch wenn sie es sich nicht gleich eingestehen wollte. Inmitten des Raumes erschien eine Erinnerungsblase und zeigte ihr einen Mann, den sie tagsüber unentwegt vermisst hatte.

Einen Augenblick lang überlegte sie, ob sie sich eine Flasche Wein schnappen sollte, um damit bewaffnet unten zu klingeln. So nach dem Motto: Wir könnten doch auf unsere hoffentlich gute Nachbarschaft anstoßen. Doch allein, dass sich in diesen Gedanken das Wörtchen ›hoffentlich‹ eingeschlichen hatte, raubte ihr jeden Mut, die Idee in die Tat umzusetzen.

Stattdessen lauschte sie auf die Klingel. Käme er denn nicht womöglich auf die Idee, mit eben erdachter Flasche Wein zu ihr zu kommen? Sie schlich zur Wohnungstür und öffnete sie. Sie schaute sich verstohlen um und spitzte die Ohren. Nichts und niemand. Sie klingelte bei sich selber, um ihren eigenen Klingelton kennenzulernen. Es folgte ein angenehmes, tieftönendes Ging-Gong. »O schön! Jetzt kenne ich schon mal den Ton, den ich weiterhin geduldig erwarten werde«, flüsterte sie vor sich hin.

»Geduldig?!«, keckerte ihr Kobold.

Liliane fühlte sich erwischt und schnaubte. Sie amüsierte sich über sich selbst.

Kurz darauf verschwand sie ins Badezimmer und ließ Stück für Stück all ihre Hüllen fallen. Unter der Dusche staunte sie über den Wasserdruck. In ihrer alten Wohnung war es niemals möglich gewesen, sich von einem Bündel massierender Wasserstrahlen verwöhnen zu lassen. Hier schien sich ein kleiner Whirlpool im Duschkopf zu verstecken. Sie schenkte ihm einen anerkennenden Blick und kicherte dabei. Es prickelte auf der Haut und bereitete ihr Wohlbehagen. Sie richtete den Wasserstrahl gegen ihre Stirn und spürte, wie ihre Sorgenfalten ihren Widerstand unter dieser Behandlung aufgaben.

Endlich hatte sie wahrhaftig *alle* Hüllen fallen gelassen. Übrig war nur – Liliane. Ohne Wenn und Aber. Sie hängte den Duschkopf in die Halterung ein und verteilte genüsslich den Schaum auf ihrer Haut. Die sanften Streicheleinheiten weckten verdrängte Bedürfnisse. Sie genoss die Berührung ihrer eigenen Finger und träumte dabei, es wären nicht ihre. Sie wanderten über ihren Körper hinweg und erfühlten die Lust, die sie verursachten.

Ihr wurde bald klar, wessen Hände sie sich erträumte. Doch sie urteilte nicht darüber. Nicht in diesem Moment. Das Wasser sprudelte laut rauschend über sie herab und fing unbekümmert ihr Stöhnen auf.

Etwas später zog sie den Bademantel aus dem Koffer. Die einzigen noch nicht eingeräumten Sachen waren die, welche mit ihr zusammen in ihrem privaten Auto umgezogen waren. Klamotten zum Beispiel. Sie wollte da keine fremden Finger dran lassen, fremde Blicke ebenfalls nicht. Sie kramte ein Nachthemd hervor. Dann suchte sie sich ihr Bettzeug heraus. Kaum war das Bett frisch bezogen, schlüpfte sie auch schon hinein und überließ sich dem Schlaf.

Nachts wachte sie zweimal auf und schaute sich suchend um. Jedes Mal sah das Zimmer um sie herum anders aus. Es hatte weder die Strukturen ihres alten Zuhauses noch die des neuen. Die Konturen schoben sich immer erst vor ihren suchenden Augen zurecht und erfanden dabei allerhand bemerkenswerte Kreationen, bis sie endlich das umrahmten, was tatsächlich vor ihnen lag.

5 ☼ New Morning

Am nächsten Morgen blinzelte Liliane erstaunt unter ihrer Bettdecke hervor, weil sich vertraute Töne an ihr Ohr schlichen. Von dort, wo sich die Tür zum Hausflur befand, drang etwas mehr als nur zimmerlautstarke Musik in ihre Wohnung ein. Sie lauschte. »New Morning« von Bob Dylan. Sie kannte den Song nur zu gut. Jetzt sang sie leise mit, ohne sich dagegen wehren zu können.

Die Worte, die sie verstanden hatte, ließen sie schlagartig hochschnellen. »Wirklich? Werden heut all meine Träume in Erfüllung gehen? Auch die mit ihm?« Glücklich fühlte sie sich in der Tat. In diesem Augenblick liebte sie das Leben.

Aufrecht im Bett sitzend, lauschte sie angespannt Richtung Tür. Ihre Augen musterten die Umgebung. Ihre Gedanken stellten ebenfalls Betrachtungen an:

… Bin ich denn gestern Abend nur noch wie tot umgefallen? Hier stehen ja sämtliche Türen offen. Normalerweise schlafe ich doch bei geschlossener Schlafzimmertür …

Ihr Blick fiel auf die Uhr. »Ach du Schreck!« Der vermeintliche Morgen gehörte der Vergangenheit an. Sie stülpte sich die Hausschuhe auf die Füße und schlich sich möglichst geräuschlos durch den Flur. Sie lugte vorsichtig durch den Spion, aber da war niemand zu sehen. Ihr Auge gab sich einige Mühe, bevor es endlich weiter unten suchte und fündig wurde. Sie stieß sich vom Türblatt ab und riss die Tür auf. Vor ihr stand ein Tablett mit Kaffee und Kuchen, einem Zettel und einem kleinen Lautsprecher, der offenbar drahtlos gespeist wurde. Sie hielt ihre ungebremste Freude zurück. Es war anzunehmen, dass die Quelle der Musik nicht weit entfernt von ihr ›verweilte‹.

Liliane faltete den Zettel auseinander.

Guten Morgen
und alles Gute zum Einzug!
Das erste Frühstück geht aufs Haus.
Darunter ein gekritzelter kleiner Blumenstrauß und daneben ein Schmetterling.

Das Lied begann wieder von vorn. Es wurde in Dauerschleife abgespielt. Damit auch der

Dümmste noch was vom Text mitkriegt, dachte Liliane. Sie fand diese Morgenbegrüßung rührend. Dennoch hielt sie etwas davon ab, kindlich naiv innerlich loszujubeln. Sie fragte sich, ob sie noch immer verstimmt war wegen gestern oder ob sie es ihm nur nicht so leicht machen wollte.

... Will ich nicht so berechenbar sein, wie er denkt oder es von mir erwartet? Schließlich hab ich mich ja auch in ihm getäuscht ...

»Lilly! Sei bloß nicht so zickig! Das steht dir nicht!«, schimpfte jemand in ihr.

Sie grinste ertappt. Die Stimme, die sich da in ihr beschwerte, hatte Recht, es stand ihr überhaupt nicht. Sie fühlte sich ziemlich beschissen in diesem vorausgeplanten, sich selbst ausbremsenden Verhalten.

»Trotzdem!«, entfuhr es ihr trotzig. Sie fand es ungerecht, dass alle Welt verlangte, dass eine Frau nachgeben müsste.

»Alle Welt? Spielst du denn in aller Öffentlichkeit?« Ihr Kobold nahm sie auch noch hoch.

Der verspätete Morgen drohte, eine verkorkste Wendung zu nehmen. Sie schnappte sich das Tablett und wollte eben damit in der Wohnung verschwinden, als ihr einfiel, dass sie den Lautsprecher lieber draußen lassen könnte. Sie nahm ihn auch schon runter, doch als Reinlichkeitsfanatikerin brachte sie es nicht fertig, das Teil auf den dreckigen Boden zu legen. Am Tag zuvor waren etliche Straßenschuhe dort entlang gestapft, was da so alles in den Profilen gesteckt haben konnte, wollte sie lieber nicht wissen. Also legte sie den kleinen Lautsprecher brav zurück aufs Tablett und brabbelte: »Ich mach mal wieder zu hinter mir.«

›Hinter uns‹, schoss es ihr durch den Kopf. Sie meinte vermutlich den Lautsprecher und sich. Wie es aussah, brauchte sie schon dringend einen Kaffee. Ihre Gedankengänge drohten allmählich, zu Kobolden zu mutieren.

Sie tauschte das Tablett gegen eines von sich, das nicht auf dem Boden gestanden hatte, und bugsierte es ins Bett. »*Wenn schon* Frühstück, *denn schon* im Bett«, erklärte sie sich selbst oder womöglich dem Lautsprecher.

Sie biss in den Kuchen und stöhnte mit vollem Mund ein »O köstlich« hervor. Der Teig war fluffig und gleichmäßig braun durchgefärbt, trotzdem saftig und geradezu himmlisch. Herr Florian Wieland hatte ihr zwei große

Stücke draufgelegt. Kichernd schlussfolgerte sie: »Entweder hält er mich für gefräßig oder er weiß, dass sein Kuchen unwiderstehlich lecker schmeckt.«

... *Sein* Kuchen? ...

Liliane versuchte das Ausmaß dieses *sein* zu ergründen. Sie ging davon aus, dass er ihn selbst gebacken hatte. Das war zwar nicht unbedingt das Wahrscheinlichste, aber sie bildete sich ein, ihr Nasensensor hätte einen verräterischen Duft im Hausflur bemerkt. Sie kaute genüsslich auf dem letzten Happen herum und war dabei der Meinung, in ihrem Zimmer sei eine Sonne aufgegangen. Um sie her wirkte es auf einmal heller.

Wer weiß, ob der Kaffee oder der, das Gehirn mit Nahrung versorgende, Kuchen daran schuld waren, aber Lilianes Stimmung sprang unvermittelt auf einem Trampolin herum und versuchte dabei Purzelbäume zu schlagen. Sie stellte das Tablett beiseite und zuckte im selben Moment heftig zusammen. Aus dem Lautsprecher tönte eine Stimme.

»Ich wollte mich für gestern entschuldigen«. Er räusperte sich. »Ich ... ähm ... ich ... hätte gewiss nur im Weg herumgestanden.«

In den Zwischenpausen wäre genug Platz für seine unausgesprochenen Worte gewesen. Doch er schaffte es nicht, sie da hineinzustopfen.

»Du liebe Scheiße! Habe ich mir hier eine Wanze eingefangen? Ein Abhörgerät auf einem Frühstückstablett?«, schnaubte sie empört. Doch er antwortete nicht darauf, sondern stammelte noch etwas hinterher.

Er tat ihr leid; sie spürte am Ton seiner Stimme, dass er sich quälte. Es sah aus, als hätte er ein ernstzunehmendes Problem.

»Ist schon gut.« Sie versuchte, ihn zu trösten.

Doch allem Anschein nach konnte er nur senden, aber nicht empfangen. Das war ihr durchaus lieber so. Sie prustete los vor Lachen, weil sich ihr Gedankenkobold provokant dazu äußerte: »Das wäre doch mal eine praktische Beziehungshilfe! Männer müssten nicht mehr zuhören und könnten jederzeit unwidersprochen Anweisungen geben!«

Liliane nahm den Absender des Frühstücks sofort in Schutz.

... Er hat halt gemerkt, dass er Mist gebaut hat, und wollte sich entschuldigen. Das ist doch echt lieb ...

Ihr Kobold gab zurück: »Aber was heißt denn ›Mist gebaut‹? Er war doch zu überhaupt nichts verpflichtet. Er ist schließlich nur dein Vermieter.«

Liliane führte sich fast schon wie ein Teenager auf. Sie bemerkte es selbst und lächelte verständnisvoll. Ihr Kobold verstand das als Einladung, etwas hinzuzufügen. »Ihr sitzt ja wohl beide in derselben Patsche!«

Liliane war überrascht, dass sich ihr nerviger Kobold so ernst anhören konnte. Sie zog die Stirn in Falten und lauschte in sich hinein.

Dann kam ihr eine Idee. Sie suchte nach einem Zettel, der sich farblich von seinem Blatt unterschied. Er sollte ja nicht denken, dass sie seine Mitteilung wieder zurückschickte. Ihr Zettel war hellblau. Sie schrieb, dass sie sich revanchieren wolle und fragte, ob er denn nicht am Nachmittag Lust hätte, sich die Wohnung anzuschauen, die sich doch deutlich verändert habe. Sie faltete den Zettel, legte ihn aufs Tablett, sein Tablett versteht sich, auch alles andere stand wieder darauf, und schwuppdiwupp landete das Ding samt Lautsprecher vor der Tür.

Liliane schämte sich ein bisschen, weil sie es mit nicht abgewaschenem Geschirr zurückgestellt hatte, und ihre Gedanken gerieten ordentlich in Streit darüber, ob das angemessen war oder nicht.

... Bei einem Hotelfrühstück erwartet ja auch keiner, dass man das Geschirr sauber zurückgibt. Aber das ist kein Hotel ...

Das Hin und Her in ihrem Kopf zog sich länger hin, als sie zum Vertilgen von Speis und Trank gebraucht hatte. Es war also garantiert unangemessen. Doch was sollte sie machen? Sie kannte ja ihren Kopf und seine Eigenheiten. Ihre Gedanken neigten dazu, sich aufzupusten wie ein Hefeteig, um sich dann genüsslich kneten zu lassen. Wieder und wieder und wieder ... bis man sich sorgen musste, dass ihm die Puste ausging. Was ja bei einem Hefeteig bekanntermaßen zu nichts Gutem mehr führt.

6 ☼ Sein oder nicht sein – das ist hier die Frage

Liliane fragte sich bald, wie sie denn erfahren würde, ob ihr Herr Nachbar am Nachmittag kommen wolle oder nicht. Bekäme sie vorher eine Nachricht? Oder nicht?

Sie ahnte nicht andeutungsweise, mit welchen Gedankengespenstern sich dieser ›Herr Nachbar‹ indessen herumschlagen musste. Wegen ihr. Mehr oder weniger.

Er traute sich nicht, die Schritte zu tun, zu denen sie ihn ermutigte. Er vertraute sich selbst noch nicht.

Seine Vergangenheit war seit Jahren von ihm abgetrennt und hinter eine Tür gesperrt, die er fest verriegelt hatte. Sie sollte gefälligst geschlossen bleiben. Doch neuerdings rappelte es dahinter, als wolle ihm etwas sagen, dass der Weg zu Liliane ebenso versperrt bliebe, wenn er nicht bereit wäre, diesen Teil seines Lebens anzunehmen. – Man kann nicht lieben, wenn man nicht vollständig zusammengesetzt ist. – Doch das wollte er nicht wahrhaben.

Um die Ecke gab es einen Bäcker. Liliane wollte auf jeden Fall etwas anbieten können. Ihre Kaffeemaschine war einsatzbereit. Die Küche hatte sie inzwischen auch schon wieder ›lilianisiert‹. So nannte sie das, wenn etwas echt nach ihr aussah. Nach ihrem Namen Liliane, auch wenn sie von den meisten Menschen Lilly oder Lila genannt wurde. Sie wusste zu der Zeit nicht einmal, welcher Name ihr selbst am besten gefiel. Es war beinahe so, als ob jeder, der sie rief, seinen eigenen Klingelton benutzen würde. Nur dass er sich den jeweils selbst zugewiesen hatte.

Sie folgte wahllos ihren wilden Gedankensprüngen und entdeckte dabei eine spezielle Neugier. Es drängte sie, herauszufinden, wo genau die alte Dame wohnte, die ihr tags zuvor wie ein Engel erschienen war. Sie überlegte, ob sie mal ›ganz zufällig‹ an ihrem Haus vorbei spazieren sollte, um sich einen gewissen Eindruck zu verschaffen. Am liebsten natürlich, ohne dass dieser Engel sie dabei erwischte. Liliane schwante aber, dass es schwer wäre, dieses Unterfangen so hinzubekommen.

Und wieder ein Gedankensprung. Ihr fiel ein, dass sie längst mal hätte nachschauen können, ob denn das Tablett vor der Wohnungstür verschwunden wäre. Das war gefundenes Fressen für ihre Selbstvorwürfe. Ihre ›Hätte-ritis‹ brach aus:

... Hätte ich nicht hinter dem Spion lauern können, bis er das Tablett abholen kommt? – Dann hätte ich seinen Gesichtsausdruck gesehen. Ich hätte dabei die Gelegenheit gehabt, zu beobachten, ob er den Zettel gleich liest, oder liegen lässt oder verstohlen einsteckt. – Ich hätte wenigstens ab und zu mal zur Tür gehen können, um nachzuschauen, ob oder wann das Tablett weggetragen worden war ...

»Schluss jetzt! Geh doch einfach hin und schau *jetzt* nach!« Ihr Kobold drängte sich energisch dazwischen. Doch zum Glück wie immer nur im Stillen. Wie gut, dass niemand mitbekam, was sich zeitweilig in Lilianes Kopf abspielte. Endlich huschte sie zur Tür, öffnete sie einen Spalt und lugte hinaus. Das Tablett war weg.

»Na also, das hättest du auch gleich haben können, ohne das ganze Palaver!« Ihr Kobold gab sich zufrieden.

Liliane fühlte sich ertappt. An ihrem unbeherrschten Denken wollte sie schon lange etwas ändern. Nur wie? Schuldbewusst verkrümelte sie sich auf ihre Terrasse.

Es schlug eben zwölf. Das Bimbam der Kirchenglocken aus dem Stadtzentrum bahnte sich einen Weg durch die ruhigen Außenbezirke der Stadt. Der Wind schien ordentlich dabei nachzuhelfen, denn Liliane vernahm erstmals Glockenschläge in dieser Wohngegend. Es wirkte fast symbolisch, dass es ausgerechnet zwölf schlug. Zum Glück Mittag und nicht Mitternacht, da hätte das eher eine beängstigende Note bekommen.

*****

Einige Zeit später verließ sie die Wohnung und huschte an *seiner* Tür vorbei, als wenn er nicht mitbekommen sollte, dass sie aus dem Haus ging.

»Was ist denn das nun wieder für ein Quatsch?«, meuterte ihr Kobold. Doch Liliane betrat schon den Gehweg vor dem Haus und blieb ihm eine Antwort schuldig.

Die Sonne empfing sie so unerwartet herzlich, dass sie die Augen schloss und alles um sich herum für einen Augenblick vergaß. Die Wärme durchdrang ihre Haut und pulsierte in ihren Muskeln.

»Herrlich!«, stöhnte sie leise vor sich hin.

Die sonnendurchflutete Luft war klar und erinnerte sie an Urlaub. Liliane sog sie begierig in sich auf und füllte ihre Energiereserven nach. Sie setzte sich in Bewegung und spürte, wie die Sonnenstrahlen im Nacken stachen. Es war wohl ein bisschen zu viel des Guten.

Liliane schlenderte ziellos durch die Straßen rund um ihr neues Zuhause und betrachtete die verschiedenen Häuser. Ihr wurde klar, in was für eine ausgesprochen gepflegte Wohngegend es sie verschlagen hatte. Für ihren Geschmack fast schon ein bisschen zu ordentlich.

… Man würde sich hier nicht trauen, einen falschen Schritt zu machen. Gewiss würde jemand hinter der Gardine hervorlugen und es bemerken …

An der nächsten Ecke entdeckte sie ein ausgesprochen niedliches Kätzchen, das sich durch eine Zaunspalte zwängte.

Wenn die Kleine mal größer wird, passt sie da nicht mehr durch, bedauerte Liliane an deren Stelle. Die Mieze drehte sich nach ihr um. Unwillkürlich begann Liliane zu schnalzen. Die Katze legte den Kopf schief und wusste nicht recht, was sie davon halten sollte. Liliane brachte ein herzzerreißendes Babykatzen-Miauen hervor. Die Kleine wandte sich ihr endgültig zu und steckte ihren Kopf noch einmal durch die Spalte, durch die sie sich eben hindurchgezwängt hatte. Liliane miaute wieder und ließ sich in die Hocke nieder. Sie konnte es nicht lassen. Es überfiel sie das unbändige Bedürfnis, mit dem Kätzchen zu kommunizieren. Die Kleine antwortete mit einem leisen »Miu«.

»Na komm mal her, du kleiner Spatz!«, raunte Liliane ihr zu.

Und obwohl sie doch kein Spatz war, erhob sie ihr Schwänzchen und miaute sich Mut zu. Vorsichtig tappte sie auf die sich anbietende Menschen-Mama zu. Die hielt ihr ihren Handrücken entgegen und flüsterte: »Komm ruhig, ich liebe euch alle.«

Das Tigerchen stellte übermütig seine Vorderpfötchen auf ihren Oberschenkel, und ehe sie sich versah, stupste es sein Köpfchen gegen ihre ihm zugewandte Stirn. Liliane quietschte vergnügt auf, obwohl sie es eher schaurig-schön fand, denn sie hatte ja keine Ahnung, ob sie eine gepflegte Wohnungskatze mit Auslauf oder einen kleinen Streuner vor sich hatte. Sie hoffte inständig, dass das keiner Flohverteilung gleichkam. Einfühlsam, wie Katzen nun einmal sind, zog sich das Samtpfötchen wieder von ihr zurück. Es tat Liliane leid, aber es war sicher besser so. Wehmütig schaute sie ihm nach.

Das Miezchen huschte erneut durch die Zaunspalte, drehte sich nicht ein einziges Mal nach Liliane um und verschwand schnell aus ihrem Blickfeld.

Die Katze hatte es gut. Sie war schon im nächsten Augenblick ihres Lebens angekommen, während Liliane immer noch darüber nachgrübelte, ob sie sie mal wiedersehen würde oder ob sie einem Frauchen oder einem Herrchen gehörte, ob sie wohl noch mit ihrer Katzenmama zusammenlebte ... Am Ende vernahm sie die Stimme ihres Kobolds, der aufmüpfig frotzelte: »Und das Denken soll eine tolle Begabung des Menschen sein? Ich hab ja eher den Eindruck, dass das ein sich ewig entleerender Müll-Bagger ist!«

Lilianes Kobold hatte zwar beständig Spaß daran, sie zu ärgern oder herauszufordern. Doch insgeheim gab sie ihm häufiger Recht, als sie sich ihm gegenüber anmerken ließ. Die beiden waren ein eingeschworenes Team, auch wenn ihr Kobold manchmal wirkte, als wolle er ihr als Tyrann erscheinen. Das Piesacken galt eher als Lebenshilfe.

Liliane fiel ein Kiosk auf, der einen kleinen Friseursalon beherbergte.

... Cleverer Platz hier inmitten der Eigenheime ...

Sie wechselte interessiert die Straßenseite. Das grellbunt bemalte Häuschen zog sie an. Sie drückte sich die Nase platt, um trotz der spiegelnden Fensterscheiben etwas zu erkennen. Lachend rief ihr die Frisöse entgegen: »Sie dürfen gerne eintreten!«

Nein! Haareschneiden ist nichts für mich, entgegnete Liliane im Stillen. Doch die ungewöhnlich farbfreudige Fassadengestaltung faszinierte sie. Um nicht unhöflich zu erscheinen, steckte sie ihren Kopf zur offen stehenden Tür hinein und erkundigte sich:

»Sind Sie schon länger hier? Das sieht alles so frisch gemacht aus hier draußen.«

Innen sah es ebenfalls frech-freundlich aus. Die Wände strahlten ihr neongrün entgegen. Den Pflanzen ringsum schien es nicht minder zu gefallen.

»Ich habe den Salon vor drei Monaten eröffnet. Ich hab immer noch Einführungsangebote laufen. Trauen Sie sich ruhig rein!«

Doch Liliane wagte sich nicht weiter. Frisösen traute sie grundsätzlich nicht. In der Vergangenheit hatten sie ihr immer mehr abgeschnitten, als sie vorher vereinbart hatten. Deshalb mied sie Scheren, die ihrem Kopf zu nahe kommen könnten. Von Kindheit an wollte sie lange Haare haben. Am liebsten eine lang wallende Lockenmähne! Natürlich! Sie hatte ja nur glattes Haar, dem jedes Volumen fehlte. Doch dafür wurde sie von den Lockigen beneidet, die allen Ernstes glaubten, sie könne froh sein, und sie würden liebend gerne mit ihr tauschen. Wieder mal typisch, oder? Man vergöttert doch meistens das, was die anderen haben.

Hinter dem Tresen hing eine überdimensionierte Wanduhr, die unübersehbar die Uhrzeit verriet. Gleich darunter den Wochentag, die Temperatur und die Mondphase. Liliane stand noch immer in der Türöffnung. Sie zuckte zusammen und starrte entsetzt auf die Uhr. Im Stillen schimpfte sie:

... Was mache ich hier?! Ich wollte doch nur Kuchen kaufen! Ich brauch doch nachher noch Zeit, um mich für meinen Besuch ›zurecht‹ zu machen ...

Sie suchte schnell nach Worten, um sich wieder zu verabschieden. »Na dann viel Erfolg mit dem Geschäft! Es sieht jedenfalls sehr ansprechend aus. Es lockt sogar Leute an, die um Friseursalons für gewöhnlich einen Bogen machen!«

Sie hörte ein lachendes Dankeschön und schon war sie weg. Ihre Gedanken kramten in ihrer Erinnerung.

... Wo war nochmal der Bäcker? ...

Liliane sortierte ihre internen Straßenkarten und überlegte, wie sie auf schnellstem Wege erst zum Bäcker und dann nach Hause käme. »Gott her je«, stöhnte sie bei ihrem nächsten Blick auf die Uhr. »Ich bin ja weit rumgekommen in der kurzen Zeit!«

»Kurz?!«, frotzelte ihr Kobold.

Der Bäcker war gut sortiert. Sie kaufte verschiedene Kuchensorten und hoffte, dass etwas dabei wäre, das ihr Herr Nachbar gerne mochte.

Dann lief sie schnurstracks und im Eiltempo nach Hause.

Sie schnaufte und stoppte kurz vor der Tür, dessen Namensschild ihr immer wieder putzig ins Auge sprang. Die Buchstaben des ›Florian Wieland‹ hoben sich schillernd in jeweils unterschiedlichen Farben vom Untergrund ab, als ob sie sich dagegen wehrten, auf einem Schild gebannt zu sein. Sie hüpften lustig durcheinander und wirkten dennoch nicht chaotisch. Der Kontrast aus der Freude, die das ausdrückte, und der trotzdem ruhigen Schriftart verzauberte jedes Mal Lilianes Sinn für solche Ausdrucksformen.

Sie lächelte das Schild an und verstand endlich das Geheimnis dahinter. Es wirkte, als wäre es in 3D. Es vermittelte Tiefe. Liliane wackelte anerkennend mit dem Kopf und stieg die Treppe hinauf. Da hörte sie ein Knacken an der hinter ihr liegenden Tür und sie rätselte:

… Hat er hinter der Tür gestanden, während ich mich der Wirkung seines Namen-Schilds nicht entziehen konnte? Das ist mir aber unangenehm! ...

»Irgendwie doch eine blöde Erfindung diese Spione!«

Diesmal gab sie ihrem Kobold sofort Recht. Manchmal waren sie auch mal einer Meinung.

Misstrauisch drehte sie sich noch einmal um. Doch sie war schon außer Sichtweite seiner Tür. »Nun schließ endlich auf«, drängelte ihr Kobold.

»Ja, ja, ich mach ja schon«, nuschelte sie zurück. Doch sie war sich endgültig sicher, dass Herr Wieland sie durch die Tür beobachtet hatte.

Liliane brachte die Kuchenpakete in die Küche und freute sich über die helle, freundliche Ausstrahlung der Kochnische. Sie tippte auf den Knopf vom Radiowecker, bei dem sie nur die Taste für die Ein-Stunden-Wiedergabe nutzte. Meistens hielt sie es nicht aus, dem Gequatsche länger zuzuhören. Musik im Stück kam ja immer seltener. Doch in dem Moment wurde die Uhrzeit angesagt. Piep, piep ... es ist 15 Uhr. Die Nachrichten wollte sie jetzt nicht hören.

Flugs stürmte sie ins Bad und warf einen Blick in den Spiegel.

»O je – kein Wunder, dass die Frisöse dich gleich eingeladen hat, einzutreten. Von wegen lange, glatte Haare!« Ihr Kobold war wieder in seinem Element.

Liliane sah aus, als hätte sie morgens vergessen, sich zu kämmen. Womöglich hatte sie das sogar. Sie war ja den ersten Teil des Vormittags noch damit beschäftigt gewesen, ein paar Dinge an ihren neuen Platz zu räumen. In den Kisten im Schlafzimmer hatte sie vergeblich versucht, etwas zu finden, das sie vermisste. Bei dieser Erinnerung stieß ihr eine Frage auf ... Müsste ich nicht endlich mal damit anfangen, die restlichen Kisten auszupacken?

»Na klar! Ausgerechnet jetzt. Kurz bevor Besuch kommen könnte«, wetterte ihr Kobold.

... Könnte? Was soll denn das nun schon wieder heißen? ...

Sie bürstete ihre Haare und nahm sich dann die Ponyhaare nach hinten, um ein Zöpfchen daraus zu flechten. Im Nu hatte sie auch ein bisschen Make-up auf der Nase und verstrich es soeben unter den Augen, als ihr einfiel, dass es vielleicht besser wäre, nicht geschminkt auszusehen. Also kaschierte sie den Kajal-Strich ein wenig und verwischte überhaupt alles ein bisschen. Sie wollte als natürlich schön wahrgenommen werden. Dazu spottete ihr Kobold: »Aha – *natürlich* nennt man das. Ich würde ja Mogelpackung dazu sagen.«

Sie griente über das ganze Gesicht. »Und? Hab ich wenigstens gut gemogelt?«

»Na ja ... das lässt sich nicht bestreiten«, gab er zu, »aber was hast du eigentlich mit ihm vor?«

Da überfiel Liliane ein heftiger Hustenanfall. Ihr war versehentlich Spucke in die Luftröhre geraten.

»Na, na, na, wer wird sich denn gleich so an einer harmlosen Frage verschlucken?« Ihr Kobold ließ nicht locker.

»Das hat überhaupt nichts mit deiner Frage zu tun, sondern mit meiner ...«

»Ach ja? Du weißt doch sonst, wie man richtig Luft holt«, unterbrach er sie.

Liliane kam es so vor, als mische sich ihr Kobold neuerdings unablässig ins Geschehen. Es gab ja sonst auch mal Tage oder sogar Wochen, an denen sie seine Existenz völlig vergessen konnte.

... Es liegt wohl an der neuen Umgebung ...

»Ja, an der neuen männlichen Umgebung.« Er kicherte schon wieder dazwischen.

Auf einmal erfasste sie eine Neugier bezüglich ihres so lebensecht wirkenden Kobolds. »Was bist du eigentlich für einer? Also Männchen oder Weibchen?« Ihre Frage verschlug ihm kurz die Sprache.

»Wieso willst du das wissen? Wofür ist das denn wichtig?«

»Interessiert mich eben!«

»Das reicht nicht als Antwort!«

»Und warum antwortest du nicht?«

»Weil das keine Rolle spielt! Das schafft nur Vorurteile.«

»Hm. Keine Rollenzuweisung, was?«

Sie kicherten im Chor.

Für sie war es DER Kobold. Also ein ER. Doch das Fragezeichen hatte sich nun einmal in ihrem Kopf eingenistet. Sie schwieg darüber hinweg.

*****

Es klingelte. Der tief tönende Ging-Gong erfüllte die Räume wie ein chinesischer Gong.

Ein warmer Ton, der einen nicht aufschrecken ließ, sondern vorbereitend umstimmte, Besuch empfangen zu wollen. Liliane näherte sich der Tür. Ihre Hand zögerte eine Sekunde, bevor sie die Türklinke niederdrückte. Vor der Tür stand ein Weidenkörbchen, das mit Blumen bepflanzt war.

Er brachte keine Schnittblumen, sondern lebende.

Liliane starrte halb hoffend und halb ungläubig darauf, doch dem Korb entsprang auch nicht die kleinste Form des Mannes, den sie erwartet hatte. Gleichzeitig empfand sie, dass er sie schon viel zu gut kannte. Doch sie verstand nicht, warum er sich ihrem Bedürfnis entzog, *ihn* näher kennenzulernen? Sie konnte ahnen, was auf dem Zettel, der sich da an den kleinen Blümchen festklammerte, stand. Ein Rosafarbener. Sie lächelte mädchenhaft.

Sie hockte sich vor das Körbchen und wollte die Nachricht an sich nehmen, doch sie sprang stattdessen in die Höhe und riss das Arrangement samt Zettel mit hoch. Sie schloss die Tür. Hinter sich und dem Körbchen. Ihre Mundwinkel ließen ihre Schultern hängen. Sie hielt einen Moment verständnislos die Luft an. Doch der Blumenduft drängte im nächsten Augenblick an ihrer Ratlosigkeit vorbei. Sie stand immer noch an der Tür und starrte auf die vorgeschobene Blende vor dem Spion.

... Er kommt und kommt doch nicht ...

Der Satz pochte hinter ihrer Stirn. Sie umfasste das Körbchen und drückte es sich an den Bauch, als wäre es die Person, die sie stattdessen gern umarmt hätte. Sie stupste ihr Gesicht in die Blümchen und sog den Duft ein. Ein zarter, feiner, aber doch durchdringender Duft. Dabei kam es ihr vor, als hätte sie das Körbchen selbst erbeutet. Irritiert zerknautschte sie ihre Stirn und die Nase gleich hinterher. Es gelang ihr mal wieder, sich anhand ihrer eigenen Gedanken und Empfindungen selbst zu verwirren. Sie brachte das Körbchen auf den Glastisch auf dem Balkon und las den Zettel.

Liebe Liliane,
ich wäre gerne persönlich erschienen.
Doch ich konnte nicht.
An meiner Stelle wenigstens dieser
kleine Blumengruß für dich.
Damit du die Geduld nicht verlierst.
Florian

Sie spürte an jeder Zeile, wie oft sie vorher auf einem anderen Zettel geübt worden war, bevor sie endlich akzeptiert wurde und auf diesem hier landen durfte.

Sein ›Doch ich konnte nicht.‹ war eine eigenständige Aussage.

Diese fünf Zeilen Text waren imstande, sich zu einem Roman aufzuplustern. Jeder Satz schien mehr zu bedeuten. Das Papier enthielt so viele ungesagte Worte. Sie strich vorsichtig mit den Fingerspitzen darüber und erinnerte sich daran, wie sie ein anderes Mal mit unsichtbaren Fingern eines seiner Löckchen beiseite zu streichen versucht hatte. Das, was sie von *ihm* sah, wenn sie ihn nicht sah, wirkte so zerbrechlich. Halt suchend. Verletzt. Hoffend.

Ihr Kobold holte schon Luft und wollte etwas sagen. Doch er überlegte es sich anders und schwieg. Sie nickte dankbar mit dem Kopf. Als sie sich dem Terrassenmäuerchen näherte, um sich ein wenig Wind um die Nase wehen zu lassen, musste er doch noch seinen Senf dazugeben. »Immerhin seid ihr jetzt schon beim *Du* angekommen.«

Es stimmte. Das war ihr nicht einmal aufgefallen. Ihren Namen kannte Florian ja aus dem Mietvertrag. Aber bisher hatten sie sich gesiezt. Liliane fiel auf, dass sie das eigentümliche Gefühl hatte, sie wären sich seit ihrem ersten Tag schon an vielen Tagen begegnet. Sie grübelte, wieso das so wirken konnte und wodurch. Und ihr fiel auf, dass sie ihn permanent in ihrer Nähe spürte. Er schien selbst, wenn sie nicht an ihn dachte, seltsam präsent zu sein.

Das war eine schöne Einladung, um stundenlang darüber nachzugrübeln!

7 ☼ UND – WENN – DOCH ... Ein komplizierter Fall

In den folgenden Tagen widmete Liliane sich ihren Umzugskartons. Die einen faltete sie fein säuberlich zusammen und bündelte sie, damit sie im Keller aufbewahrt werden konnten. Über die anderen erschrak sie, denn sie enthielten so viel mehr, als Liliane überhaupt brauchte. Sie versuchte dennoch, alles in Schubladen und Schrankfächern unterzubringen. Das dauerte. Ansonsten experimentierte sie mit Lampen und Spiegeln herum, welche die kleinen Räume größer erscheinen lassen sollten. Das gelang ihr recht gut. Im Anschluss betrachtete sie voller Zufriedenheit ihr Werk. Zuletzt kamen dann die Bilder an die Reihe. Sie hatte ja extra weiß gestrichene Wände, damit die Farben ihrer Fotos sich nicht mit der Wandfarbe bissen. Und ihre Schwarzweißfotos duldeten sowieso keinen farbigen Hintergrund.

*****

Die Tage vergingen wie im Flug. Ab nächstem Monat wollte Liliane sich wieder ihrem Job widmen. Bis dahin sollte sich alles an seinen neuen Platz gewöhnt haben oder sich angekommen fühlen. Den Gegenständen in der Wohnung gelang das. Liliane spürte hingegen in stillen Momenten eine dumpfe Leere, die sie unmissverständlich daran erinnerte, dass der Wohnungswechsel nicht der einzige Grund war, sich diese etwas längere Auszeit zu gönnen. Sicher, sie hatte ihre Agentur wegen der neuen Wohnung dicht gemacht, aber *nicht nur* deshalb.

Sie blätterte durch ein überdimensioniertes Fotoalbum, das sie liebte. Es erinnerte sie an ihre Ambitionen und es spiegelte ihre Weltsicht wider. Sie hatte die Mimik auf Menschengesichtern verschiedenen Alters eingefangen. Jeder Ausdruck erzählte eine eigene Geschichte. Die meisten Bilder waren in Schwarzweiß.

»Schwarzweißfotos kommunizieren in einer anderen Sprache mit ihrem Betrachter«, hatte Liliane einmal Carla gegenüber behauptet,

»oftmals unterhalb der täuschenden Oberfläche.«

Manche ihrer Fotos hatten vor Jahren auf einer Ausstellung gehangen. Sie erkannte sie und strich zärtlich darüber. Ihre alte Leidenschaft für die Fotografie erwachte. Ein Schleier hängte sich vor ihre Augen. – Gleichzeitig erinnerte sie sich an eine andere, vernachlässigte Sehnsucht. In ihrer Brust zog sich etwas zusammen, es pikste in ihrer Seele. Sie hatte so gehofft, nicht nur innerhalb ihrer Wände, sondern auch in ihrem Leben ließe sich einiges umstellen. Es sah aber nicht danach aus.

Die Auszeit sollte in den nächsten Tagen enden. So war es ursprünglich geplant. Ein bisschen freute sie sich sogar darauf. Die Herausforderungen, die dann wieder auf sie warteten, hatten durchaus etwas Verlockendes. Denn der Beruf als Grafikdesignerin bot ihrer Kreativität immer genügend Anreiz. An Wochenenden nahm sie manchmal Aufträge als Fotografin an. Womöglich, um nicht zu vergessen, dass sie das ursprünglich mal zu ihrem Beruf auserkoren hatte. Doch das Eine wie das Andere flüsterte ihr zu dieser Zeit nicht zu, dass sie am Ziel ihrer Wünsche angekommen wäre. Bis dahin machte sie das Beste aus beidem.

Die Idee ›Florian‹ versuchte sie sich aus dem Kopf zu schlagen. Auch wenn es sie schmerzte. Sie warf sich vor, gehofft zu haben, eine neue Liebe könne so leicht zu finden sein.

Florian hatte sich seit ihrer Einladung nicht bei ihr blicken lassen. Seit dem Entschuldigungszettel in dem bepflanzten Körbchen herrschte Funkstille. Liliane fand nicht, dass sie an der Reihe wäre zu handeln.

... Warum soll ich die Aufmerksamkeit von meinen eigenen Angelegenheiten abziehen? Nur um mich seinem scheinbar unüberwindbaren Hindernis zuzuwenden? ...

Sie versuchte, rechtzeitig gegenzusteuern. Denn sie wusste nur zu gut, dass sie eine Affinität zu komplizierten Männern hatte. Ob, weil sie Angst vor einer langweiligen Beziehung hatte, oder, weil sie eine Herausforderung suchte, war ihr selber nicht klar. Vermutlich beides. Sie fühlte sich, als genetisch veranlagte Fotografin, beständig von besonderen Kontrasten angezogen. Das traf offenbar nicht nur im bildlichen Sinne zu. Doch jetzt war ihr nicht danach.

»Ja muss denn eine Beziehung, die vor allem Geborgenheit vermitteln soll, überhaupt kontrastreich sein?«, meldete sich ihr seit Tagen verstummter Kobold zurück. »Übertreibst du nicht ein bisschen mit deinem Faible für starke Kontraste?« Er verlieh ihrem Bedürfnis Ausdruck, einen unkomplizierten Prinzen zu finden. Doch das wollte sie nicht zugeben.

»Du weißt doch: Gegensätze ziehen sich an!«, belehrte sie ihn.

»Und wenn sie aufeinanderprallen, folgen die Unwetter!«, konterte er.

»Ich hab ja nicht von Hochs und Tiefs gesprochen. Ich suche nicht nach Wetterlagen, sondern nach einer gleichrangigen Beziehung.«

»Nach einer Kontrastreichen, aber Harmonischen und Gleichrangigen, ja, ja. Da bin ich auch schon neugierig drauf!« Sein kecker Tonfall malte die Chancen, die sie seiner Meinung nach hatte, direkt vor ihr in die Luft. Die Seifenblase sah transparent und betont leer aus, sie schillerte nicht einmal.

»Du kleiner Miesmacher!«, beschimpfte sie ihn. »Statt mir Mut zu machen, versuchst du mir den Boden unter den Füßen wegzuziehen!« Sie beschwerte sich lautstark. Diesmal war das Gespräch nicht nur innerhalb ihres Kopfes abgelaufen. Sie wurde rot. Denn sie befürchtete, Florian würde etwas davon mitbekommen, wenn sie hier oben so laute Selbstgespräche führte. Ihr Kobold lachte und sie fühlte sich ertappt. Denn es amüsierte ihn, dass sie sich vor dem, den sie sich aus dem Kopf schlagen wollte, genierte.

Liliane machte sich aber ernsthaft Gedanken. Hatte Florian sie gehört?

Es war unwahrscheinlich, doch ihre Befürchtung war in den vergangenen Jahren konditioniert worden. Ihre letzte Wohnung war so hellhörig gewesen, dass sie allein deshalb dort ausziehen musste. Es nervte sie ungemein, wenn ihre Gedankengänge vom Gemurmel ihrer Nachbarn beeinflusst wurden. Ganz davon abgesehen, dass sie nie laute Musik machen konnte, ohne jemandem auf die Nerven zu fallen. Doch vor allem, wenn sie früh um zwei Uhr lauthals loslachte und sich gleichzeitig daran erinnerte, dass sie das ja eigentlich nicht dürfte, sorgte dafür, dass ihr das Lachen augenblicklich im Hals stecken blieb, statt munter durch die Wohnung zu ziehen und die Räume mit Energie zu erfüllen. Ach, wie sie das gehasst hatte! Ihr graute noch nachträglich vor den vielen Jahren, die sie diesbezüglich in der alten Wohnung gelitten hatte.

An dem Tag, an dem sie die Anzeige entdeckt und die angegebene Telefonnummer – für ihre Verhältnisse kurzentschlossen – in ihr Handy getippt hatte, war eine ihrer ersten Fragen prompt die nach der Hellhörigkeit. Der Vermieter hatte kurz aufgelacht und sie diesbezüglich beruhigt. Es sei ein gut gedämmtes Haus in Massivbauweise. Kein Plattenbau mit Eisen in den Betonwänden, die gut auch als Telefonleitung fungieren könnten. Er sprach ihr damals aus der Seele und kannte die Problematik anscheinend aus eigener Erfahrung.

»Außerdem wäre ich Ihr einziger Nachbar, falls Sie sich für die Wohnung entscheiden.«

Die Worte hallten später noch einmal in ihr nach. Seine Stimme hatte auf Anhieb eine angenehme Wirkung auf sie ausgeübt. Obwohl sie sich zu diesem Zeitpunkt keineswegs näher kannten, kam ihr seine Stimme merkwürdig vertraut vor.

»Oho, ihr seid euch schon sooo vertraut ...«
Ihrem Kobold war damals prompt eine anzüg-
liche Stimmmodulation für diesen Satz
gelungen. Sie hätte dem kleinen Kerl am liebsten eine gepfeffert.

Die Erinnerung verblasste wieder, aber für
sie stand immer mehr außer Frage, dass der
Kobold ein ER war. Doch der kicherte lustvoll
und lachte sie aus.

So sah das aus, wenn Liliane versuchte, sich
jemanden aus dem Kopf zu schlagen. Kaum
wurde ihr klar, dass sie schon wieder in
Gedanken bei Florian war, schüttelte sie energisch ihre Hände, als ob da etwas von ihr
abfallen sollte. Um sich abzulenken, widmete
sie sich ihren Blumentöpfen. Sie schleppte eine
Kanne Wasser nach der anderen nach draußen,
um den Pflanzen ihr rechtmäßiges Nass
zukommen zu lassen. Außerdem war für einige
von ihnen Dünge-Tag. Selten aber regelmäßig
bekamen sie auch etwas Nahrung von ihr.

... Von Licht und Luft allein kann man
schließlich nicht lieben ...

Sie hatte allen Ernstes ›lieben‹ anstelle von
›leben‹ gedacht! Ihr Kobold krümmte sich vor

Lachen. Sie sah ihn fast schon leibhaftig vor sich, und zwar sich lautstark auf dem Boden hin und her wälzend.

Liliane fehlte ihre Arbeit. Sie wusste, dass sie erst wieder aufhören würde, sich dermaßen mit sich selbst zu beschäftigen, wenn sie sich auf etwas anderes konzentrieren *müsste*. Ihre Aufmerksamkeit brauchte dringend eine neue Richtung.

*****

Der Ging-Gong schallte durch den Flur. Liliane hob erstaunt die Augenbrauen und fragte sich, wer das sein könnte. Es gab nicht viele, die dafür in Frage kamen. Sie hatte die neue Adresse noch nicht allen mitgeteilt. Die meisten riefen ja sowieso nur an. Sie öffnete die Tür und war echt gespannt, wer oder was da auf sie wartete. Sie hatte nicht erst durch den Spion geschaut.

Ein ›OM‹ rauschte durch ihren Kopf. Sie holte tief Luft und fasste nach ihren Oberschenkeln. Dieser Reflex konnte leicht so aussehen, als wolle sie ihre Beine daran hindern, fortzulaufen. Ihr Blick wusste nicht, worauf er sich richten sollte. Um jeden Preis versuchte er, den Augen auszuweichen, die sich darum bemühten, ihn einzufangen. Liliane holte noch einmal tief Luft. Florian musste lachen, weil sie dabei eher schon schnaufte. Dies Lachen zog ihren Blick mit Leichtigkeit auf sich. Seine Lippen zuckten, bevor sie sich zu sprechen trauten.

»Ist es so anstrengend, mich nicht anzusehen, dass du davon aus der Puste kommst?«

Eine witzige Einleitung hatte er ja immerhin gefunden. Liliane hob den Kopf und schaute zaghaft zu ihm auf. Sie wollte nur kurz, nur äußerst flüchtig, einen Blick erhaschen, doch kaum hatte sie das getan, hielt *sein* Blick sie gebannt. Sie schluckte. Es folgte ein dritter geräuschvoller Luftzug ihrerseits.

»Hast du gerade was vor? Ich würde dich gern einladen, mitzukommen. Wir könnten essen gehen und endlich mal ein Glas Wein zusammen trinken. Wir müssen schließlich noch auf unser ›DU‹ anstoßen ... das ich so frei war, mir zu erlauben.« Seine Augen strahlten Ruhe aus.

Liliane stieß ein überraschtes »Hm« hervor. Genau genommen brummte sie nur. Das einzige Wort, das sich in ihr finden ließ, war ein »Jetzt?« Sie schaute auf die Uhr. Doch sie schmunzelte dabei, weil er so gestelzt dahergeredet hatte.

Sie musterte ihn gründlich. Sein weißes Hemd war weit geschnitten, die oberen drei Knöpfe standen offen, der Ausschnitt gewährte Einblick. Liliane konnte sich offenbar wieder rühren. Doch ausgerechnet ihre Augen begaben sich zuerst auf Wanderschaft. Das brachte sie in Verlegenheit. Um davon abzulenken, schaute sie ihm fragend in die Augen, und das ermutigte ihn, weiterzusprechen.

»Lieber jetzt gleich auf der Stelle! ... Damit ich es mir nicht wieder anders überlege.« Er flüsterte den zweiten Satz, als würde er ihr ein Geheimnis anvertrauen.

»Mittags trinke ich eigentlich selten Wein. Und so richtig Mittag ist ja noch nicht einmal.« Beinahe hätte sie es verpatzt.

»Wir werden die Zeit schon rumkriegen, bis deine Weintrinkzeit anbricht.« Die Ruhe seines Lächelns verzauberte sie.

Liliane strahlte ihn an. Sein Satz wirkte wie ein Herzensbrecher. »Willst du reinkommen?

Ich muss mir ja wenigstens was anderes anziehen«, erkundigte sie sich vorsichtig.

Er druckste verlegen rum. »Ich kann ja hier warten, hier ist es auch ganz nett.«

Er wollte also nicht reinkommen. Das war ihr in dieser Situation auch lieber. Sie wollte sich ja schließlich umziehen ... und dem geht ein Ausziehen voraus. Sie ließ die Tür offen und lief grinsend ins Wohnzimmer, schnappte sich den erstbesten Stuhl, der ihr im Weg stand, und brachte ihn zu ihm vor die Tür. »Der hat ja Platz hier. Für alle, die sich lieber *vor* der Tür aufhalten wollen. Vielleicht hilft das, dazubleiben. Im Sitzen läuft man nicht so schnell.« Ihre Anspielung war ziemlich demonstrativ ausgefallen. Aber er grinste und setzte sich artig hin. Sie freute sich wie ein kleines Mädchen, dem ein Streich gelungen war, schloss die Tür und huschte zu ihrem Schrank im Schlafzimmer.

Ihr Kobold konnte die Luft natürlich schon nicht mehr anhalten: »Früher in den Märchen lief das aber anders! Heutzutage muss die Prinzessin wohl ihren Prinzen erst einmal einfangen, bevor er sie erlösen kann. Oder wer muss hier wen erlösen?« Die letzte Frage bebte eigenartig. Liliane hatte schon gehofft, er wäre fertig, doch er setzte nach: »Willst du nicht lieber ein Lasso mitnehmen?« Sie musste aufpassen, nicht wieder aus Versehen laut zu werden, und zischelte: »Nun halt aber mal die Klappe! Hilf mir lieber und sag, was ich anziehen soll!«

»Die schwarze Jeans, das silbrig schimmernde Top und die blaue Seidenbluse darüber. Er wird dir ohnehin die ganze Zeit nur in die Augen sehen.« So hatte sie ihren Zwerg noch niemals trällern hören.

Aber sie folgte seinem Rat und war schneller fertig als üblich. Selbst ihr ›unsichtbares Make-up‹ war im Nu gelungen. Wer weiß, wie lange Florian es da draußen auf dem Stuhl ausgehalten hätte, bevor er sich doch doof vorgekommen wäre. Sie lugte vorsichtig durch den Türspalt, ehe sie gänzlich öffnete und sich bei ihm erkundigte: »Na, kommst du klar hier draußen?«

»Ja, ja, mach in Ruhe.«

Doch sie sah ihm an, dass er froh war, dass sie bereits umgezogen vor ihm erschien.

»Ich suche nur noch 'ne Handtasche. Für gewöhnlich laufe ich immer mit so 'nem

Riesending rum, damit ich gewiss alles dabeihabe. Aber zum Essen kann ich ja vielleicht mal drauf verzichten. Ich hoffe, dass ich das überlebe.« Sie betonte das Ende des Satzes etwas theatralisch. Er lächelte erst verwundert, dann dankbar. Liliane hatte ihm anscheinend einen Gefallen getan, eine ihrer Schwächen zuzugeben. Und sie dachte bloß ... Na wenn es sonst nichts wäre!

Denn damit hätte sie ihm jederzeit dienen können. Wenn sie nur allein an ihre Schmutzvermeidungsstrategien dachte. Oder an triefende Hundenasen. Doch, ja, sie hätte ihn durchaus für ein Weilchen mit solchen kleinen Freuden versorgen können!

Seitdem Liliane nach Florian geschaut hatte, war die weit geöffnete Wohnungstür an die dahinterliegende Wand angelehnt. Er hätte durch alle offen stehenden Türen einen Blick auf ihre Einrichtung erhaschen können. Doch wie es Liliane schien, schaute er eher angestrengt die Treppe runter.

»Du bist echt ein Naturtalent in puncto komplizierte Männer«, ließ ihr Kobold verlauten. Liliane zog vorwurfsvoll die Augenbrauen hoch, als wolle sie sich bei ihm beschweren, weil irgendwer sonst diese Bemerkung hätte hören können.

Endlich hatte sie alles beisammen.

Sie schloss die Tür zu und versuchte dabei, die ewig von der Schulter rutschende Handtasche zu bändigen. Immer wieder landete der Riemen in der Armbeuge und die Tasche stupste fast auf den Boden. Liliane fluchte leise vor sich hin: »Das hat man davon, wenn man sich mit diesen kleinen Dingern einlässt.« Bei ihrem letzten Versuch, den Riemen auf der Schulter zu behalten, knurrte sie genervt.

Als die Tasche das nächste Mal ins Rutschen kam, fing Florian den Riemen auf, bevor er unten ankam. Vorsichtig schob er den schmalen Lederstreifen Liliane wieder auf die Schulter. Seine Berührung ging ihr durch und durch. Sie schloss reflexartig die Augen, um diesen Moment zu genießen. Und seine Finger blieben durchaus etwas länger als unbedingt nötig auf ihrer Schulter liegen. Sie strichen scheinheilig über das Handtaschenbändchen, welchem Florian und Liliane in jenem Augenblick beide gleichermaßen dankbar waren. Wie sonst hätte sich diese kleine Geste platzieren lassen? Sie lächelten, jeder für sich, fast unmerklich, aber ein bisschen ertappt, vor sich hin. Liliane öffnete die Augen. Sie näherte sich zwar ungern, aber doch beherzt, den Treppenstufen.

»Also dann! Los geht's! Wohin willst du mich denn entführen?«

»Vielleicht müsste ich dich lieber vor mir in Sicherheit bringen, statt dich auch noch zu entführen.« Sein Ton schwang so zwischen Ausruf und Frage hin und her.

»Ich hab mich ja freiwillig darauf eingelassen. Mach dir also deswegen keinen Kopf! Und nun, mein lieber Ritter, will ich mich aber auch mal so richtig entführen lassen!«

Sie glucksten beide vor sich hin und genossen die Doppeldeutigkeiten. Liliane sprang – nicht gerade damenhaft – die Stufen hinunter. Florian jagte ihr hinterher und amüsierte sich köstlich.

»Wie ich sehe, hast du Schuhe an, mit denen du auch ein Stückchen weiter laufen kannst. Wir müssen also nicht mit dem Auto fahren?«

»Na ja. Du hast von Wein trinken gesprochen, und ich bin ein praktisch denkender Mensch, auch wenn man mir das nicht unbedingt ansieht.« Sie schäkerte mit ihm.

»Das ist so schön an dir. Dein Aussehen steht in angenehmem Kontrast zu deiner praktischen Veranlagung.« – Boing! – Der Satz war raus.

... Er hat ›Kontrast‹ gesagt. Dabei ist das doch mein Wort! Mein Thema! Meine Vorliebe! ...

Sie schnuffelte dreimal Luft in ihre Nase und hielt dann misstrauisch den Kopf still, als wenn sie flehmen wollte wie eine Katze.

»Hab ich was Falsches gesagt? Du kuckst so grimmig?« Sie kicherte und versuchte, ein wirklich grimmiges Gesicht dabei zu machen. Aber das Ergebnis war, dass sie beide aufgekratzt lachten.

»Du hast mir *mein* Wort geklaut. Darüber war ich kurz empört.«

»Dein Wort? Was mag das denn wohl gewesen sein?« Er klang aufrichtig daran interessiert.

»Ich bin ein Kontrast-Fanatiker«, übertrieb sie ein wenig.

»Und was hat das damit zu tun, was ich zu dir gesagt habe?«

»Du sagtest ... ach ... weißt du denn selber nicht mehr, was du gesagt hast?«

»*Das* hab ich gesagt?«, fragte er schelmisch zurück und blickte so ungläubig wie nur möglich drein.

»Du fandst, dass etwas an mir in Kontrast stände zu meiner praktischen Veranlagung«, half sie nach.

»In angenehmem Kontrast hab ich gesagt«, verbesserte er sie.

»Also weißt du ja doch, was du gesagt hast!«, beschwerte sie sich.

»Für mich hat sich das Wort ›Kontrast‹ aber nicht so kontrastreich aus dem übrigen Satz herausgehoben«, entschuldigte er sich sichtlich amüsiert. Und schon prusteten sie wieder los wie aufgekratzte Teenies.

»Hast du irgendwelche Abneigungen oder Vorlieben beim Essen?«, fragte er sie etwas später.

»Na ja. Es wäre schon schön, wenn ein angenehmer Zeitgenosse mit an meinem Tisch säße.« Ihr Kobold ergänzte den Satz um ein »Und bis zum Ende sitzen bliebe«. Sie fuchtelte kurz mit der Hand vor ihrem Gesicht, als wolle sie eine Fliege verscheuchen.

Florian lächelte etwas verkniffen und erwiderte: »Ich wollte zwar gerade was anderes wissen, aber jetzt drängt sich mir die Frage auf, ob ich wohl in diese erwünschte Kategorie falle?«

»Oh, so kokett der Herr?«, gab sie gespielt pikiert zurück. Sein Blick wurde unruhig. Er war sich durchaus nicht sicher diesbezüglich. Also spielte sie weiter. »Na hören Sie mal, glauben Sie, ich gehe wahllos mit jedem mit, der bei mir klingeln kommt?«

Seine Miene hellte sich auf und er schien es kapiert zu haben. Diese Frage war schon lange keine Frage mehr.

»Da drüben in dem Restaurant kenne ich den Koch. Er ist Spanier und kann einem unerhört den Gaumen verwöhnen. Vielleicht hast du Lust darauf?«

In Liliane hüpften die Gedanken durcheinander.

... Warum ist er so unsicher? Er führt mich doch aus, da kann er entscheiden. Hat er Angst davor, die Verantwortung zu übernehmen, oder will er es mir nur unter allen Umständen Recht machen? ...

Seine zaghafte Art irritierte sie. Es gefiel ihr irgendwie, aber sie war es nicht gewohnt.

Er betrachtete die Denkerfalten auf ihrer Stirn und sah ihr dann fragend in die Augen. Ohne sie zu drängen. Nur voller Aufmerksamkeit. Sie erinnerte sich an die noch im Raum stehende Frage bezüglich ihrer Abneigungen oder Vorlieben beim Essen und beantwortete gleich beides auf einmal.

»Ich esse und vertrage alles. Ohne Sonderwünsche ... und ... ich lasse mich furchtbar gerne verwöhnen.«

Als sie sich den letzten Satz sagen hörte, fand sie ihre Bemerkung ein wenig zu anzüglich. Doch ihm gefiel ihre Antwort in jeder Weise.

»Sag ich doch, du bist herrlich unkompliziert!«

»Wer sagt denn sowas!?«, gab sie überrascht zurück und ergänzte es im Stillen mit einer weiteren Frage.

... Seit wann gelte ich als unkompliziert? ...

Sie hoffte, dass er nicht nur etwas auf sie projizierte, was nicht stimmte. Prompt gelang es ihrer Befürchtung, sich auch ihm mitzuteilen.

»Au backe! Projektionen enden nachher in einem bösen Erwachen, auch wenn sie noch so schön sind!«

Er schaute sich interessiert nach ihr um und musterte sie fast schmerzhaft gründlich, bevor er seinen Gedanken Ton verlieh: »Hat sich da jemand mit Psychologie beschäftigt oder spricht da gar ein gebranntes Kind?«

»Beides könnte man sagen«, nuschelte sie zurück.

»Na das verspricht ja, interessant zu werden!« Er dehnte die Worte beim Sprechen in die Länge. So klang der Satz vieldeutig. Florian konnte es durchaus wörtlich meinen. Aber Liliane war versucht, einen genervten Unterton hinein zu interpretieren.

»Bleibt nur noch herauszufinden, ob alles, was interessant ist, auch angenehm wird«, murmelte sie. Und es kam ihr wie eine weitere Interpretationsmöglichkeit seines Satzes vor.

Er legte ihr beide Hände auf die Schultern und schaute ihr geradenwegs in die Augen. »Du machst mir Mut. Ich meine diesbezüglich. – Diesbezüglich machst du mir Hoffnungen, oder?«

Sie schluckte an seinem Satz. Das war gefundenes Fressen für ihren Kobold: »Erst die erfreuliche Kernthese und dann gleich hinterher die Infragestellung?«

Sie lächelte und glückste leise vor sich hin.

»Was ist?«, mischte sich Florian ins Geschehen.

»Ja. Bis jetzt ist es ganz lustig.«

Er ließ sie los und trat einen Schritt zurück; ›lustig‹ war offensichtlich das falsche Wort gewesen. Vermutlich hätte ›angenehm‹ oder ›spannend‹ dort stehen sollen. Aber die Situation an sich brachte Liliane zum Lachen. Doch wie sollte sie ihm das erklären? Prompt fragte Florian zurück: »Du findest das bis jetzt lustig? ... Wie seltsam!«

Sein ›bis jetzt‹ enthielt auch das Zettelchen hinlegen und Selber-Nicht-Kommen-Können. Sein ›bis jetzt‹ war viel größer und langfristiger als ihres. Ihr ›bis jetzt‹ hatte nur die letzten zwanzig Minuten Spaziergang gemeint.

Und schon hatten sie ein erstes Missverständnis. In solchen Momenten war auf Lilianes Kobold Verlass: »Missverständnisse sind doch diese Dinger, die meist schlimmer werden, während man versucht, sie auszuräumen oder aufzuklären, nicht wahr?«

Liliane schaute auf den Boden und sagte kein Wort. Ihr Schweigen schien aber die falsche Antwort zu sein. Zwischen den beiden klirrte es wie leise aneinanderschlagende Eiskristalle.

»Ich meinte mit ›lustig‹ nur den Augenblick«, wagte sie sich hervor. »Das vorher, das meinte ich damit nicht«, setzte sie nach.

»Das vorher, das hat heftig an meinen Nerven gezehrt, hättest du auch sagen können«, wetterte ihr Kobold.

»Vielleicht wird es ja besser mit der Zeit«, erwiderte Florian.

Das war wieder einer dieser Sätze, die aus weit mehr ungesagten Worten bestanden, als aus gesagten. Sie wussten es beide und ließen ihm schweigend den Raum, den er für sich brauchte.

»Wir sollten vielleicht noch ein, zwei Runden drehen, bevor wir da reingehen. Oder hast du uns angemeldet?« Liliane schlug es vorsichtig fragend vor.

»Nein, nicht so direkt«, doch Florian grinste verräterisch.

Sie kniff ein Auge zusammen und schielte ihn aus dem anderen an, dabei legte sie den Kopf schief. Sie feixten sich an, bis Florian nachsetzte: »Ich denke, wir können schon noch eine Weile durch die Gegend schlendern. Einen Termin haben wir nicht.«

Eine Runde um die nächste Häuserreihe gönnten sie sich noch.

*****

Liliane betrat das Restaurant voller Neugier. Sie kannte es nicht. Pablo, der spanische Koch, begrüßte die beiden so überaus herzlich, dass ihr klar wurde, dass er Florians Freund war. Doch man merkte ihm eine gewisse Ungeduld an. Er sprang und huschte vor ihnen her und steckte sie mit seiner Hektik fast schon an. Er hatte etwas für sie vorbereitet, das längst auf sie wartete. Liliane ließ ihre Blicke schweifen. Pablo führte sie zu einem Tisch, auf dem er rasch die Kerze anzündete. Sogar ein Blumenväschen stand da. Darin steckten zwei rote Rosen, sehr kleine nur, aber sie wirkten überaus symbolisch. Auch sie versuchten, aneinander Halt zu finden.

Ringsherum war alles mit hellem, dezent honigfarbenem Holz verkleidet. Selbst die Pflanzkübel waren aus Holz. Die riesigen Dachbalken vermittelten Sicherheit und wirkten in ihrer massiven Art majestätisch. An einer Seite des Raums versteckten sich große Fenster hinter gerafften, samtig grünen Vorhängen mit goldenen Borten. Der Anblick erinnerte an Theater-Atmosphäre und trug auf seine Weise dazu bei, jedes Zeitgefühl zu verwischen. Denn der Blick nach draußen führte nicht ins Freie, sondern in bepflanzte, speziell ausgeleuchtete Terrarien. Das Innere des Restaurants schimmerte in gedämpftem Licht und in der Farbe des Holzes. Am Balken neben dem Tisch, an dem sie saßen, schlängelte sich eine Lichterkette hinauf bis zum kolossalen Dachbalken. Liliane konnte gar nicht anders, als sich gemütlich zurückzulehnen und sich ihren Träumen anzuvertrauen.

Das Essen übertraf nachher alles, was Liliane je serviert bekommen hatte. Sie war permanent am Schwärmen oder »hm« Summen. Sie tranken die Flasche Wein, die Florian zum Essen ausgesucht hatte, aus. Danach bestellte er die nächste, und Liliane fragte sich sofort, ob sie nicht lieber einen Riegel vorschieben sollte:

... Wir sind schließlich erwachsene Menschen. Und was machen die, wenn sie betrunken sind? Lauter Dinge, die sie womöglich später bereuen ...

Lilianes Blick blieb zunehmend häufiger auf Florians Hemdausschnitt hängen und tastete immer frecher alles ab, das es oberhalb der Tischkante zu entdecken gab. Man könnte sagen, sie vernaschte ihn mit ihren Augen, und das bekam durchaus einen lüsternen Beigeschmack. Florian genoss ihre Blicke, daran bestand kein Zweifel. Und doch hätte Liliane gerne einen Teil des ihr innewohnenden Weingeistes wieder in die Flasche zurück verbannt. Sie wusste, wonach sie begehrte. Und Florian, wie es schien, ahnte es zumindest.

»Ich glaube, ich habe etwas zu viel Wein intus. Ich kann da jetzt für nichts mehr garantieren und entschuldige mich im Voraus für alles, was folgt.« Sie hatte ein wenig lauter gesprochen als beabsichtigt, und erschrak darüber.

»Hast du schon eine Idee, was folgen könnte?«, stachelte er, selbst etwas angeheitert, ihre Redseligkeit an.

»Mir schwant da so einiges.« Sie versuchte, so nüchtern wie möglich zu wirken.

Ihr Herz hämmerte unnatürlich schnell. Kaum dass es ihr auffiel, schoss ihr ein Glühen in den Kopf. Sie glaubte, ihre Wangen ständen in Flammen. Sie hoffte inständig, das Kerzenlicht auf dem Tisch würde dieses Detail an ihr unterschlagen. Florian betrachtete Liliane so fasziniert, als wäre sie ein hinreißendes

Bühnenbild. Sie schaute ihn fragend an. »Was ist?«

»Du bist berauschend wundervoll.« Es klang, als bestaunte er sie.

»Berauschend wundervoll«, plauzte ihr Kobold dazwischen, »das muss einem ja erst mal einfallen.«

»Berauschend wundervoll hört sich ziemlich verführerisch an«, gestand Liliane.

Aber da hatte sich ein winziges Lallen mit eingeschlichen. Sie griff nach der zweiten Weinflasche und überprüfte den Pegelstand – fast leer. Also erklärbar war das Lallen schon.

»Vielleicht sollten wir lieber noch einmal eine Runde spazieren gehen, um den romantischen Abend ausklingen zu lassen. Ähm, wie spät ist es überhaupt? Kann ja eigentlich noch gar nicht Abend sein, aber hier drin ist alles so musche-bubu, da fällt man ja völlig aus der Zeit.« Die Kerze auf dem Tisch flackerte, weil Lilianes ›bubu‹ wie ein kleiner Luftgeist durch sie hindurchgewirbelt war.

»Völlig raus aus der Zeit, ja? Das wollte ich auch. Ich *sollte* dich doch entführen ... mal so richtig, wenn ich dich recht verstanden habe.«

Seine Worte kamen mit einem Blick und einer Stimme auf sie zu gerauscht ... Boah, dachte sie, und ließ sich davon einspinnen.

»Das ist dir glänzend gelungen. Ich fühle mich rundum verführt, nein, nein, *ent*führt!«

Sie hatte ihn loben wollen. Doch dann das. Sie fluchte innerlich:

... Verdammter Mist! ...

Den Versprecher hätte sie liebend gern zurückgezogen.

»Kann das mal irgendwer im Protokoll streichen, bitte!?«, hänselte sie ihr Kobold – und na klar, er lachte sie aus. Es war nicht zum Aushalten! Liliane wurde von Fluchttendenzen erfasst. »Ich gehe mich mal unters Wasser halten, nein, frisch machen sollte das heißen. Aber gut, mein Gesicht unters Wasser halten wäre wohl auch vernünftig.«

»Lass mal gut sein, es wäre schade um dein Make-up. Lass uns gehen. Ich kann dich ja in den Arm nehmen, dann sieht keiner, wenn du ein bisschen torkelst.«

Er nahm sie auf jeden Fall schon mal hoch, auf liebevolle Art.

»Mein Gentleman traut sich, frech zu werden, wie süß!« Liliane war berauscht, in jeder Weise.

Florian gab dem spanischen Koch ein Zeichen, das so viel heißen sollte, wie: Ich zahle ein andermal. Doch in seinen Gesten und seiner Mimik kommunizierte er noch so einiges mehr. Und Pablo, der charmante Spanier, machte ihm verstohlene Zeichen. Nicht verstohlen genug für Lilianes Art, die Welt wahrzunehmen. Aber es störte sie in diesem Moment nicht. Offenbar waren die beiden nicht nur Freunde, sondern beste Freunde.

Florian hakte sich bei Liliane ein und fragte höflich, ob er sich an ihr festhalten dürfe. Der Schelm! Sie merkte sehr wohl, dass eher er sie stützte als umgekehrt. Schließlich war sie diejenige von ihnen beiden mit der geringeren Leberleistung. Doch Florian mochte Liliane nicht dumm dastehen lassen.

»Du bist wohl ein Gentleman, was?« Sie gab sich Mühe, klar und deutlich zu sprechen.

»Vorhin war ich noch dein Ritter!«

Sein Schmunzeln dazu empfand sie wie einen Kuss.

Draußen war es recht hell. So viel zum Thema Abend und Wein trinken.

Schon nach wenigen Schritten im Freien atmete Liliane tief und gleichmäßig; dabei bemerkte sie, wie sich die Alkoholwirkung verflüchtigte. Und einen Augenblick bedauerte sie das. Womöglich, weil sie dadurch ein Alibi für unvernünftiges Verhalten verlor.

Florian zog sachte seinen eingehakten Arm von ihr zurück, doch nur, um ihn ihr stattdessen um die Schultern zu legen. »Darf ich oder stört dich das?«

»Du bist offenbar keiner von denen, die unverschämt ausnutzen, wenn jemand nicht in der Lage ist, noch zu irgendetwas nein zu sagen?«

»Und das heißt?«

»Ich würde dich jetzt alles tun lassen. Und ich glaube, das weißt du auch.«

Florian streichelte auf ihrer Schulter auf und ab und lächelte verschmitzt.

»So? Ist das so?«

Liliane blieb stehen und schloss die Augen. Einen Augenblick glaubte sie, sie ständen in einem herrlichen Winterabend in glitzerndem Schnee. Doch als sie die Augen aufmachte, war es weder dämmrig noch kalt. Direkt vor ihr zuckte Florian zusammen und schreckte etwas zurück. Offenbar hatte sie die Augen zu früh wieder geöffnet. Sie schaute ihn fragend an. »Was hast du?« Er war nur wenige Zentimeter von ihr entfernt. Sie hatte nicht bemerkt, wann er seine Position verändert hatte.

»Ich hätte beinahe eine Situation ausgenutzt«, gestand er.

»Und? Warum hast du nicht?« Die Frage hörte sich womöglich ein wenig enttäuscht an.

»Ich will nichts falsch machen. Auf dünnem Eis kann jeder Schritt der falsche sein.«

Liliane streichelte ihm zart mit dem Handrücken über die Wange. »Komm her und nimm mich wenigstens mal in den Arm. Sonst glaube ich nachher noch, du magst mich nicht.«

Sie waren beide gleichermaßen erleichtert, dass es ihr gelungen war, ihm über die imaginäre Schwelle hinwegzuhelfen. Die Umarmung – nach der Erlaubnis – fühlte sich offenherzig, weich und warm an. Sie schmiegten sich aneinander. Es pulsierte an den Stellen, an denen sie sich berührten. Ihre Energien verwirbelten miteinander. Sie spürten in sich hinein und hofften, ewig so stehen bleiben zu können. Er atmete durch ihre Haare hindurch und streichelte ihr den Rücken. Sie atmete direkt an Florians Brust und ihre, seinen Rücken streichelnde Hand bemühte sich, brav oberhalb des Steißbeins zu bleiben.

»Das fühlt sich gut an«, gestand sie ihm.

»Du fühlst dich gut an«, flüsterte er zurück.

Das schien das geheime Zeichen zum Aufbruch zu sein. Wenn auch anders, als man meinen könnte.

Es war kein Begehren in Liliane aufgelodert, sie war selbst überrascht. Doch diese Umarmung war so viel mehr für sie gewesen. Sie fürchtete, dieses zarte Etwas, das sie entdeckt hatte, könnte verpuffen, falls es unbedacht in heftigere Energiewirbel geriete.

8 ☼ Die Realität holt einen immer ein

Die beiden schlenderten eng umarmt durch den kleinen Park bis zum Flussufer. Der Sandweg knirschte leise unter ihren Füßen. In der Böschung watschelten vereinzelte Enten umher und schauten sich abwartend nach ihnen um. Deren Interesse galt aber nur ihren Händen, von denen sie sich Brotkrumen erhofften. Vielleicht erinnerten sich die Enten ja sogar an Liliane. Sie war manchmal, wenn sie einen freien Kopf gebraucht hatte, speziell hierher in diesen kleinen Park gegangen. Auch wenn das von ihrer alten Wohnung aus ziemlich ferngelegen hatte. Doch um den Kopf frei zu bekommen, hatte ihr Ziel ja gar nicht weit genug vom Alltag entfernt sein können. Das lag inzwischen auch schon wieder Jahre zurück.

In diesem Augenblick, so mit Florian zusammen, kam sie sich ebenfalls sehr weit weg vor. Weg von allem. Und sie fühlte sich herrlich berauscht. In diesem Fall nicht im Sinne von Alkohol. Florian holte tief Luft. Nach mehrfachem Anlauf schafften es seine Worte nach draußen: »Ich muss dir ein paar Dinge über mich sagen, aber ich weiß nicht, wo ich anfangen soll.« Obwohl seine Stimme schüchtern klang, landete der Satz unangenehm bullig und kampfeslüstern mitten in ihrem Rausch. Die Realität brach erbarmungslos in Lilianes Bewusstsein ein. Trotzdem sprach sie ihm Mut zu, weiterzureden. »Versuch gar nicht erst, was zu sortieren. Sprudele einfach drauf los! Stell dir vor, du würdest einen Stöpsel ziehen, um all das eingesperrte Wasser aus einer Wanne zu lassen.«

Sein Blick war ihr dankbar. Seine Stimme hingegen zögerte noch, bevor sie den nächsten belasteten Satz freigab: »Mag ja sein, dass ich da was weggesperrt habe, das entlassen werden will, aber es hat für mich noch keine erkennbare Form. Ich kann es nicht fließen lassen wie besagtes eingesperrtes Wasser, weil ich überhaupt noch nicht weiß, welche Substanz das hat, verstehst du?«

Na ja. Verstehen wäre wohl zu viel gesagt. Sie half ihm weiter. »Und wenn du es in eine Geschichte verpacken würdest? Ich meine, erzähle mir doch einfach ein paar Anekdoten aus deiner Vergangenheit. Das, was da aus dir raus will, das wird sich vielleicht auf die Worte draufsetzen und mit herausgesegelt kommen.«

»Ich bin mir nicht sicher, ob es denn überhaupt schon raus *will*. Ich weiß nur vom Verstand her, dass ich dir sagen muss, warum ich so bin, wie ich ...«, er zögerte, und suchte nach Worten, »... wie ich dir im Augenblick wohl erscheinen muss.«

Er seufzte und schaute sie hilfesuchend an.

Liliane wollte ihn prompt ein bisschen aufmuntern.

»Im Augenblick?! Oh, über den musst du dir überhaupt keine Gedanken machen!«

Sie knuffte ihn mit der freien Hand in die Seite und lachte. Doch sofort bereute sie das.

Florian zog sachte seinen Arm von ihrer Schulter und trat einen Schritt zurück. Liliane schaute ihn entsetzt an; er räusperte sich prompt, womöglich ein wenig entschuldigend, und nuschelte: »Vielleicht geht es mit etwas Abstand leichter.«

Also doch auch *im Augenblick.* Liliane musste einsehen, dass er Recht gehabt hatte.

Dann sprudelte es aus Florian hervor: »Nach dem Tod meiner Frau hab ich mit allem neu angefangen. Ich habe die Wohnung gekündigt und meinen Job, ich hab sogar das Auto gegen ein neues getauscht. Genau genommen wollte ich vor allem fliehen, das mich an sie erinnern konnte. Sogar meinen eigenen Namen konnte ich nicht mehr ertragen, nur weil sie mich so gerufen hatte. Ich zuckte eine Zeit lang jedes Mal zusammen, wenn mich jemand damit ansprach, und war kurz davor, mich umbenennen zu lassen. Ich war völlig fertig und ließ nichts und niemanden mehr an mich heran. Nur von dem Haus, das ich ja damals noch nicht selber bewohnte, konnte ich mich nicht trennen. Und meine Mutter hat mich beschworen, es zu behalten. Sie sagte, das wäre das Familienerbe, da würden unsere Hausgeister drin wohnen.« Er schaute zu Liliane und vergewisserte sich, dass sie jetzt nicht womöglich dachte, seine Mutter wäre plemplem. Ihr Gesichtsausdruck beruhigte ihn und er fuhr fort. »Meine Frau, also ... na ja ... sie eben ... kannte das Haus ... also zumindest das Dachgeschoss. Unten war damals alles vermietet. Ich hatte die oberste Etage erst später ausbauen lassen, du fragtest mich neulich mal danach, aber ... na egal.«

Liliane nickte, denn sie erinnerte sich durchaus an ihre Frage, die bis dahin unbeantwortet geblieben war. Aber gegenwärtig wollte sie einfach nur irgendetwas antworten, um Florian eine kurze Verschnaufpause zu gönnen.

Sie überlegte.

... Sollte ich mal von allem ablenken und ihn nach seinem früheren Beruf fragen? ...

Dass er gegenwärtig als Literaturkritiker beschäftigt war, wusste sie ja, aber nicht, was er vor dem erwähnten Jobwechsel gemacht hatte.

Etwas in ihr nahm ihr die Entscheidung ab und sprudelte selbsttätig los: »Sie kannte das Dachgeschoss, sagtest du. Hattest du nicht mal erwähnt, sie hätte das helle Licht im Bad nicht zu schätzen gewusst, also, wegen der Falten?« Ihr rutschte ein verlegenes Kichern hinterher. »Hat sie denn nach dem Ausbau mal in der Dachwohnung gewohnt?«

Liliane hob den Kopf und suchte Blickkontakt. Doch Florians Augen wichen ihr aus. Er schwieg einen Moment. Dann brachte er ein »Ja. Leider!« zustande.

»Leider?! Wie soll ich denn das jetzt verstehen?!« Sie fragte sich augenblicklich, ob er eines Tages auch über sie sagen würde, dass sie *leider* in seiner Dachwohnung gewohnt hätte. Doch die Sache nahm mit dem nächsten Satz eine völlig andere Wendung.

»Deshalb … steht sie dir jetzt im Weg.«

»Deshalb steht sie mir jetzt im Weg«, wiederholte Liliane, um zu begreifen, was er damit gemeint haben könnte. Dabei beschlich sie eine verdammt ungute Ahnung, sie versuchte schnell, darüber hinweg zu scherzen.

»Doch wohl nur ihr Geist, nehme ich an!?«

Er schaute sie verblüfft an.

»*Nur* ist gut. Ich frage mich, ob das nicht noch schlimmer ist, als wenn sie …« Er unterbrach sich.

»Unerlöste Geister können ganz schön penetrant sein, stimmt's?«

Liliane hatte versucht, locker zu wirken, trotz ihres Unbehagens. Dafür erntete sie auch noch einen fassungslosen Blick.

»Wieso? Ich meine, kennst du dich mit sowas aus?«

»Ich dachte früher mal, Witwer wären vielleicht besser für mich geeignet als geschiedene Männer – weil sie ja immerhin mal beziehungsfähig waren.« Sie zögerte kurz. »Diesbezüglich hab ich dann harte Lektionen erteilt bekommen.«

»Vor allem, was das ›*waren*‹ angeht«, ergänzte ihr Kobold.

Liliane bekam ein flaues Gefühl. Sie wollte sich keinesfalls ausführlicher an diese vergangenen Zeiten erinnern. Florian holte mehrere Male tief Luft und nahm immer wieder Anlauf, etwas zu sagen. Doch die Luft für den gedachten Satz verflog ungenutzt.

Endlich gelang es ihm doch: »Du kannst immer noch fliehen. Ich sagte ja schon, dass ich dich eher vor mir in Sicherheit bringen müsste.«

In seinen Augen flackerte Angst, er wollte Liliane nicht verlieren, aber er wollte ihr ihre Freiheit gewähren. Denn eines war zu diesem Zeitpunkt offensichtlich; leicht werden würde es für die beiden nicht.

Ihr Kobold schwieg unerhört auffällig. Florian zwinkerte überschnell mit den Augenlidern, Liliane musste sich mit ihrer Antwort beeilen. Dabei hätte sie sich gerne darum gedrückt. Sie schloss die Augen; im Dunkeln ließen sich Worte finden.

»Ich schätze, ich bin auf einen dieser schmalen Pfade geraten, auf denen man sich weder drehen noch wenden kann. Fürs Umkehren ist es zu spät. Bleibt also nur noch Flucht nach vorn.«

Florians Lippen lächelten dankbar. Doch seine Augen bedauerten Liliane. Er sah sie direkt an und kam ihr näher. »Hoffentlich kannst du das verkraften!«

Er legte seinen Arm wieder um ihre Schultern und zog sie dicht an sich heran. Sein Arm lastete jetzt viel schwerer auf ihr als noch vor wenigen Minuten. Trotzdem gab sie tapfer zurück: »Ich kann, glaub ich, ganz gut mit Geistern klarkommen ... «

Ihre Bemerkung vibrierte zwischen ihnen.

Unterdessen ließ ihr Kobold verlauten: »Ja, mit Geistern! Das andere Problem sind die Zurückgebliebenen!«

Liliane verstand, worauf er sich bezog, doch sie verscheuchte die Erinnerungen aus ihren Startlöchern. Und sie bekam Angst vor ihrer eigenen Courage. Sie fragte sich, ob sie sich denn wirklich nicht mehr drehen und wenden könnte auf diesem Pfad. Sollte ihr *all das* nun schon wieder bevorstehen, was sie damals bald um den Verstand gebracht hatte?

»Wenn du für *all das* ein Synonym wie *Höllenfahrt* brauchst, kann ich dir aushelfen«, schwätzte ihr Kobold.

Liliane bedauerte im Stillen, wie schnell die angenehme Stimmung verpufft war.

Sie und Florian liefen ewig ziellos umher. Es machte den Eindruck, als wollten sie auf diese Weise etwas hinter sich lassen.

Allmählich war es dunkel geworden. Die Lichter der Straßenlampen spiegelten sich romantisch anmutend auf der Wasseroberfläche des langsam vorbeiziehenden Flusses wider.

Bei Florian und Liliane hingegen war von Romantik keine Spur mehr zu finden. Sie grübelten einige Zeit still vor sich hin.

Sie wollten mutig sein, aber trauten sich nicht. Über ihre Gesichter huschten die Schatten aus der Vergangenheit. Sie drückten ihnen gegen die Brust.

… Wie gerne würde ich dem Fluss jetzt meine Gedanken, Empfindungen und Erinnerungen übergeben, damit sie ebenso leise und unauffällig von uns fortgetrieben würden wie die kleinen Zweiglein, die auf dem Wasser schwimmen …

Sie seufzte immer wieder. Ihr Körper wurde so schwer, dass sie mehr und mehr in sich zusammenschrumpfte.

Florian ließ nicht zu, dass ihr Mut sie verließ. Sie durfte ihm nicht mehr verloren gehen. Das sagte ihm sein Instinkt. Er brauchte die Wirkung, die sie auf ihn hatte, wenn sie sich ihm zuwandte.

Er nahm sie ohne Vorwarnung in seine Arme und zog sie fest an sich. Eine Weile hielt er sie nur, doch dann drückte er immer fester zu, bis sie nach Luft japste und lachte. Er ebenfalls. Und dieses gemeinsame Lachen vermochte es, die Last, die auf Lilianes Schultern lag, an einen Luftballon zu hängen, und etwas oberhalb von ihr schweben zu lassen. Sie bekam ihre Bewegungsfreiheit zurück und wurde prompt übermütig.

»Das kriegen wir schon hin. Wir werden das schaffen. Wenn wir es beide ganz bestimmt wollen, dann können wir das auch!«

Florians Gesicht strahlte daraufhin, als hätte jemand ein Lämpchen angeknipst.

»Ich sagte ja bereits – du machst mir Mut. Von Anfang an schon. Seit du aufgetaucht bist, habe ich wieder Hoffnung.«

Diesmal hängte er kein Fragezeichen an. Er lächelte zuversichtlich.

»Sollen wir nach Hause gehen?«, fragte er bald darauf. Er sprach so leise, dass sie es fast nicht verstand.

»Zu mir oder zu dir?«, flötete ihr Kobold.

»Ich weiß nicht«, antwortete Liliane.

»Hast du Angst?«, forschte er nach.

»Vermutlich ja, obwohl ich nicht einmal sagen könnte, wovor.«

Sie wusste nicht andeutungsweise, was *er* damit gemeint hatte – Angst davor, zusammen in einer Wohnung zu verschwinden? Oder Angst vor der Ankunft in der von Lampenlicht angestrahlten Realität? Oder Angst davor, *nicht* gemeinsam in einer Wohnung zu verschwinden? Oder Angst, sich überhaupt auf dieses riskante Abenteuer einzulassen?

Die Buchstaben dieser Sätze hämmerten sich in ihre Stirn; es entstand eine Zeile nach der anderen, am Ende sah der Text aus wie – Sorgenfalten. Hoffnungsvoll lauschte sie seinen nächsten Worten.

»Wir hatten einen sehr schönen Tag zusammen. Vielleicht sollten wir ihn lieber jeder für sich ausklingen lassen. Nicht, dass wir die frische Saat allzu eilig niedertrampeln.«

Er sprach so sanft, dass seine Stimme Liliane frühlingshaft umgarnte. Der Sinn der Worte schien ihr aber umso achtloser über den zarten Flaum zu trampeln. Sie seufzte tief und stimmte Florian dennoch zu.

9 ☼ Aber sag mir, ob wir stehen, oder ob wir weitergehen

Kaum hatten die beiden das Haus betreten, stoben sie auseinander, als könnten sie sich nicht schnell genug aus den Augen kommen. Aus den Augen, aus dem Sinn? Keineswegs.

Liliane verschwand im Bad und ließ Wasser in die Badewanne. Sie wollte ›irgendwo untertauchen‹ und sich von Wärme verwöhnen lassen. Am liebsten hätte sie dabei gleich auch ihren Kobold ertränkt, doch der erwies sich als äußerst wasserfest.

Lilianes glitzerndes Gedanken-Bagger-Riesenrad hatte alle Schaufeln voll zu tun.

… Wie soll ich mich unter solchen Umständen demnächst wieder auf meinen Job konzentrieren? Fühle ich mich nicht so schon voll ausgelastet? Wenn da nur nicht diese phänomenal tröstende Umarmung gewesen wäre! …

Die Erinnerung daran beschwor den Augenblick des Eins-Seins erneut in ihr herauf. Und das brachte sie prompt ziemlich durcheinander. Denn ausgerechnet jetzt zum Abend, sprich vor der Nacht, war so gar keine Spur mehr davon übrig. Wobei das eben nicht stimmte. Eine Spur schon, aber die verlor sich in der Weite der vor ihr liegenden Wüste.

Nach dem entspannenden Bad schlüpfte sie in den leichten Sommer-Bademantel. Manche sagen Morgenmantel zu so einem Ding. Für Liliane zählte in diesem Moment aber nur eins; auf enganliegende Klamotten an ihrem Leib wollte sie verzichten. Sie genoss es, nackt zu sein. Leicht verhüllt, aber eigentlich nackt.

In der Küche strahlte ihr die Kochnische ein ›Hallo‹ entgegen. Alles war aufgeräumt. Der Glanz der Arbeitsfläche entfaltete sich ungehindert. Und prompt spiegelte sich Lilianes Lust darin wider, sich kreativ an Lebensmitteln auszutoben. Sie griff schon nach den Tomaten und den Zucchini, doch da stellte sich ihr frech die Frage ihres Kobolds entgegen.

»Wer soll denn das essen, was du da fabrizieren willst? Du bist doch noch üppig satt von vorhin!« Er hatte Recht. Das reichhaltige Mehrgänge-Menü des spanischen Kochs rekelte sich noch immer in ihrem Bauch. Da hätte sich bestenfalls ein Dessert dazugesellen können; doch selbst eine Nachspeise hatte es schon gegeben.

Liliane lächelte bei ihren Erinnerungen an den Restaurantbesuch und sinnierte so vor sich hin:

... Es hat aber auch verteufelt gut geschmeckt! Bestimmt hat Pablo seine speziellen Kochkünste für uns zur Schau gestellt. Wir waren ja um diese Zeit fast die Einzigen im Restaurant. Ein eindrucksvoller Freundschaftsdienst! ...

Sie gähnte und reckte und streckte sich.

»Also gut. Kochen ist jetzt wohl keine so geniale Idee«, nuschelte sie vor sich hin und legte das Gemüse zurück an ihren Platz.

Liliane trat auf den Balkon und schlurfte auf die Terrasse.

Am Himmel glitzerten die Sterne, und das Mondlicht strich ihr sanft übers Haar. »Himmel! Ist das romantisch hier draußen!« Sie flüsterte es sich selbst zu, und ihre Augen glänzten sehnsuchtsvoll im Mondschein.

Zu dumm, dass Alleinsein in solchen Momenten eher wehmütig stimmt.

Liliane streichelte ihre Olivenbäumchen und strich der Palme durch die Wedel. Die Lämpchen der Lichterkette verliehen ihnen ein geheimnisvolles Leuchten. Dem Zitronenbäumchen zwickte sie einen kleinen Austrieb ab, der sich aus der Wildunterlage hervorgetraut hatte. Liliane war in jenem Augenblick ebenfalls nach wilden Auswüchsen zumute, sie hatte vollstes Verständnis für die Anwandlung des Bäumchens.

Die zerriebenen Miniblättchen des jungen Grüns dufteten betörend zwischen ihren Fingerspitzen.

Die Terrasse war kein geeigneter Platz für sie. Der Bereich schien ihr erbarmungslos zu wachsen, bis er für eine Person allein viel zu groß war. Liliane fühlte sich wie der kleine Prinz, nur fehlte ihr der Fuchs an ihrer Seite. Eine Rose hatte sie. Die wollte sie baldmöglichst schneiden. Sie nahm es sich fest vor. Dabei begab sie sich lieber wieder zurück in die Wohnung und ließ sich im Wohnzimmer auf dem Sofa nieder.

Sie bereute ihre Entscheidung, den Fernseher abgeschafft zu haben. Sie fühlte sich auf dem Sofa wie ein König, der in einem übergroßen Thronsessel verloren zu gehen drohte. Und sie fragte sich, warum sie sich nicht lieber, wie sonst immer, auf dem Sessel niedergelassen hatte. Trotzig breitete sie ihre Mantelhälften aus und erweiterte ihre Ausmaße auf diese Weise erheblich. Bei dem Anblick ihrer ausgeklappten weißen Pseudo-Flügel kicherte sie los.

»Vollkommen entblößt«, spottete ihr Kobold.

»Hau bloß ab!«, fluchte sie vor sich hin, »für dich war das nicht gedacht!«

»So, so, für wen denn sonst?«

»Verschwinde! Du hast mir gerade noch gefehlt!«

»Also was denn nun? Soll ich verschwinden oder hab ich dir gefehlt?« Er säuselte regelrecht.

»Ich würde dir jetzt liebend gerne eine überziehen.«

Daraufhin wurde er bissig. »Überziehen? Woran dachtest du denn dabei?«

Sie schlug empört die Handflächen aufs Sofa und schimpfte: »Boah! Du verfluchter Mistkerl!«

»Männer sind alle Scheiße, stimmt's? Oder: Wenn was schiefläuft, liegt es garantiert an einem Mann.« Er gackerte über seine eigenen Witzchen.

»Du bist heute unerträglich lästig!«, knurrte sie schon wieder besänftigt.

»Du warst so einsam. Das konnte ich nicht still mit ansehen.«

Ihr kleiner Stimm-Schauspieler flüsterte und hörte sich dabei recht einschmeichelnd an. Liliane war versucht, ihm seine Lästigkeit zu verzeihen. Denn allen Ernstes fühlte sie sich jetzt wieder besser.

*****

Am nächsten Morgen schaltete sie die Stereoanlage ein und durchsuchte ihre Musiksammlung, bis sie endlich Bob Dylans ›New Morning‹ fand. Sie drehte die Anlage auf, bis die Wände wackelten, und staunte über die Qualität des Sounds. Man macht doch viel zu selten mal ordentlich laut, bedauerte sie. Diesmal hoffte sie aber, dass es sich bis zu ihrem einzigen Nachbarn vernehmen lassen würde. Wobei sie nicht mal wusste, ob er überhaupt zu Hause war. Sie hatte ja ungewöhnlich lange geschlafen.

Ihr Ging-Gong hallte durch die Wohnung. Inmitten der Musik hätte sie ihn beinahe überhört. »Au weia! Kommt sich nun doch einer beschweren?« Schuldbewusst drehte sie die

Anlage leiser, bevor sie an die Tür schlich. Doch hinter dem Spion stand jemand, der ihr ausgesprochen recht war. Sie riss ungestüm die Tür auf.

»Hättest die Musik ruhig laut lassen können. Sie hat mich ja angelockt«, schäkerte Florian.

»Vielleicht hab ich ein bisschen übertrieben?« Liliane legte den Kopf schief und zog ihre Nase in Falten.

Doch Florian erwiderte: »Bei mir musst du in allem ein bisschen übertreiben, sonst schnalle ich es womöglich nicht.«

»Das muss ich mir merken, ich bin sonst eher der behutsame Typ!«

Sie lachten durchdringend und Liliane presste sich dabei die Hand aufs Zwerchfell, dem es anscheinend zu viel des Guten war. Gleichzeitig stolperte sie rückwärts in die Wohnung und traute ihren Augen nicht, denn Florian folgte ihr wie in traumwandlerischer Sicherheit. Er umschlang sie mit seinen Armen und drückte ihr einen Kuss auf die Stirn. Einen lang-dauernden Kuss. Auf die Stirn.

Kurz darauf rutschten ihre Haare nach vorn und legten sich über die geküsste Stelle.

»Wie hast du geschlafen?«, erkundigte sich Florian.

»Tief und traumlos.«

»Schade.«

»Schade? Wieso?«

»Das bezog sich auf traumlos.«

»Ach so. Kann man nicht auch traumlos glücklich sein?«

»Ich glaub, das heißt eher wunschlos glücklich, oder?«

Sie feixten. Er entschuldigend, weil er versucht hatte, sie zu verbessern, sie ertappt, weil ihr die kleine Unkorrektheit nicht mal aufgefallen war. Aber das verriet sie nicht. Sollte er doch glauben, dass sie das absichtlich gesagt hatte.

»Ich hab mich gestern vollends in dich verliebt –« …

Es schien ihm versehentlich herausgerutscht zu sein. Doch es kam so überzeugend rüber, dass es sie unheimlich überraschte. – Unheimlich. In all seinen Ausmaßen. – Man könnte auch sagen, es kam so überraschend rüber, dass es sie unheimlich überzeugte. Trotzdem unheimlich; es wollte nicht weichen. Dabei hätte Liliane doch anständigerweise ein paar kleine Luftsprünge machen müssen, oder nicht?

»Wie schön«, hauchte sie stattdessen.

Ihm schien das zu genügen. In manchen Dingen sind Frauen doch erheblich komplizierter. Florian strich ihr die Haare aus dem Gesicht und küsste sie vorsichtig auf die Nasenspitze. Dann wieder auf die Stirn. Dann links auf die Wange, dann rechts. So fiel umso mehr auf, dass er ihren Mund mied. Wieder auf die Stirn. Diesmal nahm er die Lippen nicht mehr fort. Sie verharrten still dort, wo sie waren. Sein Atem krabbelte Liliane am Haaransatz. Sie hatte die Augen geschlossen, um den Empfindungen nachzugehen, die Florian in ihr verursachte.

Nicht nur auf ihrem Gesicht ... Er hatte ihr die Seele geküsst.

Die Situation kam ihr dennoch etwas seltsam vor.

Sie war so ausgehungert nach Sex, dass sie bei jedem Mann, mit dem sie je zu tun gehabt hatte, jetzt einen höheren Gang eingelegt hätte. Doch bei Florian verharrte sie in dem Gefühl, das zwischen ihnen entstand und sich so ungewohnt intensiv anfühlte.

Im Stillen versuchte sie, ihre Empfindungen einzuordnen.

... Ungewohnt behaglich, ungewohnt abwartend, ungewohnt nichts überstürzen wollend, ungewohnt voller *Gewissheit* ...

Das letzte Wort schlüpfte in Begleitung einiger Tränchen aus ihren Gedankengängen. Und da rutschte noch etwas hinterher. »Ich hab mich auch in dich verliebt.« Es war raus.

Florian nutzte das Überraschungsmoment. Seine Lippen trafen diesmal ihren Mund. Zartfühlend. Geduldig. Erforschend. Dann zogen sie sich wieder zurück, ohne mehr zu verlangen.

Florian drehte sich und sah sich in Lilianes Wohnung um. Sämtliche Türen standen offen.

»Schön hast du es hier! Richtig gemütlich! Was sind das für tolle Fotos an der Wand? Die gefallen mir.«

Er trat ins Wohnzimmer ein und näherte sich ihren Bildern. Es waren Fotos, die sie früher selber im Fotolabor entwickelt hatte. Manche davon hatte sie in Poster-Größe aufgehängt. Doch er blieb vor einem Kleineren stehen und konnte sich gar nicht daran sattsehen.

»Das würde ich mir auch an die Wand hängen!«, schwärmte er. »Kann ich das nicht haben? Da siehst du so magisch aus!« Er meinte das einzige Bild, das Liliane zeigte. Und ihr sah er bettelnd in die Augen wie ein Hündchen.

»Vorerst musst du mit dem Original vorliebnehmen! – Gerade von diesem Bild ist mir das Negativ verloren gegangen.«

»Ein Original, das sein Negativ verloren hat. Dann musst du ja jetzt etwas sehr Positives sein!«

Liliane war sich nicht sicher, ob er das ironisch gemeint hatte. »Mit solchen Einschätzungen wäre ich vorsichtig. Die Schattenseiten wollen immer integriert werden. Sie nicht zu finden heißt nicht, sie nicht zu haben.«

Wieder ruhte dieser Blick auf ihr, der sie fast schmerzte. Florian schluckte, bevor er fragte: »Hast du Psychologie studiert?«

»Studiert schon, aber nicht lange genug.«

»Nicht lange genug wofür?«

»Na für den Abschluss.«

»Ich dachte, nicht lange genug, um schwierigen Männern aus dem Weg gehen zu können.«

Der Satz nahm dem Augenblick die Leichtigkeit. Bis dahin war alles so friedlich und problemlos erschienen. Warum erwähnte er denn Probleme, die sich im Moment nicht zeigten? Liliane verdrehte genervt die Augen und meuterte: »Es war gerade so schön! Musstest du unbedingt mit so einem Kommentar dazwischen platzen?«

»Tut mir leid. Ich dachte, das wäre lustig ... Und ich dachte, du hättest schon akzeptiert, dass ich ein schwieriger Mann bin.«

Wob! Das saß. Es piesackte und zwickte. Ausgerechnet bei der, die eben zuvor vom Integrieren gesprochen hatte. Sie war offenkundig kein Großmeister in puncto *Akzeptieren* – und dabei folgte das *Integrieren* dem erst nach. Liliane versuchte, den schalen Beigeschmack mit etwas Witz zu würzen: »Tja, bei anderen sieht man's besser, würde meine Oma jetzt sagen. Leider lebt die schon lange nicht mehr.«

Aber prompt fiel ihr die drollige Oma ein, die ihren Einzugstag gerettet hatte und sie wollte Florian endlich mal von ihr erzählen.

»Ich hab damals mitten bei dem ganzen Einzug-Chaos eine ganz liebe ältere Dame kennengelernt. Sie sagte, sie wohne am Ende der Straße in dem grünen Haus. Ist sie dir schon mal aufgefallen? Sie ist außerordentlich attraktiv für ihr Alter.«

Florian riss die Brauen hoch und die Augen weit auf. Dann schob er die Brauen schräg gegeneinander und legte einen extrem skeptischen Blick auf. Noch unschlüssig, ob er überhaupt Weiteres erfahren wolle, ließ er wie beiläufig verlauten: »Und was wollte sie von dir?«

»Nichts. Ich hab sie überfallen und ihr meine ganzen Klagen an den Kopf geworfen, weil bei mir scheinbar alles schieflief. Sie hat mich in Null-Komma-Nichts beruhigt und umgestimmt. Es war merkwürdig. Wir haben uns ohne Worte noch viel mehr gesagt. Ich mochte sie auf Anhieb. Schlimm, dass ich sie bis eben vergessen hatte! Schließlich hat sie mich extra zu sich eingeladen. Und das hat sich aufrichtig angehört.«

Florian schien das irgendwie nicht so richtig zu gefallen. Er kräuselte die Lippen und zog komische Frätzchen. Begleitet wurde das Schauspiel von einem Schnaufen und Prusten, bis er endlich kommentierte: »Na *ich* weiß ja *nicht*.« Die Worte zog er sehr in die Länge.

»Was weißt du nicht? Du hörst dich seltsam an. Kennst du die Frau?«

»Ja. Durchaus. Ich wusste nur nicht, dass du sie schon kennst.«

»Nun spann mich nicht so auf die Folter! Wer ist das denn?«

»Kann ich dir das später mal sagen?«

»Na ja, wenn's unbedingt sein muss ... Aber was mache ich, wenn ich ihr inzwischen mal über den Weg laufe?«

Er zog wieder ein schiefes Gesicht und überlegte. Die Falte über seiner Nasenwurzel vertiefte sich. »Tja. Das war dann wohl ...«, er nahm noch einen extra tiefen Luftzug, »... meine Mutter.«

Liliane lachte los. Sie konnte nicht anders. So ziemlich alles wäre ihr in den Sinn gekommen. Von ihr aus noch eine Diva, die sie hätte kennen müssen. Doch dieser ›Zufall‹ riss sie glatt vom Hocker. »Deine Mutter?!?«, schniefte sie zwischen Lachtränen hervor, »das glaube ich jetzt nicht ... ist ja zu komisch!« Ihr Lachen polterte geradezu aus ihr heraus. Florian grinste sie mitleidig an, und konnte sich doch nicht von ihren Lachsalven anstecken lassen. Liliane zwang sich, wieder runterzukommen, und atmete mehrmals tief durch. Obwohl ihre Mundwinkel zuckten und ihre Augen noch daran arbeiteten, die Lachfältchen zu bändigen, gelang ihr ein nüchterner Tonfall, als sie feststellte: »Ist doch schön. Dann hab ich keine böse Schwiegermutter zu befürchten!«

Endlich konnte auch Florian dem ein bisschen Spaß abgewinnen.

»Ich mochte sie wirklich sehr!«, betonte Liliane. »Ich wäre nur niemals darauf gekommen, dass ...« Sie verschluckte den Rest und überlegte. Plötzlich fiel ihr ein: »Aber *sie* muss ja gewusst haben, dass *ich* bei *dir* einziehe!«

»*Über* mir«, verbesserte Florian, »bei *bei mir* sind wir noch nicht.« Daraufhin dröhnte das gesamte Haus von ihrem gemeinsamen Lachen.

Trotzdem drehte Florian sich um und meinte: »Ich geh dann mal wieder! Der Song ist ja auch längst zu Ende. Ich bin schließlich nur auf deinen Köder hereingefallen.«

Köder? Song? Bob Dylan hatte sie völlig vergessen.

... Na guten Morgen! ...

Kaum war Florian weg, folgte Liliane ihren Gedankengängen:

... Ist da eben was von der Decke gefallen? Ein Balken vielleicht? Es existiert doch auf einmal etwas, das sich zwischen uns geschoben hat. Ich hab keine Ahnung, was. Und erst recht nicht, von wo aus. Aber es hat sich breitgemacht und Florian aus meiner Wohnung gedrängt ...

»Schade, zu schade!« Diesmal sprach ihr der Kobold direkt aus der Seele.

10 ☼ Sag doch Arabella zu mir

Wie die Zufälle so spielen, traf Liliane schon Ende der Woche auf die freundliche Dame, die nun nicht mehr nur eine nette Oma für sie war. Liliane fühlte sich deutlich befangen ihr gegenüber. Und die merkte das sofort an der Art ihrer Begrüßung. Allerdings deutete sie es auf ihre Weise. »Ich hab Ihnen doch gesagt, dass es mir einerlei ist, wie viel Zeit vergeht, bis Sie mal kommen.«

Und Liliane sprach im Stillen:

... Ach ja, das ja auch noch! Ich hatte es ihr versprochen ...

»Ich weiß doch, wie mühsam so ein Umzug sein kann – und Sie sind ja, wie ich vermute, ganz *allein* eingezogen, oder?« Das ›allein‹ klang ziemlich besorgniserregend.

»Das nennt man Ausfragen«, meldete sich Lilianes Kobold zu Wort.

»Also wenn ich ehrlich bin, hätte ich schon mal kommen können«, gestand Liliane, »aber ich kam mir doof vor. Ich wusste nicht, was ich dann hätte sagen sollen.«

Das stimmte in jeder Weise.

»Dabei machen Sie gar nicht den Eindruck, als wenn Sie auf den Mund gefallen wären.«

Die beiden kicherten verschwörerisch. Sie fühlten sich sofort wieder verbunden.

»Kommen Sie doch gleich mit mir mit, die erste Hürde hätten Sie dann schon mal hinter sich.«

Für Liliane hörte sich das an, als wolle eine Hexe sie in ihr Häuschen locken. Ein bisschen mulmig wurde ihr dabei schon. Doch vom Verstand her war dem Vorschlag nichts entgegenzusetzen.

»Hört sich an, als würden mich noch weitere Hürden erwarten?« Sie ging vorsichtig auf die vorangegangene Wortwahl ein.

»Wann etwas eine Hürde ist oder zu einer wird, kann man nie so genau wissen.«

Der Satz echote in Liliane nach. Sie kratzte sich am Kopf, bevor sie erwiderte: »Aber Sie glauben, etwas zu wissen, das ich noch nicht weiß, stimmt's?« Ihr Ton hatte etwas Triumphierendes an sich.

»So, wie Sie das fragen, bin ich mir da jetzt nicht mehr so sicher.« Sie schmunzelten beide. Die charmante Dame zwinkerte ihr zu. »Und?

Trauen Sie sich zu mir?« Es klang herausfordernd.

»Ich denke schon. Wo ist denn Ihr Hündchen?« Die liebenswerte Alte lachte über Lilianes eigenartige Assoziation zu ›trauen‹ und erwiderte: »Der arme Kerl hat sich den Fuß verknackst und trägt einen Verband. Heute und morgen gibt es für ihn keinen langen Spaziergang. Er sitzt also in der Wohnung und wird mich gleich mit einem vorwurfsvollen Blick begrüßen, weil ich ohne ihn das Haus verlassen habe.«

Liliane überlegte, ob er denn nicht mal ›Gassi gehen‹ müsste, aber sie sagte nichts. Dachte lediglich, dass die Frau schon wissen würde, was sie tat, im eigenen Interesse.

»Mögen Sie Hunde?«, schaltete sich die Dame in ihre Gedanken.

»Ich mag prinzipiell Tiere aller Art, aber ehrlich gesagt am liebsten Katzen. Hunde auch, aber Katzen noch viel lieber.«

»Das freut mich. Haben Sie eine Katze?«

»Hatte ich mal. Aber ich trauere der noch nach, deshalb hab ich keine Neue. Die Letzte war einmalig, so eine gibt es nie wieder!«

»So, so. Wie passend.« Neben ihnen rauschte ein Auto vorbei.

»Wie bitte? Ich hab das eben nicht verstanden, da kam das Auto und fuhr direkt durch ihren Satz.«

»Dann sollte das wohl so sein.« Sie sprach immer noch extrem leise.

»Was meinen Sie damit?«

»Ich glaube, dass manche Dinge nicht unbedingt mit der Zeit schlechter werden.«

Das ergab an dieser Stelle keinen Sinn für Liliane, doch sie gab es auf, nach ihm zu suchen.

»Wussten Sie ganz genau, wie Ihre Katze sein würde, bevor Sie sie hatten?«, stocherte die liebreizende Oma nach.

»Nein! Natürlich nicht! Absolut nicht! Aber nachher war sie weit mehr, als ich mir je hätte träumen lassen.«

»Sehen Sie. Genau das meine ich.«

Liliane verstand immer noch nicht, was sie meinte. Derweil versank sie in schönsten Erinnerungen an ihre Katze.

»Sie werden traurig. Dabei könnten Sie auch all das in einer neuen Katze wiederfinden. Sie wissen doch, Katzen haben sieben Leben. Vielleicht wartet Ihre darauf, von Ihnen erkannt zu werden.« Diese Worte stimmten Liliane nachdenklich. Immer noch besser als traurig. Doch mehr auch nicht.

»Und von der Katze mal abgesehen gibt es keine wichtigen Gestalten in Ihrem Leben?«

Lilianes Kobold rief sich kichernd in Erinnerung. Aber er sagte nichts.

»Sie meinen, weil ich allein lebe?«

»Nun ja, eine Frau in Ihrem Alter und bei Ihrem Aussehen ist üblicherweise in festen Händen.«

»Feste Hände gab es. Manche waren zu fest und andere haben nicht fest genug zugegriffen, als dass sie mich hätten halten können.«

»Woran hat es gelegen? Immer dasselbe Problem oder jedes Mal ein anderes?«

»Sie versuchen herauszufinden, ob es an mir liegt oder an den Männern, an die ich geraten bin? Das kann man so oder so nie wissen. Aber es war nicht immer dasselbe Problem. Im Gegenteil. Jedes Mal etwas anderes. Und so viele Hände waren es nun auch wieder nicht. Es hat sich ja immer eine ganze Weile hingezogen.«

Die ältere Dame lachte ihr verschmitzt zu: »Wie kommen Sie darauf, dass ich etwas herausfinden wollte?«

»Ich weiß auch, dass man seine Probleme immer mit sich mitschleppt. Also in jede neue Beziehung mit rein. Wäre es jedes Mal dasselbe Problem gewesen, läge es eindeutig an mir, ist doch so, oder?«

»Dass Sie ziemlich aufgeweckt sind, hatte ich mir ja schon gedacht. Sie sind aber noch weit interessanter, als ich für möglich gehalten hätte!« Sie kicherte.

Und Liliane dachte wieder an eine Hexe. Was ein bisschen gemein war. Die liebenswerte Dame hatte eine ausgesprochen warme, klangvolle Stimme. Daran war überhaupt nichts Hexenhaftes zu entdecken. In Gedanken entschuldigte Liliane sich bei ihr für ihre eigenartige Assoziation.

»So, da wären wir!« Die wunderliche Lady malte mit jeder Hand eine Wellenlinie in die Luft. Die beiden Frauen hatten den gesamten Weg bis zu dem grünen Haus zurückgelegt, ohne dass Liliane aufgefallen war, wie schnell sie sich ihm näherten. Hinter der Tür machte es »wuff, wuff«. Doch das Hündchen beruhigte sich, sobald die Tür sich öffnete. Die übrige Begrüßung erledigte es schwanzwedelnd. Und ... Nase stupsend. »Na guten Tag!«, stöhnte Liliane mit genervtem Blick auf seine feuchte Schnauze.

»Felix! Weg da, lass das! Die junge Dame mag es nicht, wenn du sie so anstupst.«

O wie aufmerksam, dachte Liliane, und mochte diese Frau gleich noch etwas lieber. Der Hund ließ augenblicklich von ihr ab.

»Ich hab zufällig Kuchen da, essen Sie Kuchen?« Sie war schon in der Küche verschwunden.

»Klar esse ich Kuchen, wer denn nicht?«, rief Liliane ihr hinterher.

»Es gibt ja so Frauen, die ewig auf Diät sind. Denen kann man damit keine Freude machen.«

»So eine bin ich schon mal nicht! Ich halte nichts von Diäten!« Liliane schaute zur Küchentür herein und kicherte.

»Sehr angenehm, ich auch nicht, weder von Diäten, noch von den Frauen, die glauben, sie andauernd machen zu müssen, obwohl sie das nicht nötig haben.«

Liliane fragte sich, worüber sie da im Eigentlichen sprachen. Sie wurde das Gefühl nicht los, dass sie sich über jemand Bestimmten austauschten. Dabei kannte sie niemanden, auf den das passte. Es traf sie ein verschmitzter Blick einer Person, die sich schnell wieder ihrem Hund zuwandte. Die Kaffeemaschine surrte bereits.

»Gehen Sie ruhig schon nach nebenan und setzen Sie sich. Ich bin auch gleich soweit.«

»Soll ich vielleicht Teller mitnehmen und Tassen?«

»Wie liebenswürdig! So jemanden wünscht man sich ja als Schwiegertochter!«

Liliane hustete verblüfft und legte den Kopf schief. Doch die offenherzige Oma packte gleich noch eins drauf. »Wie kommen Sie denn mit Ihrem neuen Vermieter zurecht?«

Ihre Stimme klang ein wenig keck, oder bildete sich Liliane das nur ein? Beinahe hätte sie gefragt, ob sie nicht allmählich mal Klartext reden sollten. Doch sie traute sich noch nicht. Stattdessen murmelte sie vor sich hin: »Ich werde den Eindruck nicht los, dass Sie unentwegt mehr meinen, als Sie sagen!«

»Beschweren Sie sich? Ich dachte, Sie könnten diesem Spielchen etwas abgewinnen?!«

Liliane zuckte zusammen und stöhnte: »Also doch!«

Aber *was* wusste die alte Dame und was nicht? Ahnte sie etwas?

Als Liliane den Kuchen erblickte, der hereingetragen wurde, stockte ihr der Atem. Es war der Frühstückskuchen, der am ersten Morgen nach dem Einzug auf dem Tablett gestanden hatte – der suchterregende Kuchen, von dem sie geglaubt hatte, dass Florian ihn gebacken habe.

»Haben Sie den selber gebacken?«

»Ja, aber das ist ein geheimes Familienrezept und wird nicht verraten!«

Das interessierte Liliane ja gar nicht. Sie hatte etwas anderes herausbekommen wollen.

Die liebenswürdige Dame goss Kaffee in die Tassen und Liliane bewunderte deren ruhige Hand dabei. Nichts schwappte. Auch nicht, als sie die Tasse auf dem Unterteller abstellte.

»Sie haben mir noch nicht geantwortet.«

»Was meinen Sie?«, gab Liliane scheinheilig zurück.

»Ich fragte nach Ihrem Verhältnis zu Ihrem Vermieter.« Ihr Blick erforschte Lilianes Blick.

»Warum interessiert Sie das? Die Wohnung ist wunderschön. Die Terrasse ist traumhaft! Die Miete ist angemessen. Ich bin zufrieden. Wäre aber auch schlimm, wenn nicht! So kurze Zeit nach dem Umzug.« Sie tat betont sachlich.

»Sie weichen mir also aus. Das sagt ja noch viel mehr als Worte.« Die schlaue Oma lächelte listig, bevor sie fortsetzte: »Sollte ich vielleicht davon ausgehen, dass Sie bereits erfahren haben, wer ich bin?« Sie klimperte mit den Augendeckeln wie ein Filmsternchen.

»Na, dass Sie keine Diva sind, hab ich schon herausbekommen.« Nun drehte Liliane den Spieß mal um, dachte sie wenigstens.

»Manchmal ist in der Tat wichtiger, was man *nicht* ist, als das, was man ist, stimmt's?« Sie lachte vergnügt.

Ihr gemeinsames Spielchen hatte etwas Schaurig-Schönes an sich. Jeden Moment drohte die Wirklichkeit hinter den Dingen aufzufliegen. Doch je länger es gelang, diesen Moment hinauszuzögern, desto spannender wurde, auf welche Weise es geschehen würde.

Unterdessen beschlich Liliane das Gefühl, dieser Frau nicht das Wasser reichen zu können. Sie fühlte sich wie eine Marionette in deren Hand. Vielleicht war es nicht unbedingt Angst, die sie vor ihr bekam, aber auf jeden Fall Respekt. Diese Frau wusste, was sie tat. Und sie führte es mit bewundernswerter Ruhe aus. Liliane schaute ihr ins Gesicht und suchte nach Zeichen ihres Alters. Die Dame lächelte ihr ermutigend entgegen und lud sie direkt ein, noch mehr zu entdecken. Und wieder einmal verständigten sich die beiden ohne Worte.

Nach einer Weile dieses regen Schweigens schlug sie Liliane vor: »Wir sollten ›du‹ zueinander sagen. Jetzt, nachdem wir Freundschaft geschlossen haben. Oder? Du kannst Arabella zu mir sagen!«

»Haben wir Freundschaft geschlossen?« Liliane war so irritiert, dass sie vor Schreck laut gedacht hatte.

»Sag doch Arabella zu mir!« Sie pochte darauf. Es schien ihr wichtig zu sein.

»Arabella ist ein schöner Name! Er passt zu dir. Auch wenn ich mit dem ›Du‹ noch so meine Probleme habe.«

»Warum? Bin ich zu alt, um geduzt zu werden?«

»Um Gotteswillen, nein! Nicht deshalb. Sie sind aber so, ähm, du bist so ... also ... ich habe ziemlich viel Respekt vor dir. Und guck mal, das hört sich doch doof an, wenn man das mit ›du‹ sagt.«

»Finde ich nicht«, gab Arabella zurück. »Ich finde, Respekt sollte die Basis einer jeden Freundschaft sein. Beiderseitig. Für mich gehört das zum Fundament einer echten Freundschaft. Ohne Respekt scheitern Beziehungen kläglich, früher oder später, auf die eine oder auf die andere Weise.«

»Du machst so schlaue Sprüche. Vielleicht will ich zu jemandem aufsehen können, der so weise wirkt.«

»Das ›Sie‹ hebt aber nicht den Kopf. Es täuscht nur einen Abstand vor, den man in Wirklichkeit nicht hat. Man kann Menschen ohne weiteres verletzen, einerlei ob per *Sie* oder per *Du*. Und ich glaube, du hältst das ›Sie‹ für einen Schutzschild. Es schützt aber nicht. Höchstens vor allzu primitiven verbalen Ausbrüchen. Aber nicht vor seelischen Verletzungen.«

Liliane hob nachdenklich die Augenbrauen und stützte sich ihr Kinn, als sie hervornuschelte: »Kennen Sie, ach, verflucht nochmal, kennst du *mich* irgendwoher?«

»Das frage ich mich selber schon eine Weile.« Arabella sah sie aufmerksam an.

»Das, was du sagst, passt so erschreckend gut zu mir. Das irritiert mich. Denn ich glaube eigentlich nicht, dass wir uns schon früher mal begegnet sind.«

»Manchmal hat man den Eindruck, sich immer schon zu kennen, auch wenn man sich noch nicht leibhaftig begegnet ist. Dann bewegt man sich auf gleichen Traumpfaden.«

»Also haben wir voneinander geträumt?« Liliane stemmte aufgeregt die Hände in ihren Sitz.

»Nein, nicht unbedingt. Auch wenn das möglich wäre. Aber es genügt, wenn man die gleichen Pfade benutzt. Idealerweise zur *gleichen* Zeit. Und ich sage bewusst nicht zur selben Zeit. Synchronzeit verläuft vielschichtig.«

Lilianes Idee, diese Frau sei eine Hexe, nahm eine neue Gestalt an. Doch Arabella setzte schon fort: »Du ähnelst mir in gewisser Weise. Vielleicht nicht in allen Dingen, aber wie mir scheint, in den grundsätzlichen.«

»Nee, ganz bestimmt nicht! Ich kann dir nicht das Wasser reichen!«

Arabella lächelte gerührt. Doch gleich darauf wirkte sie eher etwas belustigt. Deshalb begründete Liliane nachträglich: »Ich komme mir wie ein i-Dötzchen vor neben dir.«

»Es haben alle mal klein angefangen.«

Ihre Stimme klang angenehm warm und pulsierend. Sie entsprang direkt ihrem Herzen. Allein dieser Ton tröstete Liliane über all ihre ungeklärten Fragen hinweg.

»Ich hab mich in Florian verliebt!«, schoss es überraschend aus ihr hervor. Sie schlug sich vor Schreck die Hand auf den Mund und konnte nicht fassen, dass dem dieser Satz entwischt war.

Arabellas Kopf richtete sich unmerklich ein winziges Stück nach oben aus, doch genug, um damit einen Blick auf Liliane werfen zu können, der sich wahrlich bohrend anfühlte. Nun wirkte sie doch mal ein wenig überrascht.

Liliane fragte sich, was gerade in sie gefahren war. Hätte sie nicht noch ein bisschen die Klappe halten können?! Arabella war ja immerhin seine Mutter. So schnell brauchte die das nun auch wieder nicht zu erfahren. Und Florian wäre sicher auch nicht davon begeistert. In Lilianes Kopf rumorte es. Arabella fand schneller zurück.

»Das ist ja ein Ding! Und? Weiß er es? Ich meine ... hast du es ihm schon gesagt?«

»Du wunderst dich gar nicht, dass ich weiß, dass du seine Mutter bist?«

»Doch. Ziemlich. Aber mich interessiert gerade was anderes mehr.« Sie grinste spitzbübisch.

»Wie er darauf reagiert hat, meinst du«, fragte Liliane.

Arabella lächelte ertappt und nippte an ihrem Kaffee.

»Er hat es mir zuerst gestanden.«

»Kindchen. Du überraschst mich immer mehr!« In ihren Augen stand aber eher die Frage: Wie hast du denn das hinbekommen?

»Es ist schon beim ersten Mal passiert!«, verriet Liliane.

Arabellas Augen zuckten irritiert. Dann flackerte ihr Blick. Und Liliane setzte schnell nach: »Nein. Nicht was du jetzt denkst. Wir waren bisher vollkommen zurückhaltend, was das angeht. Ich meine nur, wir wussten, dass wir Gefahr laufen, uns zu verlieben, schon als wir uns das erste Mal gegenüberstanden.«

»Wo habt ihr denn da gestanden?«

... Seltsame Fragen hat sie ...

»In meiner zukünftigen Wohnung. Also im Dachstübchen.«

»Ach herrje!«

... Das klang nicht unbedingt nach Begeisterung ...

Liliane überlegte, was das denn nun wieder heißen sollte. Doch Arabella unterbrach ihre Grübelei. »Und wie stellt er sich bisher an?«

»Was meinst du?«

»Ich denke, du weißt sehr genau, was ich meine. Ich habe es in deinen Augen gesehen. Du hattest schon Kontakt zu Geistern in deinem Leben. Sag mir, wenn ich mich täusche.«

»Zu Geistern? Ich hatte ja eigentlich von Florian gesprochen.« Sie schnaubte belustigt.

Doch Arabella verstand es, ihren Spott mit einem Blick zu bändigen.

»Wann hast du das in meinen Augen gesehen?«, forschte Liliane nach.

»Deshalb warst du so unruhig ... an dem Tag, an dem du eingezogen bist ...«, erwiderte Arabella etwas ausweichend.

»Erklärst du dir das so, oder hast du an diesem Tag etwas an mir *gesehen*?«

»Beides. Ich hab es gesehen, aber womöglich nicht korrekt gedeutet. Nun erklärt sich das.« Lilianes Kobold kroch aufmüpfig aus seinem Versteck hervor: »Mir geistert vor allem das Wörtchen Hexe durch den Kopf!«

In Lilianes Unterleib machte sich ein flaues Gefühl breit. In ihrem Nacken prickelte es. Sie kratzte sich hier und sie kratzte sich da, sie rieb sich über den Mund, dann über die Nasenspitze.

»Arabella, ich glaube, ich muss jetzt gehen. Ich war viel länger hier, als ich für möglich gehalten hätte. Vielen, vielen Dank für den fantastischen Kuchen!«

Sie wollte sich gleich darauf vom Stuhl erheben, doch Felix, der Hund, ließ sich direkt auf ihre Füße plumpsen. Liliane hob die Tischdecke etwas an und schaute nach, was das zu bedeuten hätte. Doch Felix hatte sich gemütlich auf ihren Füßen niedergelassen, als wenn nichts wäre. Ratlos blickte Liliane zu Arabella, die sich köstlich über ihren Gesichtsausdruck amüsierte.

»Er möchte anscheinend nicht, dass du schon gehst. Oder er hat dich gerade in sein Herz geschlossen, so dass er nun auch mit dir befreundet sein will.«

Liliane tätschelte ihm den Kopf. Zu ihrer Freude ließ er sich genüsslich zwischen den Ohren kraulen und hielt seine Nase von ihr fern.

»Aber er wird dich nicht ernsthaft aufhalten. Wenn du auf einmal gehen möchtest, dann musst du wohl gehen.« Sie wusste zweifelsfrei, dass Liliane nicht gehen *musste*.

»Ich kann ja demnächst mal wieder-kommen«, versuchte diese, zu vertrösten. »Aber in ein paar Tagen muss ich wieder anfangen zu arbeiten. Dann bin ich meist mit meinem Kopf woanders. Es ist nicht böse gemeint, wenn ich mal länger nicht bei dir auf-tauche.«

Wie diplomatisch. Die Vertröstung auf ein anderes Mal hatte gleich schon die Ankündi-gung, überhaupt nicht zu kommen, im Gepäck. Das war typisch Liliane.

Doch Arabella lächelte verschmitzt. »Ich bin mir sicher, dass wir uns wiedersehen. So oder so. Man kann sich ja überall mal zufällig über den Weg laufen.«

Ihre Schlussworte zum Abschied waren cleverer gewählt.

11 ☼ Mehr Fragen als Antworten

Kaum, dass Liliane sich entschieden hatte, doch lieber zu gehen, stand Felix anstandslos von ihren Füßen auf, und zwar, bevor sie die erst hatte unter ihm wegziehen müssen. Er begleitete Liliane zur Tür wie ein Rausschmeißer. Sie kraulte ihn noch einmal zwischen den Ohren, es war durchaus versöhnlich gemeint. »Du bist ein liebes Kerlchen, und wenn mich nicht alles täuscht, ein ziemlich cleveres noch dazu.« Er wedelte erfreut mit seinem buschigen Schwanz und nahm ihr Kompliment gerne entgegen. Arabella nutzte den Moment, um Liliane ohne Vorwarnung an sich zu ziehen.

»Komm mal her, meine Kleine! Ich muss dich endlich mal an mein Herz drücken. Du bist etwas Besonderes. Hoffentlich vermasselt Florian das nicht!«

Liliane meuterte im Stillen.

... Na das war ja eine Zusammenstellung! Das Ende hätte sie gut auch weglassen können! ...

Doch Arabella nahm es ihr auch schon wieder ab. Mit einem Mal nahm sie alle Schwere von ihr. Sie hielt Liliane immer noch fest an sich gedrückt. Zwischen ihnen hatte sich etwas in Bewegung gesetzt.

Liliane fühlte sich wie in einem dieser Märchenfilme, wo Wirbel oder Schwaden um die Helden ziehen. Sie atmete tief und gleichmäßig. Arabella spendete ihr etwas von ihrer Energie. Liliane war gerührt. Und unendlich dankbar.

Auf dem Heimweg ging es turbulent zu, allerdings nur in Lilianes Kopf.

Wie sollte sie Florian bloß sagen, dass sie bei seiner Mutter zu Besuch gewesen ist? Er würde das nicht mögen, da war sie sich sicher.

Doch zu lange warten durfte sie damit nicht. Das wusste sie aus Hollywood-Filmen, die einem immer wieder beibrachten – irgendwann kommt's sowieso raus, und dann geht das rücksichtsvolle Warten nach hinten los.

Liliane betrat den Hausflur mit gemischten Gefühlen.

Arabella wusste so viel über sie.

Liliane fragte sich, was sie wohl gemeint hatte, als sie behauptete, in ihren Augen gesehen zu haben, dass sie schon einmal Kontakt zu Geistern gehabt hätte. Diese Behauptung erschreckte Liliane und sie rätselte munter weiter.

... Bin ich gezeichnet? Und warum kann Arabella solche Dinge sehen? Weshalb waren wir uns auf Anhieb sympathisch? Was verbindet uns miteinander? Warum fühle ich mich gleichermaßen von ihr angezogen wie auch verschreckt? Weshalb gab sie mir von ihrer Energie, obwohl sie doch in ihrem Alter gewiss darauf bedacht ist, sie sparsam einzusetzen? Und überhaupt! Warum vertraut sie mir? ...

»Na das kann ja eine Nacht werden!«, meuterte ihr Kobold. Er kannte Liliane und wusste, dass ihre Fragen so schnell kein Ende nähmen. Zum Glück war ja bis zur Nacht noch eine Weile hin.

Der Fensterflügel der Balkontür öffnete sich selbsttätig. Liliane kam zu dem Schluss, dass sie ihn wohl nicht richtig verriegelt hatte. Das wunderte sie zwar, da sie eher zu Mehrfach-Kontrollen neigte, aber sie nahm das in dem Moment mal so hin. Seltsam war eher, dass draußen keinerlei Wind wehte. Sie spottete über sich selbst: »Beginne ich mir das Thema Geister gerade etwas gründlicher zu erschließen als bisher?« Doch sie hatte allen Ernstes in jenem Moment den Eindruck, sie sei nicht mehr allein im Zimmer. Aber da war nichts. Nichts außer ihr selbst.

Liliane wollte noch einmal rekapitulieren, was sie über Geistererscheinungen gelernt hatte. Aber ihr fiel im Augenblick überhaupt nichts dazu ein. Alle Geister, die jemals mit ihr kommuniziert hatten, waren ihr ausschließlich im Traum erschienen. Jetzt schlief sie aber gewiss nicht! Sie grübelte weiter:

... Welche Schwaden haben mich denn da markiert, als Arabella mich umarmt hat? Können mir Geister fortan auch im Wachen erscheinen? ...

Ihr Handy klingelte. Sie rannte zur Wohnungstür und riss sie auf. »Wie meschugge bist du denn?«, wetterte ihr Kobold. Die Balkontür knallte zu. Liliane schloss die Tür wieder und suchte nach ihrem Handy. Doch kaum lag es in ihrer Hand, verstummte sein Klingeln. Verpasster Anruf. Eine frühere Arbeitskollegin von ihr. Die hatte sicher Lust, mal auszugehen. Liliane aber nicht. An diesem Abend gewiss nicht. Sie antwortete ihr nicht und legte das Handy beiseite. Die Balkontür öffnete sich wieder. Es kam Liliane allmählich gespenstisch vor. Sie beschloss, unbedingt früh schlafen zu gehen. Ihre Nerven müssten dringend mal abschalten. Sie brauchte Ruhe. Doch je nötiger man die hat, desto schwerer lässt sie sich manchmal finden.

Liliane fühlte sich unbehaglich. Der Raum um sie herum fühlte sich anders an als sonst. Sie konnte es nicht deuten und bildete sich sogar schon Geräusche ein. Sie entfloh den Sinnesreizen, indem sie sich die Decke über den Kopf zog.

12 ☼ Die Geister, die ich nicht rief …

Die Nacht verlief unruhig und das, obwohl Liliane schnell eingeschlafen war. Entgegen der Prognose ihres Kobolds war die Quelle ihrer Fragen doch rascher versiegt. Aber ihre Träume waren so lebhaft, dass sie zeitweilig daran zweifelte, überhaupt zu schlafen. Gegen Morgen entdeckte sie eine junge Frau in ihrem Zimmer, die ihr gestaltmäßig ein wenig ähnelte. Sie hockte auf dem Fußboden neben dem Kleiderschrank und malte mit dem Finger Spiralen in blauen Sand. Sobald sie bemerkte, dass Liliane ihr zuschaute, verwischte sie mit allen zehn Fingern das Bild. Sie sah reizvoll aus. Zierlich und extrem schlank. Trotzdem überaus feminin. Ihre Haare hingen unge-kämmt über ihre Schulter herab und reichten ihr bis zum Bauch. Liliane stand auf und näherte sich der Gestalt. Diese erhob sich und legte ihr einen Arm um die Schulter. Liliane spürte ihn nicht. Er war federleicht oder leich-ter als federleicht. Die unbekannte Frau griff nach Lilianes Haar und striegelte es mit den Fingern, der blaue Sand klebte noch daran. Liliane versuchte, ihren Blick auf ihn zu fixieren, doch dabei färbte der Sand sich um. Erst wurde er rot und schließlich lila.

»Lila«, hörte Liliane *sie* sagen, als wenn *sie* ihren Namen kennen würde, doch es war nur ein Echo in ihrem eigenen Kopf. Oder ein Hauch vor ihrem Gesicht. *Sie* strich ihr immer noch mit den Fingern durchs Haar.

»Wer bist du?«, fragte Liliane.

»Weißt du das denn nicht?«

»Nein.«

»Dann muss ich später wiederkommen, wenn du es weißt.«

»Nein, warte!«

Doch die zarte Erscheinung löste sich schon wieder auf und verlor sich im Raum.

Liliane erwachte schweißgebadet. Es war also doch ein Traum. Ihre Augen tasteten den Bereich neben dem Kleiderschrank ab. Ihr war unwohl. Gestern Abend hatte sie geglaubt, sie sei nicht allein im Zimmer. Jetzt dieser Traum. Sie fühlte sich ausgesprochen unbehaglich. Und matt. Am liebsten wäre sie im Bett geblieben und hätte sich für den Rest des Tages unter der Bettdecke verkrochen. Doch sie ahnte, was da geschehen war, und wusste, dass das Bett garantiert nicht der richtige Ort war, um sich abzuschotten.

Damals hatte das auch so angefangen. Aber Liliane drängte die bedrückenden Erinnerungen rasch wieder zurück und sprach sich Mut zu. Das heißt, sie nahm sich etwas vor. »Ich muss schaffen, mich möglichst schnell mit ihr anzufreunden. Sie muss mir vertrauen. Sonst werde ich sie nicht erlösen können.«

»Höre ich da was von erlösen? Hab ich mich nicht schon einmal gefragt, wer hier wohl wen erlösen müsste?« Lilianes Kobold hatte ein unübertreffbares Timing.

*****

Liliane war überzeugt, unbedingt mit Florian reden zu müssen. Dringend. Aber sie hatte keine Ahnung, ob er ihr glauben würde. Sie hatte nicht vor, ihm alle Einzelheiten von damals zu erzählen. Die alte Geschichte sollte begraben bleiben, Liliane mochte sie keinesfalls wieder heraufbeschwören. Und – sie wollte Florian zu diesem Zeitpunkt nicht sagen müssen, dass Thomas, sein Vorgänger, ihr bis zuletzt nicht vertraut hatte. Und das, obwohl es ihr gelungen war, all seine Geister zu besänftigen.

Liliane konnte sich jetzt nicht mehr dagegen wehren, es zog sie zurück in die Vergangenheit. In ihr hallten ihre eigenen Gedanken wider.

... Thomas hat nicht geschafft, loszulassen. Er hat sich nicht mir zugewandt, sondern seinen Geistern ...

Er hatte seine Frau und beide Kinder bei einem Autounfall verloren. Er hing danach an seinen Erinnerungen fest, ohne zu merken, dass seine Lieben längst entseelt waren. Unentwegt vergrub er sich in seiner Fotosammlung oder sah sich alte, selbstgedrehte Videos an. Er ließ keinerlei Veränderungen zu. Er lebte in der Vergangenheit und wollte Liliane mit hineinziehen. Alles hatte so zu bleiben, wie es ›vorher‹ gewesen war. Ihrer beider Gegenwart verlor sich angesichts seiner permanenten Rückschau. Liliane bat ihn immer wieder, sich ihr zuzuwenden. Doch er verstand nicht, was sie meinte. Und als er es endlich begriff, war es für Liliane und ihn zu spät.

Übrig blieb ein Trümmerhaufen auf beiden Seiten; einer davon war Liliane. Sie war am

Boden zerstört. Sie hatte all ihre Energie verwendet, um zu Thomas' Seele vorzudringen. Doch vergeblich. Am Ende war Liliane ausgelaugt und kaum noch lebensfähig; ihr fehlten der Wille zum Leben und die Kraft.

Sich so deutlich daran zu erinnern, lastete wie Blei auf Lilianes Gliedern. Bevor ihre Stimmung gänzlich abrutschte, flüchtete sie sich lieber in Grübeleien über das Naheliegende. Wie, um alles in der Welt, könnte sie sich Florian offenbaren? Sie wusste sich keinen Rat. Und dann noch das fällige Geständnis, dass sie bei seiner Mutter zu Hause gewesen war. Beides auf einmal – das ging keinesfalls. Aber das eine wie das andere drängte.

*****

Liliane zog sich nicht an, sondern frühstückte im Bademantel. An diesem Morgen schmeckte ihr nichts. Aber sie zwang sich, etwas zu essen. Sogar der Kaffee war übermäßig bitter. Sie verpasste ihm eine Überdosis Milch. Doch es nützte nichts, er blieb gallebitter.

Eine halbe Stunde später stand sie vor ihrem offenen Kleiderschrank. Sie zog sich eine weiße Bluse an. Dazu die schwarze Jeans. Sie huschte durchs Zimmer. Ihre Haare flocht sie vor dem Badezimmerspiegel zu einem strengen Franzosenzopf. Sie hatte vor, ernsthaft zu erscheinen, um ernst genommen zu werden. Ihren Augen gönnte sie einen schmalen Kajal-Strich, auch die Augenbrauen zog sie nach. Beides sollte ihr zusätzlich Ausdrucksstärke verleihen.

Dann eilte sie in den Flur, schnappte sich den Wohnungsschlüssel und sprang die Treppenstufen hinunter. Sie nahm gleich mehrere Stufen auf einmal. Doch treppab war das nicht ungefährlich. Sie passte auf, dass sie die anvisierte Stufe erwischte. Den Knöchel verstauchen wollte sie sich nicht. Vor Florians Tür angekommen, betrachtete sie das schillernde Namensschild. Sie starrte es an, als könne sie einen Verbündeten aus ihm hervorlocken. Doch da tat sich nichts. Sie musste ihr Vorhaben allein bewerkstelligen. Sie drückte den Klingelknopf und holte tief Luft. Seine Klingel hörte sich anders an als ihr dunkles Ging-Gong. Das hier war ein verspieltes Glockenspiel, sie fand es auch ganz niedlich, aber ihr Klingelton passte besser zu ihr. Florian machte auf und sah sie erstaunt an.

»Wollen Sie zu mir, junge Frau?« Er versuchte zu scherzen und wirkte doch seltsam zurückweisend. Wie ein Magnet, der einen verkehrten abstieß.

Liliane sagte sich, Augen zu und durch.

13 ☼ Weißt du, was du da sagst?

Florian drängte Liliane nicht gerade, in seine Wohnung einzutreten. Er stand im Türrahmen und musterte sie verwundert bis misstrauisch. Er ließ sich durchaus anmerken, dass ihr unangekündigtes Aufkreuzen ihm nicht geheuer war.

»Ich wollte dir meinen Traum erzählen«, brachte Liliane ohne Einleitung hervor. Florian schien beruhigt zu sein. Seine Miene drückte ein »Na wenn es sonst nichts ist« aus. Er ließ sie rein.

Die beiden berührten sich nicht. Ein Handschlag zur Begrüßung hätte ja wohl sonderbar gewirkt, doch der Schreck über Lilianes unerwartetes Erscheinen ließ Florian vergessen, sie in den Arm zu nehmen.

»Drück mich mal!«, bat sie ihn. »Der Traum hatte es in sich. Ich könnte ein bisschen Halt an dir gebrauchen.«

Er nahm sie in den Arm und drückte sie still an sich. Die Ruhe, die er ihr dabei vermittelte, tröstete sie über so manches hinweg. Sie wäre gern für Stunden in seiner Umarmung versunken, doch es wäre ihm sicher merkwürdig erschienen. Dabei vermochte er, ihr die ersehnte Bettdecke zum Verstecken zu ersetzen, die ihr Bett ihr nicht mehr bieten konnte.

Liliane holte einige Male Luft und setzte zum Sprechen an. Doch ihr entwich kein einziger Ton. Florian schob sie sachte vor sich her und platzierte sie auf dem nächstgelegenen Stuhl. Er selbst setzte sich ihr gegenüber. Seine Augen betrachteten sie aufmerksam.

»Du bist heute auf eigensinnige Art schön. Alles an dir wirkt streng und perfekt, doch auf deinem Gesicht spiegeln sich deine wechselnden Gefühle wie auf dem Gesicht eines kleinen Mädchens. Du wirkst zerbrechlich, obwohl du unbesiegbar aussiehst. Falls du vorhattest, mich mit deinen heftigen Kontrasten zu irritieren, dann ist dir das definitiv gelungen.« Er lachte vorsichtig.

»Ich hatte es nicht vor. Jedenfalls gewiss nicht bewusst«, sagte sie wahrheitsgemäß.

Obwohl, die weiße Bluse zur schwarzen Jeans war vielleicht kein Zufall. Doch das meinte er nicht. Er hatte sich auf ihre gesamte Wirkung bezogen. Und seine Worte hatten deutlich veranschaulicht, wie Liliane in der Zwickmühle steckte.

»Du weißt, dass ich nicht gekommen wäre, wenn es mir nicht extrem wichtig gewesen wäre?«, flüsterte sie.

Er nickte, doch schaute knapp an ihr vorbei ins Leere. Liliane tat es ihm gleich. Ihr Blick suchte nach einem Anker und heftete sich an eines der Bilder von Yves Tanguy. Die sanften Formen beruhigten ein wenig. Das Irreale erweckte den Eindruck, es böte ihr die Option, sich in diese Traumlandschaft zu retten. Drei Tanguy Bilder nebeneinander, alle drei faszinierten auf ihre Weise, doch keines davon nahm Liliane ab, Florian in ihren Traum einzuweihen. Sie wartete auf den richtigen Moment, doch sie wusste, dass sie den ganzen Tag hätte darauf warten können, er würde sich nicht zeigen.

Es war noch viel zu früh. Aus der jungen Saat waren noch immer keine selbstständig lebensfähigen Pflanzen geworden. Sie brauchten Sonderpflege. Zuwendung, um gegenseitiges Vertrauen aufzubauen. Zeit; doch die hatte Liliane nicht mehr beliebig.

Sie hatte die Geister nicht gerufen. So wie damals. Diesmal war *sie* ihr ungebeten erschienen. Viel zu früh. Deshalb musste Liliane mit Florian darüber reden, sonst hätte sie sinnlos Energie verloren. Zu viel, um nachher selber lebensfähig zu bleiben. Die Kommunikation mit unerlösten Geistern war für sie übermäßig kräftezehrend. *Sie* wurden ihr nur sichtbar, indem *sie* sich von ihrer Energie bedienten, indem *sie* sie anzapften.

Doch das sagte Liliane nicht. In diesem Moment noch nicht. Stattdessen begann sie leise, aber deutlich, den Traum zu erzählen. Sie beschrieb jedes Detail. *Ihre* Haare, *ihre* Augen, den Schwung *ihrer* Augenbrauen, *ihre* Fingerknöchel, *ihre* viel zu dünnen Arme ... alles – nur um zu beweisen, dass sie *sie* gesehen hatte. Florian sollte Liliane nachher bestätigen, dass diese Erscheinung seiner damaligen Frau entsprach. Liliane wusste, wie sehr ihm das widerstreben würde, zuzugeben.

Florian hörte sich alles in Ruhe an. Angesichts seiner Fassungslosigkeit war zwar bald jegliche Farbe aus seinem Gesicht gewichen, aber er unterbrach die Schilderung nicht. Florians unerwartet intensive Aufmerksamkeit machte Liliane Hoffnung. Doch nur, bis er seine erste Frage stellte.

»Woher hast du das Foto von ihr? Hat meine Mutter dir das gegeben?«

Da kamen zwei Probleme auf einem Ross auf Liliane zugeritten.

»Ich kenne kein Foto von ihr, deshalb bin ich auch darauf angewiesen, dass du mir bestätigst, dass *sie* das war. Für mich ist es leider bisher nur eine Vermutung.«

»Weißt du, was du da sagst?«

»Etwas, das sich irre anhört und dir unfassbar erscheint. Ja, ich weiß es.«

»Warum tust du mir das an?!«, bellte er als Antwort.

»Florian, glaube mir, das könnte ich dich auch fragen. Denn es ist nicht *mein* Geist, der mir da erscheint. Und ich finde das ganz sicher nicht lustig!«

Lilianes Bettzeug musste nach Geister-Träumen jedes Mal gewechselt werden, nicht nur, weil es durchgeschwitzt war, sondern vor allem, weil diese Art von Schweiß unangenehm roch. Doch dieses Detail ersparte sie Florian. Und sich selbst weitere Erinnerungen an ihre früheren Erfahrungen damit.

Es war schlimm genug, dass sie wusste, dass sie keine Wahl mehr hatte. Sie musste sich mit dem Geist seiner verstorbenen Frau auseinandersetzen, ob sie wollte oder nicht. Ihr war nur zu bewusst, dass sie das sehr viel Energie kosten würde – womöglich mehr, als sie entbehren könnte.

Deshalb musste das, was ihr bevorstand, schnell vonstattengehen. Je länger sich das hinzöge, desto größer fiele der energetische Verlust für sie aus. Unseligerweise hing das Gelingen aber davon ab, wie schnell Florian klar wurde, dass er diesen unerwünschten Geist am Leben hielt. Es würde nicht genügen, dass er gewillt war, ihr sein Herz zu öffnen. Er musste die Vergangenheit loslassen, die Verantwortung für sein gegenwärtiges Tun oder Lassen übernehmen. Doch das sagte sich so leicht.

Hier war diplomatisches Geschick vonnöten. Liliane war ja nicht dumm. Sie wusste, dass Loslassen nichts ist, das gelingt, bloß indem man es soll oder will. Manchmal steht ein allzu dringendes Wollen der Sache sogar im Weg.

... Florian müsste seine verdrängten Gefühle zulassen. Und wenn es ihm noch so weh tut ...

Bloß wie sagt man das einem, der nicht mal wahrhaben will, dass er sich gegen etwas wehrt und stattdessen so tut, als gäbe es das, was er nicht sehen will, nicht?

Florian riss sie aus ihren Gedanken. Er räusperte sich und holte tief Luft. Seinen Augen waren die Grübeleien hinter Lilianes Stirn nicht entgangen, auch wenn er nicht ahnte, worum sie sich drehten.

Er wollte ja über seinen Schatten springen. Und das, obwohl er sich vor dem Sprung ins Ungewisse fürchtete. Es sah im Augenblick allerdings eher nach unbeholfenen Schritten aus.

»Ich nehme deinen Traum durchaus ernst, Liliane. Auch wenn es mir schwerfällt.«

»Das ist viel wert!«, flüsterte sie. Und ohne ihn anzusehen, fügte sie hinzu: »Wir können durch meine Träume mit ihr kommunizieren.«

»Und du weißt wirklich, was du da sagst?« Seine Stimme legte sich nicht auf vorwurfsvoll oder ratlos fest.

Liliane fühlte sich jedoch in ihrer Glaubwürdigkeit infrage gestellt. »Florian! Ich brauche deine Hilfe dabei. Ich kann sie erlösen, aber nicht, wenn du mir nicht vollkommen vertraust.«

»Findest du das nicht ein bisschen viel verlangt für den Anfang?«

»Doch. Ich finde, es ist viel verlangt. Aber sowohl von dir als auch von mir. Wenn du wüsstest, *wie viel* mir das abverlangt ...«

Liliane wollte ihm durchaus keinen Vortrag über Energieverlust halten. Er hätte nachher womöglich Angst vor ihr bekommen. Dass sie den Geist seiner toten Frau mit ihrer Energie nähren musste, um *sie* später erlösen zu können, das war nicht von jedermann so ohne Weiteres zu begreifen. Sie selbst hatte damals lange gebraucht, um hinter die Eigenheiten der Geisterkommunikation zu kommen.

Florian war hin- und hergerissen. Er hatte ein spezielles Problem, wenn es darum ging, an Geister zu glauben. Denn seine Mutter traktierte ihn schon seit Jahren damit. Er wehrte sich beständig dagegen, wollte die Dinge nicht wahrhaben, für die sie ihm die Augen zu öffnen versuchte. Auch wenn sich manches Mal eine Ahnung in ihm breitmachte.

Und nun kam Liliane ausgerechnet mit diesem vorbelasteten Thema auf ihn zu. Es verlangte viel Selbstbeherrschung von ihm, um nicht auf der Stelle zuzumachen. Alles abwehren. Unwirsch. Wie sonst.

Aber Liliane hatte ihren Fuß in der Tür, die zu seiner Seele führte. Er konnte nicht dichtmachen, ohne Liliane dabei zu verletzen. Das wollte er aber nicht, durfte es nicht, denn er spürte, dass sie ihn heilen könnte. Sie war seine Chance, den selbsterrichteten Mauern zu entkommen. Also gab er sich einen Ruck, öffnete sich und versuchte, das Gehörte zuzulassen. Es betraf ihn und – es machte ihn betroffen.

Er wollte Liliane zeigen, dass er nicht an ihr zweifelte. Er wollte nicht nur, er *musste* an sie glauben. Er spürte die zarte Berührung der Schmetterlingsflügel, sobald sie in seiner Nähe war. Das gab ihm Mut.

Er räusperte sich.

»Angenommen, ich glaube dir und sage dir, dass alles, was du beschrieben hast, genau auf meine ...«, er unterbrach sich und suchte nach einem anderen Wort, »... also auf *sie* passen würde. Was dann? Wie geht es dann weiter?«

»Ich brauche die absolute Gewissheit! Du musst dir sicher sein, dass *sie* es war. Nicht nur so vage!«

»Aber was kommt dann?«

»*Sie* wird mich häufiger aufsuchen. Die Spielregeln bestimme nicht ich. Was *sie* im Einzelnen tun wird, kann ich nicht voraussagen. Ich weiß nur, dass es besser funktioniert, wenn ich *sie* mag oder wenigstens akzeptiere. Ich darf *sie* weder ablehnen, noch gegen *ihr* Erscheinen rebellieren. Das wird dann eine verflucht harte Zeit für mich! Ich kann mich *ihr* ab jetzt so oder so nicht mehr entziehen, *sie* hofft von jetzt an auf *ihre* Erlösung, ob *sie* es weiß oder nicht. Doch um erscheinen zu können, braucht *sie* meine Energie.«

Nun war es doch herausgerutscht. Liliane hoffte, Florian hätte es überhört. Doch sein aufgeschrecktes Gesicht signalisierte ihr das Gegenteil.

»*Sie* zehrt dich auf?« Er klang gleichermaßen entsetzt und vorwurfsvoll.

»*Sie* kann nichts dafür. Das ist halt so. Ich bin der Mittler zwischen dir und *ihr*. Es braucht meine Liebe, meine geistige Kraft. Deshalb muss *ihre* Erlösung so schnell wie möglich gelingen.«

»Weißt du denn, wie sie gelingt?«

Liliane senkte den Kopf anstelle einer Antwort. Sie wollte nicht lügen. Doch ›nein‹ sagen wollte sie auch nicht.

»Wer sagt mir, dass das für dich gut ausgeht? Ich will nicht noch einmal jemanden verlieren!«

Wenn er geahnt hätte, wie viel Kraft ihr diese Frage schenkte! Er schien sich so sicher zu sein. Schon zu diesem Zeitpunkt! Schon, bevor sie weiter aufeinander zugegangen waren. Weiter als – zurückhaltend.

Liliane versuchte, so sanft wie möglich zu klingen, als sie ihm gestand: »Ich kann es dir nicht sagen. Aber ich tue, was ich kann. Ich hab eh keine Wahl mehr.«

»Ich hätte dich da niemals mit reinziehen dürfen! Ich wünschte, ich hätte dich nicht …«

Er hielt die Luft an. Er kniff die Augen zusammen und drängte eine Träne zurück, die dort lauerte. Doch er formulierte den Satz nicht zu Ende.

Liliane lächelte fast unsichtbar. Voller Erleichterung.

»Liliane! Wie kannst du so viel für mich ertragen müssen?! Das geht doch nicht. Ich werde mir niemals verzeihen, dass ich dir das angetan habe!«

»Florian. Wir müssen das zusammen durchstehen. Ich muss wissen, dass du mir Halt gibst, wenn ich ihn brauche. Ich muss dir vertrauen können! Ich muss mich auf dich verlassen können.«

»Was muss ich dafür tun?«

»Für mich da sein, wenn ich dich brauche. Mir zuhören, wenn ich nach Deutungen suche – Dich mir zuwenden! In jeder Weise.« Liliane sah ihn bedeutungsvoll an. Sie hoffte inständig, dass er genau zugehört hatte.

»Was musst *du* tun?«

»Sagen wir – ich muss das Rätsel der Sphinx lösen.«

Er wusste, was mit denen passierte, die es nicht lösten. Er kniff die Augen zu einem schmalen Spalt zusammen und ballte die Fäuste. Doch dann sprach er es laut und deutlich aus: »*Sie* war es!«

Liliane plumpste ein Stein vom Herzen. Die Geschichte hätte auch schwieriger ablaufen können. Sie war überrascht, dass es so scheinbar mühelos gelungen war, seine Bestätigung zu bekommen.

»Danke, Florian. Ich weiß jetzt, dass du sehr viel Vertrauen zu mir hast. Sonst hättest du das nicht geschafft. Drück uns die Daumen!«

Sie versuchte ein zuversichtliches Lächeln. Dann streifte ihr Blick wieder über die Bilder von Yves Tanguy.

»Deine Auswahl gefällt mir.«

»Meine Auswahl? Was meinst du?«

»Tanguy meine ich. Ich mag seine Bilder. Doch sie bei dir zu entdecken, verleiht dem, was ich sehe, einen zusätzlichen Reiz.«

»Warum?« Florians Frage hörte sich ein wenig kokett an. Er lächelte herausfordernd.

»Für gewöhnlich entdeckt man eher mal Dali-Bilder bei jemandem an der Wand.«

»Habe ich auch, aber unten in den Büroräumen bei all den anderen Bildern. Mein Arbeitsplatz ist die reinste Galerie, nur eben ganz für mich alleine.«

»Wie schön. Wir haben wohl mehr gemeinsam, als bisher geahnt.« Liliane flüsterte es fast unhörbar vor sich hin. Florian entging es trotzdem nicht.

Er raunte ihr seine Antwort ins Gesicht: »Vorlieben verbinden. Besondere Vorlieben verbinden besonders.«

14 ☼ Noch ganz dicht im Dachstübchen?

Die nächsten Tage passierte nichts. Dieses ›nichts‹ fühlte sich nicht gut an. Liliane fragte sich, was da los war. Die Sache musste schneller voranschreiten. Lag es an ihr? Hatte sie etwas vergessen? *Sie* erschien nicht noch einmal. Florian fragte Liliane jeden Tag, ob *sie* sich wieder gezeigt hatte. Allmählich begann er die Sache anzuzweifeln.

Ausgerechnet in dieser spannungsgeladenen Situation tauchte seine Mutter vor dem Haus auf. Ganz zufällig natürlich. Sie ging mit ihrem Hündchen Gassi und ihr Weg führte ausgerechnet direkt an Florians Haus vorbei. Arabella schaute hoch zur Terrasse und schirmte ihre Augen gegen das blendende Licht ab, damit auch ja jeder merkte, dass sie etwas Bestimmtes suchte.

Liliane war in diesem Moment bei Florian in der Wohnung und versuchte ihm zu erklären, dass sie Geduld haben müssten, auch wenn es ungewöhnlich sei, dass nichts passierte. Er stand vor dem Erkerfenster und entdeckte draußen seine Mutter. Er öffnete den Fensterflügel und rief: »Arabella? Suchst du was Bestimmtes?«

»Ich wollte nur mal nach Liliane schauen. Wie geht es ihr?«

»Du weißt, wie sie heißt?« Sein Ton schwebte zwischen Erstaunen und Empören.

»Ja. Ich dachte, sie hätte dir das schon erzählt?«

»Vielleicht ein bisschen knapper, als du dachtest«, brummelte Florian.

… Verflucht … stöhnte Liliane im Stillen. Seine Antwort konnte viel bedeuten. Sie war sich nicht sicher, ob sie sich nur auf das erste Gespräch bezog oder ob Florian sich was zusammenreimen konnte.

Arabella war offenbar schlau genug, ihn in ihrer typischen Weise im Unklaren zu lassen.

Florian drehte sich zu Liliane um. »Liliane? Komm doch mal! Nach dir wird verlangt.«

Sie suchte nach einer Möglichkeit, der Situation zu entkommen. Sie mochte unmöglich ans Fenster treten und so tun, als ob sie Arabella seit ihrem Einzug nicht mehr gesehen hätte. Die Situation war filmreif. »Ich kann grad nicht! Sie soll ein andermal nach mir schauen!« Sie wollte es wenigstens mal so versucht haben.

»Warum? Du kannst dich doch wenigstens mal zeigen und ihr zuwinken!« Florians Augenbrauen schoben sich zusammen.

Liliane näherte sich dem Fenster in Zeitlupe. Auf dem Weg dorthin stützte sie sich an jeder Stuhllehne ab, an der sie vorbeimusste. Ihr Auftreten ähnelte dem eines Schlaganfallpatienten.

»Irgendwas ist hier faul!«, bemerkte Florian prompt.

Als Liliane endlich das Fenster erreicht hatte, war Arabella schon in einiger Entfernung.

»Sie ist weitergegangen«, teilte Liliane Florian mit. »War wohl nicht so wichtig.« Wie weit es ihr dabei gelang, ihre Erleichterung darüber zu verbergen, wurde ihr nicht klar.

»Ihr verhaltet euch beide ziemlich merkwürdig«, bemerkte Florian.

»... Hm ... Ich sag dir auch, warum. Aber du musst mir versprechen, dass du mir nicht böse bist.«

»Du bringst ihn ja geradezu auf die Idee«, frotzelte ihr Kobold. Der hatte sich schon länger nicht mehr hören lassen. Solch eine Situation ließ er sich aber natürlich nicht entgehen.

Florian nickte bestätigend. Er schien auf alles gefasst zu sein. Sein bohrender Blick fühlte sich für Liliane aber nicht unbedingt nach Neugier an.

»Deine Mutter ist mir vor Kurzem über den Weg gelaufen und hat mich aufgefordert, oder sagen wir überredet, mit ihr mitzukommen, damit wir uns weiter miteinander bekannt machen könnten. Mir war zwar etwas mulmig zumute, aber ich wollte ihr das nicht abschlagen. Unseligerweise war das ein paar Tage, nachdem ich von dir erfahren hatte, dass sie deine Mutter ist. Ich wusste überhaupt nicht, wie ich mich ihr gegenüber verhalten sollte. Aber ich wollte sie erst recht keinesfalls verärgern. Ich wusste ja, dass ich sie auf jeden Fall wiedersehen würde.«

»Du warst bei ihr zu Hause!? Wann war das?« Sein Ton fiel alles andere als neutral aus.

»Mal überlegen …« Liliane wiegte ihren Kopf hin und her.

»Sag jetzt nicht, dass dir der Geist einen Tag danach erschienen ist!« Florian schrie sie aufgebracht an.

Was hätte Liliane darauf entgegnen können? Genau so war es gewesen. Doch wenn er so überdeutlich verlangte, dass sie *das* nicht sagen sollte. Was machte sie denn da?

»So genau bekomme ich das jetzt nicht mehr auf die Reihe. Da muss ich nochmal in Ruhe drüber nachdenken.« Seine Miene entspannte sich etwas.

»Nochmal Glück gehabt!«, quäkte ihr Kobold.

»Meine Mutter hat einen Tick, was Geister angeht. Die bildet sich immer schon ein, dass dieses Haus hier von Geistern bewohnt wird, vor allem von guten oder hilfreichen oder so. Na überhaupt glaubt sie manchmal, Geister sehen zu können. Ich hab schon einen Schreck gekriegt, dass sie dir dieses Hirngespinst in den Kopf gesetzt haben könnte ...« Er schaute Liliane an und suchte Blickkontakt. »Aber ich weiß auch, dass du schon einmal erwähnt hast, dass du mit Geistern klarkommen würdest. Der Satz hallte damals ewig in mir nach. Deshalb erinnere ich mich noch so gut daran. Ich hatte mich erschrocken. Also, der Satz hatte mich erschreckt. In der kurzen Zeit auf der Straße konnte Arabella dich ja wohl unmöglich mit ihren fixen Ideen angesteckt haben. Oder?« Florian sah Liliane forschend an.

»Nein. Das stammt aus eigenen Erfahrungen«, murmelte sie.

»So hatte ich dich auch verstanden.« Seine Stimme wirkte erleichtert.

»Deine Mutter glaubt, dass hier hilfreiche Geister wohnen? Das hat sie *mir* nicht erzählt!« Lilianes Ton tat kund, dass sie von Arabella enttäuscht war.

»Zum Glück auch. Das beruhigt mich jetzt erst recht!« Florians Miene hellte sich auf.

»Sollte ich das aber nicht vielleicht lieber wissen?«, setzte Liliane nach.

»Wozu? Das ist doch sowieso alles Humbug!«

»Wie jetzt? Die guten Geister sind Humbug und die Quälgeister sind echt?«

Er schaute sie verblüfft an. Nach einigem Zögern kam er zu dem Schluss: »Du hast Recht. Das ist alles ein verdammter Humbug!«

»Oh. So hatte ich das aber nicht gemeint!« Liliane wurde den Eindruck nicht los, dass sie sich ziemlich schnell rückwärts bewegten.

»Ich geh dann mal«, nuschelte sie hervor und verschwand schleunigst aus Florians Wohnung.

Vor ihrer Tür angekommen, zögerte sie, einzutreten. Sie zweifelte an ihrem Verstand und fragte sich ernsthaft:

... Ist noch alles dicht in meinem Dachstübchen? Was, wenn er Recht hat, und der eine Traum eine Traumhalluzination war? Gibt es so etwas überhaupt? ...

Doch leider fiel ihr sofort ein, dass Florian die Gestalt eindeutig identifiziert hatte. Liliane hätte absolut nicht wissen können, dass seine Einstmalige so ausgesehen hatte.

»Zu schade!«, stöhnte sie. In jenem Augenblick wäre ihr auch danach gewesen, das alles für bloßen Humbug zu halten. Es hätte so vieles einfacher gemacht.

»Hey du! Was hast du denn dazu zu sagen? Hast doch sonst immer irgendeinen Senf dazuzugeben? Wo steckst du jetzt?«

Liliane rief allen Ernstes nach ihrem Kobold. Doch der hatte sich verkrochen. Sie war allein.

*****

Liliane begann wieder zu grübeln.

… Vielleicht sollte ich mit Arabella reden? Wenn sie glaubt, hier gäbe es gute Geister, dann muss sie sich doch mit Geistern ein wenig auskennen. Warum bin ich denn nicht gleich darauf gekommen!? Nur weil Florian gefragt hat, ob der Geist mir womöglich genau einen Tag nach dem Besuch bei ihr erschienen wäre, ist mir aufgefallen, dass das womöglich einen echten Zusammenhang haben könnte und nicht bloßer Zufall ist. Hab ich mich denn nicht sogar selber mal gefragt, ob Arabella mich mit ihren komischen Energie-Schwaden für die Geister markiert hat? Tja, das hielt ich aber nicht für eine ernstzunehmende Frage …

In Lilianes Kopf drehte sich alles. Ihre Augäpfel empfanden einen unangenehmen Druck, als hätten sie zu lange auf einen Computer-Bildschirm gestarrt. Doch von wegen!

… Nix Computer! …

Liliane hatte sich längst jeden Gedanken an ihren Arbeitsbeginn aus dem Kopf geschlagen. Sie hatte sogar schon die ersten Termine abgesagt.

Zum ersten Mal zweifelte sie an sich und ihrer Wahrnehmung. Arabella hatte sie ganz irre gemacht mit ihrem »... in deinen Augen gesehen, dass du schon mal Kontakt zu Geistern gehabt hast.« Doch warum hatte sie diesen Geist-Traum geträumt? Und weshalb sah die Figur darin haargenau so aus wie Florians Verflossene? Liliane kam über diesen Stolperstein nicht hinweg, wie sie es auch anstellte. Davon abgesehen konnte sie ihre Erfahrungen mit Thomas' Geistern auch nicht leugnen. Sie *hatte* Kontakt zu Geistern gehabt! Und Arabella hatte sich darin nicht getäuscht. In Liliane drehten sich die Dinge im Kreis. Ihr wurde übel. Sie schluckte die viele Spucke runter, die überreichlich strömte, um ihre Kehle auf ein mögliches Szenario vorzubereiten. Liliane sprang auf und stürmte auf die Terrasse. Luft! Luft! Sie brauchte dringend mehr Luft!

*****

Am Abend überlegte sie hin und her. Sie wäre am liebsten auf der Stelle zu Arabella gegangen. Aber ... abends bei jemandem hereinzuplatzen, wird selten als angenehm empfunden ...

Liliane wollte niemanden stören.

... Andererseits scheint Arabella doch etwas geahnt zu haben. Weshalb ist sie heute hier vor Florians Haus erschienen? – Warum hat sie nach mir Ausschau gehalten? Kann das nicht auch bedeuten, dass sie sich Sorgen macht? ...

Dass Arabella nicht undiplomatisch vorging, hatte Liliane ja schon bald festgestellt. Umso weniger passte dieser auffällige Auftritt zu ihr.

... Seine Mutter konnte sich doch gar nicht so sicher sein, dass Florian schon voll im Bilde wäre. Oder hat sie sich in diesem Fall mal getäuscht? ...

Liliane konnte sich nicht helfen, sie hatte den Eindruck, Arabella hätte sie auf diese Weise zu sich gerufen.

*****

Mittlerweile war es zwar noch später und folglich um einiges ungünstiger als in den Stunden zuvor, aber Liliane machte sich auf, um Arabella zu besuchen. Es war bereits dunkel draußen. Liliane war die Einzige, die zu dieser

Zeit unterwegs war. Sie lächelte, weil das eben so typisch für solche Wohngegenden war. Sie trabte gedankenverloren vor sich hin und fühlte sich so unreal, als wenn sie sich nur träumte. Vor Arabellas Haus angekommen, erschrak sie einen Moment und fragte sich entsetzt:

… Was machst du hier? Um diese Zeit?! …

Hinter der Tür machte es »wuff, wuff«. Felix war ein feiner Wachhund. Arabella öffnete die Tür und begrüßte Liliane mit den Worten: »Na das wurde aber auch Zeit!«

»Ich hab es vorher nicht kapiert«, entschuldigte die sich. »Genau genommen wollte mein Verstand das bis zuletzt nicht glauben. Aber etwas hat mich dann einfach rausgezogen. Zu dir gezogen.« Sie blinzelte zu Arabella und befürchtete, ausgelacht zu werden. Doch die schaute unentwegt und nicht aus der Ruhe zu bringen zu ihr und gab leise von sich: »Das ist gut. Ausgesprochen gut.«

»Arabella?«

»Ja?«

»Kannst du mir helfen?«

»Wobei helfen?« Sie zog Liliane in die Wohnung und schob sie sachte vor sich her, bis sie im Wohnzimmer ankamen. Doch sie blieben noch stehen.

»Ich glaube, ich möchte von dir etwas über Geister erfahren.«

Liliane legte den Kopf schief wie ein Vögelchen und musterte Arabella mit nach oben gerichtetem Auge.

Doch die antwortete: »Weiß Florian, dass du hier bist?« Sie hatte ein großartiges Talent, anders zu antworten als erwartet.

»Nein«, hauchte Liliane, »aber ich werde es ihm sagen müssen.«

»Sag ihm vorerst nicht mehr als nötig. Er mag es nicht, wenn ich von Geistern erzähle. Er zweifelt dann jedes Mal an meinem Verstand.«

»Ich denke, er *will* es nicht glauben müssen. Ein Teil von ihm kann sich der Sache auch nicht so ganz entziehen. Also, ich weiß es nicht, ich wundere mich jetzt ehrlich gesagt selbst, dass ich das gesagt habe. Eigentlich stimmt das gar nicht. Also ich weiß ja, dass er das nicht glaubt. Er will es aber vielleicht glauben können ... o Gott, was fasele ich denn da? Das wird ja vielleicht ein Kauderwelsch!«

»Kauderwelsch ist gut. Damit dringt man am schnellsten zum Kern der Sache vor. Dabei verliert der Verstand den Überblick und gibt auf. Das ist ein Trick, um an ihm vorbeizukommen. So werden verborgene Türen aufgestoßen.«

»Bist du eine Hexe oder so was Ähnliches?« Die Frage tat Liliane augenblicklich leid. Das hörte sich nach einem Schimpfwort an.

Doch Arabella lächelte vielsagend. »Ich bin eine weise alte Frau. Nichts Besonderes also.«

Vielleicht hatte sie Recht. Doch vielleicht wollte sie Liliane auch nur beruhigen.

»So mein Kindchen, nun schieß mal los. Was willst du denn wissen?«

Die beiden Frauen hatten sich inzwischen auf die diwan-ähnlichen Sofas gesetzt, das heißt, Liliane sich auf das eine und Arabella sich auf das andere. Denn es gab zwei davon, die sich direkt gegenüberstanden. Zwischen ihnen stand ein Holztisch mit seltsamen Schnitzereien, er war auf Hochglanz poliert. Lilianes Finger strichen sachte darüber, er fühlte sich samtig weich an. Der Tisch wirkte ausgesprochen geheimnisvoll.

... Es würde mich nicht wundern, wenn Arabella gleich Karten oder eine Kristallkugel hervorholt ...

Liliane grinste ertappt und wischte sich mehrmals über die Nasenspitze.

»Florian hat erwähnt, dass du glaubst, in dem Haus da drüben würden Geister wohnen – gute – hilfreiche.« Sie rieb sich schon wieder die Nase.

»Das hat er dir erzählt? Was hat er denn noch gesagt? Dass ich einen Schuss habe?«

»Nein, er hält es für einen Tick«, erwiderte Liliane.

»Na *eine Meise* geht ja noch, damit kann ich leben!«

»Macht es dir was aus, wenn er dir nicht glaubt?«

»Gefällt *dir* das, wenn dir jemand nicht glaubt?« ... »Wenn du überzeugt bist von etwas?« Arabella zog die Stirn in Falten.

Liliane dachte sofort wieder an Thomas. Ausgerechnet! Aber er hatte ihr nicht geglaubt. Bis zuletzt nicht so recht. Sie seufzte und gab dann zu: »Nein. Ich hab da mal sehr darunter gelitten.« Doch im Stillen schimpfte sie vor sich hin.

... Das geht sie aber nun gar nichts an! Warum rutscht mir in ihrer Nähe immer was heraus, was ich gar nicht sagen wollte? Ich muss noch mehr aufpassen, was ich sage! Wo ist bloß meine Achtsamkeit? Sowas passiert mir doch sonst nie …

Arabella war die Ruhe selbst. Sie zuckte nicht mit der Wimper. Sie schaute Liliane einfach nur an. Vollkommen ruhig. So still, dass in diese Stille vieles hineingepasst hätte.

Lilianes Worte wollten sich darin verkriechen wie in einer schützenden Höhle.

Arabellas Brustkorb hob und senkte sich langsam und gleichmäßig.

Liliane betrachtete diese Bewegung. Ihr eigener Atemrhythmus passte sich unwillkürlich an. Dabei überkam sie die gleiche Ruhe, die sie eben an Arabella wahrgenommen hatte.

Sie wünschte, sie hätte diese Frau häufiger in ihrer Nähe. Ihre Gemütsruhe wüsste sie sehr zu schätzen, denn Arabellas ansteckende Gelassenheit entsprach so gar nicht ihrer eigenen Wesensart. Wobei sie sich dabei womöglich täuschte. Denn sie hatte durchaus das Potential dazu.

Arabella lächelte bezaubernd und Lilianes Gedanken verstummten.

»Ich glaube an Geister, weil ich Geister sehen kann. Manche jedenfalls. Unter bestimmten

Umständen. Deshalb weiß ich auch, dass in eurem Haus welche wohnen. Sie sind freundlich und sie beschützen das Haus. Wenn sie die Bewohner kennen und mögen, beschützen sie zuweilen auch sie. Darauf ist zwar kein Verlass, aber hin und wieder kann einem das eine Hilfe sein.«

»Was muss man denn tun, damit sie einen mögen? Oder anderslang gefragt – *kann* man etwas tun, damit sie einen mögen?«

»Das ist schwer zu beantworten. Sie folgen ihren eigenen Gesetzen. Vielleicht ist das so ähnlich wie bei uns Menschen. Sympathie kommt auf oder nicht.«

Das half Liliane auch nicht weiter. Bis dahin hatte Arabella ihr nichts verraten, das nicht ebenso reine Glaubensfrage sein konnte. Ein Deutungsmodell, eine Art Sicht der Dinge. Liliane wusste noch immer nicht, wie weit sie sich diesem Glaubensmodell anschließen wollte. Und ob überhaupt. Doch da meldete sich ihr Kobold zu Wort: »Du entkommst den Geistern so oder so nicht!« Genervt hob Liliane ihre Augenbrauen.

»So wie ich das verstanden habe, ist es den Geistern scheißegal, ob ich an sie glaube oder nicht. Ich könnte lediglich das ein oder andere verstehen, das sonst keinen Sinn ergäbe?«

»Das ist soweit richtig, aber es ist noch nicht die ganze Wahrheit. Du kannst auch mit ihnen kommunizieren und dich mit ihnen in Einklang bringen. Die guten Geister unterstützen dich dann. Aber das lässt sich nicht beweisen. Es bleibt gerade so unterschwellig, dass es aussieht wie eine Glaubensfrage.«

Liliane war äußerst erstaunt, es schien ihr, als hätte Arabella ihre Gedanken aufgegriffen.

Die behielt Lilianes Mienenspiel im Auge, bevor sie sich weiter hervorwagte: »Hast du denn nicht schon mal erlebt, dass Pflanzen, die du liebst, selbst bei widrigsten Wetterumständen über die Runden kamen, obwohl du dich nicht um sie kümmern konntest?«

Liliane zuckte zusammen. Doch. Das hatte sie erlebt. Mehrfach sogar. Nur hatte sie dabei gewiss nicht an Geister gedacht. Sie strich nervös über die Schnitzereien am Holztisch.

... In der letzten Wohnung ist das nie geschehen, aber früher bei Manuel im Haus. Ach, wie hab ich den Garten damals geliebt! Und jeden einzelnen Baum, jedes Blümchen darin. Und was hab ich mir für unnötige Sorgen gemacht, wenn wir im Sommer zur selben Zeit wie seine Eltern in den Urlaub fuhren und keiner da war, um sich um die Pflanzen zu kümmern …

Ihre Erinnerungen zogen sie zurück. Sie sah den Garten direkt vor sich.

… Selbst, wenn der Sommer damals heiß ausfiel, und es während unserer Abwesenheit nicht geregnet hat, die Pflanzen kamen jedes Mal so gut über die Runden, als wenn sie versorgt gewesen wären …

Sie hatte mit Manuel manchen Witz darüber gerissen. Allerdings über Gott, und nicht über Geister.

Arabellas Stimme setzte wieder ein und holte sie in die Gegenwart zurück.

»Ist dir niemals aufgefallen, dass eine Stelle in oder vor der Wohnung, auf dem Balkon oder auf der Terrasse viel sauberer war, als sie es hätte sein können, da du vielleicht in Urlaub warst und nicht saubermachen konntest?«

Lilianes Finger versuchten, die Bedeutung der Muster im Holz zu ertasten. Arabellas Fragen hatten es in sich. Sie schienen sich frei aus Lilianes Lebenslauf zu bedienen. War es Zufall, dass sie so viele Treffer landeten? Sie seufzte und stöhnte leise.

Doch Arabella nannte noch ein Beispiel: »Hat noch nie in deiner Nähe das Plastik einer Mineralwasserflasche geknistert, um dich zu ermahnen, dass du eine Tablette einnehmen wolltest?«

Das war in der Tat geschehen und es war Liliane dabei durchaus so vorgekommen, als ob das nicht nur zufällig geknistert hätte – die knisterte ja sonst nicht. Doch gleichzeitig hatte sie befürchtet, sie bekäme schon fixe Ideen! Liliane schnaufte geräuschvoll.

Arabella streifte sie mit einem amüsiert-mitleidvollen Blick. Doch das Nächste klang zuversichtlich. »Ich denke, sie mögen dich.«

»Wer?«

»Die Geister, wer denn sonst!«

»Warum?«

Arabella gackerte vergnügt. »Na dich muss man einfach gernhaben, oder nicht?«

Liliane lächelte zwar, fand aber, sie wäre immer noch keinen Schritt weiter. Jedenfalls nicht in puncto Hilfe auf Anforderung erhalten.

Könnte man denn nicht auch beim Erlösen von unerlösten Geistern unterstützt werden? Liliane versuchte, einer Antwort auf diese Frage näherzukommen.

»Wie verhalten sich denn die guten Geister gegenüber anderen Geistern?«

Sie holte tief Luft, um auch den Rest der Frage herauszubekommen. »Also mich würde speziell interessieren, ähm, wie sie sich gegenüber den Unerlösten verhalten.«

Arabella blinzelte ein wenig. »Ich glaube, du möchtest eher wissen, wie sie sich dir gegenüber verhalten, wenn du mit Unerlösten zu tun hast.« Sie legte eine Kunstpause ein. »Vielleicht können sie dich gegen sie abschirmen und dir auf diese Weise Zeit schenken, damit du keine Energie verlierst, bevor du sie brauchst.«

Liliane blickte überrascht auf. Arabella schien doch weit mehr zu wissen. Wollte sie sie nur im Ungewissen lassen?

»Warum bist du heute zum Haus gekommen? Du wolltest doch etwas von mir! Bis jetzt rückst du nicht mit der Sprache raus!« Es klang durchaus ein bisschen vorwurfsvoll.

»Du wirst schon sehen.« Arabella ließ sich nicht aus der Ruhe bringen.

»Was?!«

»Vielleicht wollte ich dir nur meinen schönen Tisch zeigen. Er hat dich doch beeindruckt, nicht wahr?«

»Arabella! Halt mich nicht zum Narren!« Liliane beschwerte sich genervt.

Doch Arabella kicherte. In ihren Augen blitzte es schalkhaft. »Manchmal ist es wichtig, dass man nicht da ist, wo man sonst wäre. Das ist so ähnlich, wie wenn es wichtiger ist, was man nicht ist, als was man ist.«

»Hört sich an wie ein Orakelspruch!«

»Orakel sind doch keine schlechte Sache!« Arabella betrachtete Liliane erstaunt.

»Aber man versteht sie nicht immer richtig. Sie sind eine Frage der richtigen Deutung!«

»Ja. Eben. Das kann man nicht früh genug üben! Übung macht den Meister. Auch beim Deuten.«

Liliane inhalierte ihre Worte und dachte:

... Besuche bei Arabella gehören offenbar in die Kategorie *anstrengend* und *erschöpfend* ...

»Unterschwelliges Lernen ist immer anstrengend«, antwortete diese auf Lilianes Gedanken. Dann machte sie ein schnalzendes Geräusch. Es war nicht sicher, ob es Felix galt, denn der lag regungslos neben dem Tisch und lauschte seelenruhig ihrem Gespräch.

»Ich müsste längst wieder in meinem Job anfangen! Wenn ich nicht bald wieder einsteige, verliere ich womöglich noch den Zugang. Jetzt beschäftige ich mich stattdessen mit Geistern! Ist es verwunderlich, dass ich mich allmählich überfordert fühle?! Davon abgesehen, muss ich ja von irgendetwas auch die Miete bezahlen!«

Wieder einmal war ihr etwas herausgerutscht, das ihr fehl am Platz zu sein schien. Warum passierte ihr das denn andauernd!? Und jedes Mal so ohne Sinnzusammenhang?! Liliane fand keine Antwort darauf.

»Es sollte doch wohl in Florians Interesse liegen, dir notfalls unter die Arme zu greifen. Also wenn die Miete das Hauptproblem ist, könnte das wohl leicht gelöst werden.«

Arabella kicherte vergnügt vor sich hin. Und ihr Blick vermittelte den Eindruck, sie würde an jenem Spinnfaden ziehen, den Liliane zeitgleich produzierte. Arabella würde alles aus Liliane herausziehen können. Aus der Nase oder nicht. Ganz gleich.

»Wie gut, dass du eine Frau bist, Arabella! Du verdrehst mir jedes Mal mächtig den Kopf! Ich würde das womöglich falsch deuten, wenn du ein Mann wärest!«

Die beiden lachten laut und herzerfrischend. Liliane fühlte sich rundum angenommen. Und wie so oft nahm ihr auch dieses Lachen die Spannung aus den Nerven.

Dann überraschte sie sich mit ihrer eigenen Frage: »Was meinst du? Hast du von deiner ›Art zu sein‹ Florian etwas vererbt?«

»Das kann man nie wissen. Vielleicht beantwortest du mir eines Tages diese Frage.«

Sie lächelten sich vielsagend an. Ein gelungener Abschluss. Es war Zeit zu gehen.

Felix erhob sich zuerst und trottete zur Tür. Er stupste sie mit der Nasenspitze auf und geleitete Liliane wie ein Diener zur Haustür.

15 ☼ Gut gewappnet

Zu Florians Haus gelangte Liliane wie in Zeitlupe. Das Licht der Straßenlaternen fiel auf sie herab. Der lachsrosa Schein entwich altertümlich wirkenden Lampen und versetzte Liliane in eine andere Zeit. Das Traumlicht erinnerte an Märchenwelten. Es schien nicht in dieses Wohnviertel zu passen. Doch eigentümlicherweise fügten sich die gusseisernen Lampen harmonisch ein. Sie ergänzten eben jenes Stück, das solchen Wohnvierteln meistens fehlt. Eine andere Dimension. Liliane lächelte vor sich hin und genoss die sie verzaubernde, berauschende Wirkung. Sie hielt ihr Gesicht diesem Licht entgegen, als sonnte sie es darin. Sie atmete es ein. Lilianes Falten verkrochen sich aus ihrer Stirn. Bevor sie bemerkte, dass sie vor ihrem Zuhause angekommen war, nahm sie einen extra tiefen Luftzug. Vermutlich hoffte sie, ein bisschen von diesem verzaubernden Licht mit sich nehmen zu können. Mit in ihr Zimmer. Mit hinein in dieses Haus.

Sie schloss leise die Haustür auf und huschte durch das Treppenhaus hinauf. Doch Florian fing sie vor seiner Tür ab. »Wo warst du? Bei dir hat's gerumpelt da oben!« Er stutzte und betrachtete Liliane. »Holla! Du siehst verflucht verführerisch aus! Wo kommst du denn her?«

»Gerumpelt? Als ich weg war?« Sie hatte seine angenehme Begrüßung durchaus nicht überhört, doch ihre entsetzte Frage war schneller hervorgehuscht. Mit leiserer Stimme gestand sie Florian: »Ich war bei Arabella. Ich brauchte einen Rat.«

»Jetzt rumpelt's bei mir!« Er brummte, aber feixte dann. »... Einen Rat von einer erfahrenen Hexe, was?«

»Jetzt fängst du auch schon damit an!«

»Wer denn noch?«

»Ich hab deine Mutter vorhin allen Ernstes gefragt, ob sie eine Hexe ist. Es tat mir sofort leid! Das war mir so rausgerutscht ...«

Florian grölte vor Lachen und konnte sich gar nicht wieder einkriegen. »Das geschieht ihr Recht!« Er prustete und hielt Lilianes Geständnis offenbar für den besten Witz aller Zeiten. »Das gefällt mir!!«

»Ich hab es aber nicht so gemeint. Also jedenfalls nicht böse!«

»Was hat sie denn darauf geantwortet?«

»Sie sagte, sie sei eine alte, weise Frau und nichts Besonderes.«

»Wenn du jemals vor Gericht einen Verteidiger brauchen solltest, dann weißt du jetzt, an wen du dich wenden kannst. Sie kann dich bestimmt aus jeder Schlinge befreien!«

Das löste ein Lachen aus, das sich erst aufschaukelte und dann verselbstständigte. Sie lachten beide so wild und leidenschaftlich, oder lustvoll, dass zwischen ihnen Funken sprühten.

»Wie kann es einen doch zusammenschweißen, wenn man über andere herzieht!«, prustete Liliane.

Florian schloss sie auf einmal in die Arme und zog sie an sich. Ihre Nasenspitzen berührten sich einen Moment, bevor er seine Stirn flach auf ihre legte und die Augen zumachte.

Sie standen immer noch im Treppenhaus vor seiner Wohnungstür. Florian küsste Liliane zart auf ihre ebenfalls geschlossenen Augenlider. Sein nächster Kuss suchte nach ihrem Mund. Seine Lippen kuschelten zartfühlend mit ihren, bis sie freiwillig Einlass gewährten. Ihre Küsse wurden fordernder. Florian schob Liliane vorsichtig vor sich her in seine Wohnung. Er gab der Tür hinter ihnen einen Stoß und lehnte, kaum dass sie geschlossen war, Liliane dagegen.

»Ich hab dich vermisst«, flüsterte er.

»Das freut mich ... Mehr als du ahnst«, raunte sie und hatte Mühe, es zwischen ihren Küssen zu platzieren.

Ihr Kobold amüsierte sich über den kleinen, ihm bekannten Nachsatz. Doch die zunehmend heftigeren Energiewirbel verschlugen ihm glatt die Sprache.

Dass Florian Liliane im Treppenhaus abgefangen hatte, nahm eine angenehme Wendung. Er streifte ihr die Klamotten vom Leib und auch seine eigenen flogen bald quer durch die Wohnung. Einen Augenblick später fanden sich die beiden im Schlafzimmer wieder. Ihre lang angestauten Energien ließen sich nicht mehr länger vertrösten. Die beiden versanken ineinander und vertieften ihre Beziehung. Von jetzt an fuhren sie mit zunehmend höherem Gang. Ihre aufgepeitschten Energien vervielfältigten sich. Sie hoben ab und flogen davon. Und ihnen gelang eine sanfte Landung.

Liliane war froh und glücklich darüber. Sie blieb die ganze Nacht über bei Florian in der Wohnung.

*****

Am nächsten Morgen erwachte sie in Florians Armen. Sie lächelte dem Tag entspannt entgegen.

... Soll es da oben doch alleine rumpeln, wir haben jetzt ebenfalls rumpelnd etwas dagegenzusetzen ...

Liliane wollte schon sorglos über ihren Gedanken hinweglächeln, doch der Anfang des Satzes hatte sie aus ihrem herrlichen Traum geweckt und entpuppte sich bald als hartnäckiger Störenfried. Sie schwebte zwar immer noch auf Wolke sieben, doch das Wetter ringsherum schien umzuschlagen. Florian betrachtete Lilianes Gesicht und streichelte dann sachte über ihre Stirn.

»Was hast du? Eben sahst du noch aus wie ein Engel, jetzt schleichen sich wieder diese Sorgenfalten ein.«

»Du hattest gestern Abend da draußen im Treppenhaus gesagt, dass es bei mir oben in der Wohnung gerumpelt hat. Ich hab jetzt überlegt, wer oder was das gewesen sein könnte.«

Florian setzte sich auf. »Du glaubst schon wieder an Geister!? Arabella lässt wohl grüßen!?« Er rückte von Liliane ab. Sie begriff, dass er in diesem Punkt sehr weit zurückgerudert war. Sie hatte keine Ahnung, ob sie ihn je wieder dort abholen könnte, wo er sich inzwischen hinbewegt hatte. Das versetzte ihr einen Schlag. Nach einem unbehaglich langen Schweigen schloss sie die Augen und seufzte. »War das nicht *unglaublich* schön, was heute Nacht hier mit uns passiert ist?«

Florian nickte lächelnd. Doch gleich darauf folgte sein: »Und?«

»Manchmal lohnt es sich, an das *Unglaubliche* zu glauben!«

»Pass auf, dass ihn deine Methode nicht gleich wieder an Arabella denken lässt!«, funkte ihr Kobold dazwischen.

Doch Florian lächelte glücklich vor sich hin. Vielleicht war ihm entgangen, worauf sie hinausgewollt hatte. Sie schwiegen einen Moment. Dann überraschte er Liliane mit dem schönsten Satz, mit dem ein neuer Morgen so anfangen konnte.

»Weißt du was? Ich glaube vielleicht nicht an Geister, aber von heute an glaube ich an Engel! Zumindest an einen – an dich!« Er rutschte wieder näher an sie heran und gab ihr ein Stupse-Küsschen. Liliane summte leise »New Morning« vor sich hin. Das war offenbar genau die richtige Antwort. Florian rutschte auf sie drauf und begrüßte den Tag mit frischem Schwung in den Lenden. Sie drehten und wendeten sich hin und her und tanzten den Tango, der sich in Lilianes Brust schon am Tag ihrer ersten Begegnung angedeutet hatte – wenn auch parallel zu ihrem Beileidswunsch. Die Kombination ergab jetzt auf makabre Weise einen Sinn.

Liliane blieb den Tag über in Florians Wohnung. Zum Glück war Wochenende. Es gab keine Pflichten, die nach ihnen riefen. Fast keine.

16 ☼ Fängt das schon wieder an?

Einen Tag darauf konnte Liliane ihre Neugier nicht mehr bändigen. Es war schon Nachmittag, aber sie wollte doch endlich wissen, was in ihrer Wohnung gerumpelt haben könnte.

»Du wolltest doch noch in Ruhe was schreiben? Ich gehe wieder hoch! So kann ich gleich auch nachschauen, was es mit dem Rumpelpumpel auf sich gehabt hat.«

»Bleib doch noch!«, bat Florian sie. Er fürchtete insgeheim, er könne sich wieder vor der Lebendigkeit verschließen, sobald Liliane ihm von der Seite wich. Doch er hatte vergessen, einen Artikel zu schreiben, und musste sich schleunigst in seine Arbeit vertiefen. Obwohl er sich heftig nach Lilianes Bleiben sehnte, wusste er doch auch, dass er sich in ihrer pulsierenden Gegenwart nicht auf seinen Schreibkram konzentrieren würde. Nicht heute.

Liliane sah das gelassen. Sie glaubte, dass sie sich ja nicht weit wegbegeben würde, und stapfte ins Dachgeschoss hoch. Sie öffnete die

Wohnungstür aber mit etwas gemischten Gefühlen.

»Geist ... oder nicht Geist ... das ist hier die Frage«, raunte ihr Kobold in düsterem Sprechgesang, als ob er damit die Spannung noch aufheizen wollte. Aber Liliane brachte das diesmal nur zum Lachen. Enttäuscht jammerte er auf: »Verliebte sind ja völlig unberechenbar! Die gönnen ihren Kobolden nicht mal einen Spaß!«

»Ich gönn dir ja deinen Spaß! Nur nicht auf meine Kosten!« Liliane fühlte sich unschlagbar. Ihr war so richtig ›Zum-Bäume-Ausreißen‹ zumute. Okay, nicht ganz. Bäume ausreißen kam für sie nicht in Frage. Dafür fühlte sie sich ihnen zu verbunden. Aber sagen wir – sie hätte die ganze Welt küssen mögen! Doch nicht mehr lange. Denn schon im nächsten Augenblick rief sie quer durch den Raum: »Was ist denn da passiert?«

Draußen auf der Terrasse lagen zwei Blumentöpfe auf dem Boden. Und zwar in lauter Einzelteile zersprungen. Liliane spottete vor sich hin: »Vielleicht sollte ich in Zukunft doch lieber auf Plastiktöpfe umsteigen!?«

Aber sie mochte Ton oder Stein lieber. Die Erde lag vermengt mit den Scherben rings um die Agapanthus verstreut. Ausgerechnet ihre beiden Liebesblumen hatte es erwischt.

»Na, wenn das mal kein schlechtes Omen ist!« Liliane sprach schon wieder mit sich selbst.

Die Pflanzen hatten den Sturz überstanden. Sie schienen recht robust zu sein. Sie streichelte ihnen zärtlich über die Blätter und schob ihnen etwas Erde über die Wurzeln. Dann überlegte sie, wie sie so auf die Schnelle ihre Töpfe ersetzen könnte.

Für eine von beiden leerte sie einen Eimer, doch ihren zweiten brauchte sie noch. Also musste die zweite Pflanze mit einer Schüssel vorliebnehmen. Doch als Liliane das ungleiche Paar beäugte, brachte sie es nicht fertig, sie so ungerecht zu behandeln. Die in der Schüssel fand keinen Halt und hing hilflos auf dem Schüsselrand.

Zu Florian wollte Liliane nicht nochmal runter. Ihre Fragen gingen der Idee aber nach.

... Warum eigentlich nicht? Fürchte ich denn, er würde mich wieder so erschreckt anschauen wie neulich? Da hatte ja nicht viel gefehlt und er hätte mir die Tür vor der Nase zugemacht, so nach dem Motto, auf dich war ich nicht vorbereitet ...

Liliane wurde klar, dass sie hätte wissen müssen, dass er *alles* angekündigt bekommen wollte. Er war halt ein wenig umständlich in diesen Dingen. Was witzig war, denn wenn er zu ihr kam, entsprach das jedes Mal dem Gegenteil. Angekündigt blieb er nachher fern und unangekündigt sollte sie augenblicklich mit ihm mitspringen.

... Doch ist denn seit diesem Wochenende nicht alles anders? ...

Sie fand schon. Aber sie fürchtete, ihn bei seiner wichtigen Arbeit zu stören und überlegte hin und her:

... Er hat mich doch in den vergangenen Tagen jeden Tag angerufen, um mich zu sich runter zu bestellen. Das war ja auch eine Art Ankündigung. Allerdings sollte ich jedes Mal sofort kommen ...

Liliane griff zum Telefon und ließ es bei Florian klingeln.

»Na was haste denn, mein Engel? Alles in Ordnung da oben?«

»Hoffentlich störe ich dich jetzt nicht bei deiner Arbeit. Ich hätte mich fast nicht getraut, anzurufen, aber ...«

»Nein, schon gut, ich bin erst bei den Vorbereitungen. Wie sieht's denn bei dir aus? Ich hätte dich ja eigentlich begleiten müssen, so als Ritter und so, aber das da oben ist ein bisschen schwer für mich.«

Liliane staunte nicht schlecht, dass er das so leichthin aussprechen konnte, und beeilte sich, ihn zu beruhigen: »Hier ist alles okay, ich brauche nur dringend einen Blumentopf oder etwas Ähnliches. Mir sind zwei meiner großen Töpfe auf einmal kaputt gegangen und ich hab aber auf die Schnelle keinen zweiten Eimer.«

»Zwei – Blumentöpfe – kaputt – gegangen? Du willst sagen, das war das Poltern bei dir da oben, als du weg warst?« Er hatte einen verdammt unterstellenden Unterton. Und der unterstellte Liliane nicht das, was er sagte. Da schwang ein stiller Vorwurf mit zwischen den Zeilen, und still war durchaus gelinde gesagt. Etwas brodelte.

»Ist ja auch egal, wann und wie die kaputt gegangen sind. Ich wollte dir eigentlich nur einen Eimer abbetteln. Du hast doch bestimmt einen übrig, oder?«

»Willst du mich veräppeln? Sicher habe ich einen Eimer! Aber dass dir egal ist, wie die kaputt gegangen sind, soll ich dir abnehmen?!« Er machte die Sache unnötig schwierig.

Lilianes Kobold mischte auch gleich mit und hauchte halb singend dazwischen: »… Das war nur der Wind, das himmlische Kind …«

Sie verkniff sich ein Lachen und versuchte es auf die sanfte Tour.

»Florian?« Sie sprach so leise, dass er sich anstrengen musste, sie zu hören. »Ich wollte jetzt nur nach einem Eimer fragen. Sonst nichts. Und ich wollte nicht unangekündigt bei dir erscheinen, deshalb habe ich angerufen. Sag mir einfach nur, ob ich einen Eimer von dir bekommen könnte, ja?«

Es blieb kurz still in der Leitung. Dann holte er überdeutlich vernehmbar Luft. »Ja. Ich suche einen raus, kannst ihn dir holen kommen. Und ja, du kannst gleich kommen. Ich hab ihn direkt hier in der Nähe.« Er lachte verlegen auf, weil er wusste, dass Liliane ihn wie ein rohes Ei behandelte. Er verhielt sich eigentümlich. Und dabei wäre er ihr nur allzu gern weniger sonderbar erschienen. Sie spürte es durchs Telefon. Die ungesagten Worte trösteten sie.

»Ich danke dir. Bin gleich da. Mal sehen, wer schneller an der Tür ist!« Sie kicherte herausfordernd, bevor sie das Handy zuklappte. Doch sie beeilte sich dann nicht übermäßig.

Als sie unten eintraf, stand Florian in der Tür und hielt ihr den Eimer freudestrahlend entgegen, weil er vor ihr da gewesen ist. Doch als Liliane nach dem Gefäß greifen wollte, zog Florian es zurück.

»Und was kriege ich dafür?« Er neckte sie in spielerischem Tonfall.

»Wie wäre es mit einem Küsschen?«, gab sie in pseudoverschämter Tonlage zurück.

»Das reicht mir nicht!«, erwiderte er trotzig. Doch es war deutlich ernster ausgefallen als beabsichtigt.

»Was dann?«

»Unendlich viele Küsse ... und ... ein Versprechen!«

Der spielerische Tonfall war in diesem Satz von Anfang an missglückt.

»Auf meine Küsse kannst du ein Abo haben, aber was für ein Versprechen meinst du? Kann ich nicht zuerst meine Blumen retten und dir dann was versprechen? Es hat ausgerechnet meine beiden Liebesblumen erwischt. Die will ich nicht länger leiden lassen als unbedingt nötig!«

»Deine Liebesblumen hat es erwischt?!«

Sein Mienenspiel war hin- und hergerissen zwischen Erschrecken, Ungläubigkeit und Belustigung. Die Belustigung konnte zuerst Worte finden: »Es soll ja so manchen erwischt haben, warum nicht gleich die Liebesblume selbst?« Doch das Makabre an der Sache stieß ihm dann doch auf. Sein »Sind sie heil geblieben?« folgte schon deutlich besorgter. »Ist sonst alles in Ordnung? Ich meine mit dir?«, erkundigte er sich einfühlsam. Doch dann ertönte sein Paukenschlag: »Was ist das aber auch für ein Schmarrn, dass deine Blumentöpfe runterknallen! Und ausgerechnet, wenn du weg bist! Warum warst du auch nicht da in dem Moment! Und auch noch bei Arabella! Alles ein blödsinniges Theater!« Seine Stimme überschlug sich vor lauter Verärgerung, so dass offenkundig war, dass er sich gerade über etwas anderes ärgerte. Die Energien, die von ihm ausgingen, trafen Liliane wie Pfeile. Seine Augen blitzten feindselig auf.

Liliane nahm Abwehrstellung ein und reagierte auf seinen aufgebrachten Tonfall, wie die meisten Menschen es spontan getan hätten, und beschwerte sich: »Was kann ich denn dafür?! Ich muss die Pötte ja wohl nicht bewachen. Weiß der Teufel, was in diesem Haus vor sich geht!«

Er zuckte zusammen. Die Bemerkung gab ihm noch den Rest. Sie schauten sich beide mit finsterer Miene an. Keiner wusste, welchen Kampf sie hier miteinander ausfochten. Doch das Eins-Sein der vergangenen Stunden hatte sich gewiss behaglicher angefühlt. Der Eimer, den Florian in der Hand hielt, verschwand zusehends hinter dessen Rücken. Liliane schaute ihm hinterher und fürchtete, ihn doch nicht zu bekommen. Hastig griff sie danach und riss ihn an sich.

»Ich wollte doch nur einen Eimer haben!«, jammerte sie in weinerlicher Stimme. »Was ist bloß los mit dir?!«

»Mit mir ist überhaupt nichts los. Bei *dir* komm'se doch wohl!«

Das saß. Liliane umschlang den Eimer mit beiden Armen und drückte ihn sich fest an den Bauch. Als ihr diese widersprüchliche Geste auffiel, drehte sie abrupt um und stiefelte die Treppe rauf. Ihr liefen die Tränen.

... Was ist bloß los? Haben die Blumen doch schon einen Knacks gekriegt? ...

Liliane ging betont sanft und pfleglich mit den Wurzeln um. Während sie das Bündel in den Eimer setzte, schmiegten sich die Blätter dankbar um ihr Handgelenk. Sie kratzte so viel Erde wie nur möglich vom Terrassenboden zusammen, ohne die Topfscherben darunter zu mischen. Sie wurde das Gefühl nicht los, dass sie verdammt aufpassen musste, sich nicht noch zu verletzen. Sie wollte so schnell wie nur möglich neue Töpfe besorgen und reichlich neue Erde. Schon, um die Misere ungeschehen zu machen. Soweit man das konnte.

Liliane merkte kaum, dass ihre Tränen rollten. Sie kniete vor den beiden Pflanzen und strich sachte mit beiden Handrücken darüber. Sie wollte wie ein Pflaster auf ihre erlittenen Verletzungen wirken. Doch ihr Kobold war nicht weit und fragte unüberhörbar, wer denn wohl im Augenblick solch ein Pflaster nötiger hätte. Liliane strich daraufhin umso sanfter über die Blätter der Liebesblumen. Die beiden wirkten in der Tat noch am wenigsten verletzt.

Später spökten Liliane Fragen durch den Sinn.

... Was hätte ich Florian denn versprechen sollen? War er verärgert, weil ich seinem Lasso entwischt bin? Oder war er sauer, weil er glaubte, mich einfangen zu müssen? Was wirft er mir vor? Dass ich an Geister glaube, die mir Energie rauben? War es das? ...

Eine Hand strich ihr vorsichtig durchs Haar. Liliane erschrak und hielt völlig still.

»Lass die Zügel locker«, hauchte es an ihrem Ohr. Sie erkannte Arabellas Stimme. Und augenblicklich erinnerte sie sich an den Tag des Einzugs, an dem Arabella sie mit diesem Satz beruhigt hatte: »Die Dinge finden sich nachher alle wie von selbst, Sie müssen nur darauf vertrauen. Und die Zügel locker lassen.«

Liliane drehte sich verblüfft um. »Arabella? Bist du hier?«

Nein. War sie nicht. Liliane fürchtete stattdessen, Hirngespinste zu entwickeln.

Doch selbst die imaginäre Berührung hatte überaus harmonisierend gewirkt. Liliane fand zu sich zurück und traute sich sogar, sich vorsichtig an den vorausgegangenen Tag zu erinnern. Und an die Nacht.

Dann vernahm sie in sich Florians Stimme: »… Und ich dachte, du hättest schon akzeptiert, dass ich ein schwieriger Mann bin.« Sie zuckte zusammen und beschwerte sich bei sich selbst: »Hey, das passt jetzt aber nicht hierher!«

Sie ließ einiges Revue passieren. Und dabei wollte sie Florian doch viel lieber im ›Hier und Jetzt‹ bei sich haben. Sie sehnte sich nach ihm, nach seinem Duft, nach den vorsichtigen Streifzügen seiner Finger auf ihrer Haut. Sie sehnte sich nach dem einfühlsamen Blick, wenn er bemerkte, dass ihre Sorgenfalten wiederkamen. Sie wollte wieder sein Engel sein. Aber wie? Wenn er sie nicht ließ?

17 ☼ Vor einem Sonnenaufgang muss die Sonne untergehen

Ich will wieder dein Engel sein – tippte Liliane am nächsten Morgen in ihr Handy. *Lässt du mich?*

Seine Antwort auf ihre SMS kam postwendend: »Ja. Unbedingt.« Sie lächelte erleichtert. Die Nacht ohne ihn war schmerzhaft lang gewesen. Ihre vielen Fragen wogen so schwer, dass ihr wie unter einer großen Last der Rücken weh tat vom vielen Drehen und Wenden.

An diesem Morgen trank sie ihren Kaffee wieder alleine. Das war die einsame Form von allein. Sie hatte ihr Handy ewig nur angestarrt, bis sie endlich kapiert hatte, dass er nicht zuerst schreiben würde. Anrufen schon gar nicht. Er wartete auf ihre Reaktion. Sie sollte sich als Erste melden. Prompt schossen Liliane Fragen durch den Kopf.

… Ist er denn das Dornröschen, das wachgeküsst werden muss? Aber wo ist dann *mein* Prinz oder von mir aus mein Ritter? Wer beschützt mich, während er hinter seiner Hecke schläft? …

Was sollte sie machen? Zu ihm runter gehen, als wenn nichts gewesen wäre? Das hätte sie nur wieder enttäuscht. Er schaute ja die Welt durch eine Brille an, die ihm die Sicht in mancher Hinsicht verdrehte. Liliane konnte keinesfalls die sein, die ihm das sagte. Sie musste die Geduld aufbringen zu warten, bis er mal vergessen würde, seine Brille aufzusetzen. Deren Gläser verkrümmten ihr Abbild. Solange er sie dadurch betrachtete, sah er nicht sie. Vergebliche Liebesmüh.

Liliane grübelte stundenlang. Zu gerne wäre sie zu Arabella gerannt, um sich bei ihr auszuheulen. Doch seine Mutter war die falsche Adresse, auch wenn sie ihn am besten kannte. Arabella durfte nicht ihre Verbündete sein, wenn Liliane Florians mühsam zurechtgebastelte Schutzschilde umgehen wollte. Nicht wollte. Musste.

Florian hatte in den vergangenen Jahren immer wieder versucht, anderen Frauen sein Herz zu öffnen. Doch es war ihm nie gelungen. Er konnte ihnen keine Chance geben, ließ sie nie nah genug an sich heran. Er begegnete ihnen nur unter Vorbehalt, weil er nicht zulassen konnte, dass sie den Platz an seiner Seite, der noch immer vergeben war, besetzten. Oftmals behandelte er sie unbeabsichtigt barsch, stieß sie mit Worten vor den Kopf, verletzte ihre Gefühle. Er verwendete sie für seine Bedürfnisse, ohne sich ihnen spürbar zuzuwenden, hielt sie auf Abstand, unter allen Umständen. Sex war reine Triebbefriedigung. Gefühle der Nähe blieben außen vor. Er agierte wie ein Roboter und litt kaum jemals selbst darunter. Man könnte fast sagen, nie, von seltenen Anwandlungen mal abgesehen. Sein Gefühlsleben war eingeschlafen und taub, wie Füße, auf denen man zu lange gesessen hat, und die erst wieder zu kribbeln beginnen, wenn sie sich regenerieren, weil sie von frischem Blut durchströmt werden.

Die Frauen kamen und gingen. Sie hofften eine Zeit lang auf seine Erlösung und konnten doch nichts dazu beitragen. Sobald sie begriffen, dass er unnahbar blieb, zogen sie sich aus dieser unbefriedigenden Beziehung zurück. Mal früher, mal später. Je nachdem, wie viel sie ertrugen. Sie wollten nicht benutzt werden, wenn keine Chance auf Entwicklung bestand.

Florian nahm es hin. Er tat nichts dagegen. Fügte sich in sein Schicksal, als wäre es gottgegeben. Vielleicht steuerte er insgeheim absichtlich auf ein Ende zu, wenn die Frauen ihn zu sehr bedrängten. Den Vorwurf, er würde sie nicht in sein Herz lassen, schmetterte er jedes Mal ab. Meistens mit der Aufforderung, zu gehen. »Wenn dir das nicht genug ist, dann geh!«, schrie er ihnen erbarmungslos entgegen. Damit war die Sache dann für gewöhnlich beendet.

Florian hatte es Liliane andeutungsweise erzählt. Vielleicht wollte er sie vorwarnen.

Er ließ aber unerwähnt, wie sehr er in dieser Zeit dazu neigte, Frauen durch sein Verhalten zu verletzen. Diesmal wollte er sich ihr nicht in den Weg stellen. Denn Liliane war anders. Sie kam auf sein Herz zugestürmt, ohne erst höflich zu warten. Sie näherte sich ihm in verschiedenen Dimensionen. Manchmal in Gestalt eines Schmetterlingsschwarms, manchmal als Goldregen, der über ihn hinwegrauschte. Manchmal wie ein Wind, der ihm das Gesicht streichelte und dabei klammheimlich seine gehütete Ordnung in Chaos verwandelte, die ihn zwang, neu zu sortieren. Sie ließ sich nie fassen und deshalb konnte er die Nähe, die sie erschuf, nicht abwenden.

Er musste seine Chance nutzen, endlich wieder frei zu werden – indem er ihr eine echte Chance gab. Doch wenn das so einfach wäre. Wer will schon absichtlich andere Menschen verletzen, noch dazu Menschen, die einem lieb und wichtig sind. Wenn man doch in solchen Momenten nur aus seiner Haut könnte!

In Lilianes Nähe pulsierte es immer wieder. Die Schmetterlinge, die von ihr ausgingen, ermunterten ihn unentwegt. Das war neu für ihn, unbekannt. Er wusste nicht damit umzugehen.

Und Liliane ahnte nicht, was in ihm vorging. Sie konzentrierte sich auf das, was sie selbst tun konnte und wagte kaum zu hoffen, dass er sich engagieren würde. Sie litt genauso unter seiner Abschirmung wie ihre Vorgängerinnen, doch im Gegensatz zu ihnen wusste sie, dass er keine Macht über seine Gefühle hatte. Es musste ihr gelingen, ihn von der Geist-Herrschaft zu befreien. Doch woher sollte sie die Kraft dafür nehmen? Und wie lange würde ihre Hoffnung bleiben, bevor ihre Zweifel siegten, die ihr zuflüsterten, dass es wieder vergebens wäre?

Liliane verkroch sich ins Bett. Unter Leute wollte sie sich an diesem Tag nicht begeben. An Arbeit war nach wie vor nicht zu denken. Obwohl sie manchmal mit dem Gedanken spielte, sich in sie zu fliehen. Sie hätte sie rascher als alles andere von den ungelösten Rätseln ablenken können.

Oder sind es Unlösbare? Über dieser Frage schlief sie ein. Ihr Körper versuchte, etwas Schlaf nachzuholen. Doch er wirkte wie eine Betäubung, brachte ihr keine Erholung. Ihre Muskeln entspannten sich nicht. Statt Ruhe fand ihr Körper nur bleierne Schwere. Liliane geriet in den lähmenden Bann der Träume. Anfangs irrte sie durch ein harmloses Labyrinth aus vertrauten Gedankenfäden, sie hörte Wortfetzen und Fragen, die ihrem eigenen Kopf entsprangen, und deren Sinn sie zu entschlüsseln suchte. Sie wanderte unstet von einer Traumsequenz zur nächsten.

Doch dann erschien *sie* ihr wie ein ungebetener Gast.

Und schlagartig änderte sich die Atmosphäre; es roch modrig, das Licht wirkte graugelb und fahl, die Umgebung zeichnete sich dennoch deutlich ab, und Liliane erfühlte, was sie erblickte. Jedes Detail war klar zu erkennen. Der Traum erschuf eine Wirklichkeit, die auf gespenstische Weise realer wirkte als der gewöhnliche Alltag.

Unübersehbar und in ihrer Präsenz bedrückend stand *sie* vor ihr.

Ihre Sinnlichkeit wirkte so einschüchternd, dass Liliane sich daneben unscheinbar und zweitrangig fühlte. *Sie* hingegen trug das Kinn hoch erhoben und schaute ihr selbstgefällig in die Augen: »Er gehört zu mir! Du kannst uns nicht entzweien. Ich war vor dir da. Du hast keinerlei Anspruch auf ihn! Er steht dir nicht zu.«

Die Worte erschufen einen Raum für Gewissheit.

Die Behauptung überzog Lilianes Körper wie eine sich ausbreitende Eisschicht. Liliane fror bis ins Innerste. Ihre Kehle zog sich zusammen. Ihr Willen verlor jede Kraft. Wortlos nickend stimmte sie *ihr* zu und zog sich rückwärtsgewandt von *ihr* zurück. Sie fühlte sich wie ein absichtlich umgetretenes Blümchen, dem man die Chance zu leben nahm.

Lilianes Seele verlor sich in einem Ozean aus Tintenfischschwärze. Ihre Melancholie floss in die Unendlichkeit. Sie ließ *ihr* den Vortritt. Was blieb ihr denn anderes übrig?

Florian trat aus dem Hintergrund und gesellte sich zu *ihr*. Er sah Liliane nicht an, er tat, als wäre sie überhaupt nicht da. Stattdessen küsste er *sie* vor ihren Augen.

Sie drehte sich daraufhin um und ließ die beiden allein zurück.

Liliane erwachte schweißgebadet und weinte.

*****

Am Abend tigerte sie aufgewühlt durch die Wohnung. Sie wollte Florian den Traum erzählen, aber traute sich nicht zu ihm hin. Sie hatte so intensiv, so anschaulich geträumt, dass ER ihr nicht zustehen würde. Und ER hatte sich demonstrativ *ihr* zugewandt. Was sollte sie dagegen tun können? Die beiden waren ein eingeschworenes Team. *Sie* hatte das Vorrecht auf ihn. Liliane glaubte es schon selbst.

Etwas später setzte sie sich auf den Balkon und kauerte sich auf dem Stuhl zusammen. Die Beine hoch an die Brust gezogen, die Knie mit den Armen umschlossen. Die Kälte fiel trotzdem über sie her.

Ihre Gedanken ließen sich davon nicht stören.

... Vielleicht sollte ich doch mal mit Kathleen um die Blöcke ziehen ...

Das war die Arbeitskollegin, deren Anruf sie neulich verpasst hatte. Zurückgerufen hatte Liliane immer noch nicht. Denn sie müsste ihr gegenüber verschweigen, was ihr am meisten auf der Seele brannte. Ausgerechnet dieser bekennenden Nicht-an-die-Liebe-Glaubenden wollte sie ihre vertrackte Situation nicht anvertrauen. Liliane hatte ihr in den vergangenen Jahren wahrlich schon genügend Stoff für Vorurteile geboten. Die Geschichte mit Florian war ihr zu wichtig, als sie unbedacht zerpflücken zu lassen. Wohlweislich erfuhr Kathleen immer erst hinterher, warum etwas gescheitert war. Aus dem Drama ihrer jeweiligen Beziehung hatte Liliane versucht, alle herauszuhalten. Teilweise sogar Carla, ihre einzige echte Freundin, die ihr jetzt ungemein fehlte. Sie hätte sie anrufen können, aber Carla hatte bei ihrem letzten Telefonat nicht besonders glücklich geklungen. Sie mochte ihre neue Umgebung nicht und musste sich erstmal an ihren neuen Job gewöhnen. Dass ihr Berlin nicht als Wohnort gefallen würde, hatte sie schon vor dem Umzug geahnt. Sie hatte nie einen Hehl daraus gemacht, dass sie fand, Berlin könne man nur als Tourist genießen. Sollte Liliane Carla nun auch noch mit ihren eigenen Problemen belasten? Lilianes Gedankenflut verebbte.

*****

Die Worte der Geistfrau klebten wie Reif auf ihren Gliedern. Er fror ihren Willen ein, um Florian zu kämpfen. Liliane spürte, wie sie Energie verlor, und konnte nichts dagegen tun.

Später kochte sie sich einen Kräutertee, der sie von innen aufwärmen sollte. Sie gab einen Schuss Gin zur Kamille. Immerhin wärmte das ordentlich durch. Von dem steinernen Etwas in ihrer Brust mal abgesehen. Aber Liliane verlor die Angst, wieder schlafen zu gehen. Sie hatte *sie* für einen Augenblick vergessen.

Sie aber Liliane nicht. Kaum träumte Liliane sich von einer Schlafphase zur nächsten, schon stellte *sie* sich ihr wieder in den Weg. *Ihre* Körpersprache sah nach Gewissheit aus, *sie* zog Florian wie aus dem Nichts hervor und hatte ihn anscheinend überzeugt, mit *ihr* zu gehen. Er sollte *ihr* hinter die graue Wand folgen. Liliane wusste, dass er dort verloren wäre. Sie musste verhindern, dass er *ihr* in diese Welt folgte. Lieber noch sollte *sie* sich vor ihren Augen mit ihm vergnügen. Florian durfte keinesfalls die Welt verlassen. Nicht diese Welt. Nicht die Welt der Lebendigen.

Liliane folgte den beiden und näherte sich ebenfalls dieser Wand.

Sie war sich ihrer Sache sicher.

ER drehte sich wieder nicht ein einziges Mal nach Liliane um.

Wie sollte sie ihn aufhalten, wenn er sie nicht einmal bemerkte?

Liliane rief aus Leibeskräften Florians Namen, doch ihre Glieder fühlten sich wie gelähmt an. Sie rief ihn immer wieder und weinte bitterlich. Denn er folgte *ihr*, Hand in Hand mit *ihr* verbunden. Sie waren fast schon hinter der trennenden Wand verschwunden.

Erst als Liliane nicht mehr damit rechnete, drehte er sich zu ihr um, zwar ohne sie wirklich zu sehen, doch er wollte ihr wenigstens etwas dalassen: »Es ist gut so. Alles ist gut. Es ist das Beste für alle. Ich habe hier nichts mehr verloren.«

Liliane stürzte auf ihn zu, riss ihn geistesgegenwärtig am Arm und *ihr* beherzt aus der Hand. Er stolperte Stufen hinab. Sie stolperten. Auf jenen Stufen hinab, die zu der Wand *hinauf*geführt hatten.

Doch *sie* folgte ihm nicht, wirkte wie erstarrt. Es sah aus, als könne *sie* nicht hinabsteigen. *Sie* musste oben bei der übermächtigen Wand bleiben. *Ihre* Augen spiegelten das pure Entsetzen.

Liliane erkannte ihre Chance. Auf den unteren Stufen drückte sie Florian an sich, um ihn mit ihrer Körperwärme wieder aufzuwärmen. Er war kalt wie ein Eisblock.

Doch erst angesichts ihrer Wärme spürte er, dass er fror. Vorher hatte er das Frieren längst nicht mehr gemerkt. Er hatte überhaupt nichts mehr gespürt. Nun sah es für ihn so aus, als ob er fror, *weil* Liliane ihn umarmte. Sie zog ihn am Arm, schleifte ihn hinter sich her, bis sie im Nichts verschwanden.

Liliane erwachte und zitterte am ganzen Körper. Sie fand sich in einem Teich aus kaltem Schweiß. Ihr Bettzeug musste gewechselt werden. Es war zermürbend. Nach ›anfreunden‹ hatte das nicht ausgesehen. Doch Liliane war immer noch überzeugt, dass sie genau das tun müsste. Sie wollte *ihr* Vertrauen gewinnen.

Dieses Mal fürchtete sie sich davor, wieder ins Bett zu gehen. Das frische Bettzeug duftete zwar verlockend nach Meeresbrise, doch Liliane hatte immer noch den Modergeruch in der Nase, der so typisch für diese Sorte Träume war.

Ihre Müdigkeit setzte sich erbarmungslos auf ihre Augenlider. Obwohl sie sich nur auf dem Bett kauernd an die Wand gelehnt hatte, genügte es, einzunicken. Sie sackte bald vollends in sich zusammen und fand sich einige Stunden später quer im Bett liegend wieder. Sie war viel zu erschöpft, um sich regen zu können. Aber ihr war kalt, so kalt. Die Decke lag unter ihr. Ihr Körper vermochte es nicht, sich darunter zu verkriechen. Sie schlief wieder ein. Als sie das nächste Mal die Augen aufschlug, erschien es ihr wie ein Wunder, dass es draußen schon hell war und sie richtig herum und zugedeckt in ihrem Bett lag. Die Vögel begrüßten den Sonnenaufgang. Das Bettzeug war warm und weich und trocken. Ihre Haare lagen ihr nicht mehr wirr übers Gesicht, sondern wirkten wie frisch gekämmt. Liliane fragte sich, was sie da verpasst hatte.

Arabellas Stimme drang an ihr Ohr. »Guten Morgen, meine Liebe! Halt schön die Ohren steif. Du bist gesegnet.«

Liliane zuckte zusammen und versuchte prompt, ihre Wahrnehmung zu hinterfragen.

... Was war das? Hab ich schon wieder Hirngespinste vor lauter Überlastung? Oder bilde ich mir Arabellas Zuspruch nur ein, um schneller zu Kräften zu kommen? ...

Jede Erinnerung an sie brachte ihr inneren Frieden zurück. Nur war das diesmal keine Erinnerung gewesen. Wenn schon, dann wohl eher Telepathie. Liliane glaubte, sie könne Arabellas Worte in sich erspüren. Ungewöhnlich – aber irgendwie funktionierte das.

»Vielleicht steht Arabella ja mit den guten Familienhausgeistern in Verbindung?« Die Frage tauchte so plötzlich in ihr auf, dass sie ihr Stimme verlieh. Allein schon von dieser Idee fühlte sie sich unendlich getröstet. Daran zu glauben, kam einer Umarmung gleich. Liliane schmiegte sich gedankenlos in sie hinein.

*****

Gegen Mittag kam ihr eine seltsame Idee. Sie machte sich hübsch zurecht und begab sich entschlossen in Richtung Restaurant und Pablo. Er schien ihr doch ein sehr guter Freund von Florian zu sein. Liliane dachte, er könne ihr vielleicht irgendwie weiterhelfen. Und sie hoffte, dass sich das nachher nicht als Schnapsidee entpuppen würde.

Diesmal kam ihr der Weg zum Restaurant viel länger vor. So allein und voller Ungewissheit. Nix da, von wegen in Begleitung eines Ritters, der sie entführen wollte.

Liliane grauste vor ihrer eigenen Courage. Sie betrat das Restaurant und fragte den Kellner nach Pablo. Sie musste nicht lange warten. Er steuerte freudestrahlend auf sie zu. Und er erkannte sie sofort. Natürlich war er gehörig erstaunt, aber er schien sich ehrlich zu freuen, Liliane wiederzusehen.

»Schön, dass wenigstens Sie mich besuchen kommen. Florian kommt ja nicht mehr, seit Sie in seinem Leben aufgetaucht sind.« Er schmunzelte wohlwollend und führte Liliane dabei in das gemütliche Sondereckchen neben dem Bartresen. »Bitte setzen Sie sich!«

Das viele Holz ringsherum vermittelte Liliane augenblicklich Geborgenheit. Im Inneren dieses Restaurants fühlte sie sich, als befände sie sich weit außerhalb der Realität. Über der Bar schwebten blaue LED-Lämpchen, die dem soliden Holz eine verspielte Note gaben. Liliane schaute sich fasziniert um und staunte. Als Raumteiler zwischen dem Hauptsitzbereich und den kleineren Tischen wirkte ein Aquarium als Blickfang. Pablos Restaurant erschien Liliane wie eine Insel – wie eine verträumte, ob auch wie eine rettende, das musste sich erst noch herausstellen.

»Darf ich Sie mit einem besonderen Leckerbissen verwöhnen?«

»Nein, das kann ich mir im Augenblick nicht leisten. Ich sitze im Moment zwischen allen Stühlen und weiß nicht, wo mir der Kopf steht. Soll heißen, ich kann nicht mehr arbeiten, seit ich in dieses verfluchte Haus gezogen bin. Und folglich kein Geld verdienen, um solche Extravaganzen genießen zu können. Davon abgesehen ist mir so gar nicht nach Essen zumute. Ich wollte Sie eher ein bisschen, nun ja, aushorchen.«

»Na Sie sind mir ja ein Schelm. Kommen in ein Restaurant ohne Hunger!«

Lilianes Magen knurrte überlaut als Antwort. Entschuldigend ergänzte sie: »Es liegt wohl eher am Appetit. Den hat es mir verschlagen.«

»Es hat Ihnen doch aber geschmeckt letztes Mal?«

»O ja! Teuflisch gut war das! Aber nach teuflisch ist mir heut nicht so.«

»Ich habe etwas da, was Ihre Nerven beruhigen kann. Kommen Sie, machen Sie es sich bequem. Das geht aufs Haus. Es ist noch niemand sonst da. Sie müssen es wenigstens probieren!«

Lilianes Magen knurrte erneut und Pablo freute sich wie ein Kind.

»Wenn ich mich recht entsinne, essen Sie alles. Sie hatten keinerlei Allergien oder Sonderwünsche, richtig?«

»Nein, habe ich nicht, aber das ist mir jetzt unangenehm, allein hier zu sitzen.«

»Selbst schuld, wenn du Florian nicht mitbringst.« Er wechselte unauffällig ins Du über.

»Gehe ich richtig in der Annahme, dass ihr euch schon lange kennt?« Liliane wagte einen Vorstoß in die Ausfragerei.

»Ja. Eine Ewigkeit. Wir kennen uns schon aus der Zeit, als ich noch in der Galerie gearbeitet habe. Da trafen wir uns häufig vor einem Bild, weil ... wenn ihm eins besonders gut gefiel, dann war das meist auch mein Favorit. Er schrieb damals gern über die Kunstwerke, die wir ausgestellt hatten.« Pablo zupfte imaginäre Fussel von der Stuhllehne, bevor er weitersprach. »Und später hat Florian mir geholfen, mir meinen Traum von einem eigenen Restaurant zu erfüllen. Er hat mich bedingungslos dabei unterstützt, es auf die Beine zu stellen.«

»Kanntest du seine Frau?«

Pablo stutzte. »Bist du deshalb hier?«

»Weiß ja nicht, was du mit ›deshalb‹ meinst«, gab Liliane zögernd zurück.

»Gibt es Probleme bei euch beiden?«, forschte er weiter.

»Läuft das unter ›deshalb‹?«, stocherte sie nach.

»Sagen wir mal so. Ich hab gestaunt, dass er die Bude da oben nun doch vermietet hat. Bisher war ihm kein Mieter je genehm ... seit ... ähm ... Keine Ahnung, welche Hürde du genommen hast, aber sie war definitiv so hoch, dass vor dir niemand sonst darüber hinwegkam. Das Dachgeschoss war ... hm ... Tabuzone.«

Pablo prüfte Liliane mit einem unangenehm forschenden Blick, bevor er nachsetzte: »Es würde mich nicht wundern, wenn es Probleme gäbe.«

Liliane ließ sich von seinem herausfordernden Tonfall nicht von ihren Fragen abbringen. »War das für ihn die große Liebe damals?«

Pablo schaute sie erneut groß an und schien verblüfft zu sein. Vermutlich, weil Liliane nicht erst lange drumherum geredet hatte. Aber er wich ihr geschickt aus.

»Warum fragst du ihn nicht selbst?«

»Ich würde ihn gerne vieles fragen, aber das Thema ist unangenehm besetzt.«

Ihr Kobold japste. »Unangenehm besetzt. So kann man das auch nennen. Und nur das Thema. Nicht etwa Florian.«

»Und was erhoffst du dir von mir?« Pablo brachte Liliane ganz schön in Verlegenheit.

»So ganz sicher weiß ich das auch noch nicht. Ich brauche Hilfe. Du schienst mir sein bester Freund zu sein. Und meine beste Freundin scheint inzwischen ausgerechnet Florians Mutter zu sein. Da kann ich also nicht hin.«

»Geht es auch noch komplizierter?« Pablo lachte überrascht. »Wie bist du denn an seine Mutter geraten? Die hält er doch normalerweise von allen fern?«

»Ach so? Deshalb gefiel ihm das nicht! Ich dachte, das beträfe nur mich.«

»Ich hab seine Mutter schon vor Jahren kennengelernt. Sie ist eine hochintelligente Frau und ich finde sie überaus lustig. Man kann herrlich mit ihr zusammen rumflunkern. Aber sobald man Späßchen über Geistererscheinungen macht, flippt Florian aus, als hätte er eine Erdnussallergie und soeben eine Nuss im Essen gefunden.«

»Ich mag seine Mutter, mochte sie auf Anhieb. Dabei ist sie mir nur zufällig begegnet, als ich nicht ahnen konnte, dass sie seine Mutter ist.«

»Ich glaube, bei dieser Frau weiß man nie, wann etwas ein Zufall ist und wann nicht!« Pablo kicherte in sich hinein. »Aber jetzt bringe ich was mit Nüssen drauf. Es ist doch zu schön, wenn einer ohne Allergien hierherkommt.«

Er verschwand in der Küche und erschien kurz darauf mit einem Tablett in der Hand. Er balancierte es vollkommen wackelfrei auf seinen Fingern. »Du darfst heute mal Verkoster spielen. Das ist eine spezielle Salatkreation von mir, eigens für die wenigen Auserwählten ohne jegliche Allergie! Und keine Angst, ich hab vorhin selber die gleiche Kreation verspeist, die Zusammenstellung ist also bereits auf Verträglichkeit getestet.«

Er setzte einen grünen Turm vor ihr ab, der wie ein Palast erschien, in dem Schmetterlinge entstehen sollten. Salatblatt-Lasagne oder so was in der Art, nur eben in Form eines Turms.

Liliane schaute Pablo anerkennend, aber auch dankbar an. Er vermochte es, sie angenehm umzustimmen. Und er wusste auf Anhieb, wie er ihr am besten begegnen konnte. Sie fischte sich eine Garnele aus dem grünen Turm. Dann fiel sie über das edle Krönchen aus Nussstückchen und Mandelblättern her. Nach dem ersten Happen Salat samt Soße war auch ihr Appetit erwacht. Sie entdeckte eine Art Tortellini unter dem Blattwerk. Weiter unterhalb war etwas Thunfisch versteckt. Sie schwärmte über das von Pablo fabrizierte Geschmackserlebnis. Ihr Gaumen versuchte, seine Glücksgefühle in Noten zu übersetzen. Liliane summte ein anhaltendes »hmm, lecker« vor sich hin, und Pablo wusste genau, dass sie ihm damit nichts vormachte. Die beiden freuten sich wie zusammen spielende Kinder.

Leider kamen Gäste und unterbrachen ihr entspanntes Miteinander. Innerhalb einer halben Sekunde verwandelte Pablo sich wieder in einen vornehmen Gourmetkoch und verschwand in der Küche.

Liliane hatte noch längst nicht alle Fragen gestellt, die sie hatte loswerden wollen. Das nächste Mal würde sie diese vor der Bewirtung ausspucken müssen.

Eine Weile saß sie gedankenverloren da und ließ dem Salat-Turm Zeit, sich in ihr zu verkriechen. Doch dann begriff sie, dass Pablo nicht wiederkommen würde. Inzwischen waren noch weitere Gäste eingetrudelt. Pablos Restaurant schien ein Fluchtpunkt für Liebespaare zu sein. Oder eine Oase in der Wüste des Alltags.

Liliane malte dem Kellner ein Zeichen in die Luft, dass sie die Rechnung haben wolle. Er nickte lächelnd und brachte ihr bald darauf das winzige Zahltablett. Er verbeugte sich und übergab ihr die vermeintliche Rechnung. Es war ein Zettel von Pablo, auf dem stand, dass sie jederzeit willkommen sei. Es hätte ihn gefreut, sie näher kennenzulernen. Und zum Abschluss stand darunter »Wohl bekomm's«.

Wie erfreulich, dass Florian einen so lieben Kerl zum besten Freund hatte. Das sagte ja auch einiges über ihn aus.

Es tat Liliane überaus leid, sich wieder in die kaltherzige Realität zu begeben. Aber es nützte ja alles nichts. Sie drehte sich noch einmal um und verabschiedete sich mit einem sehnsuchtsvollen Blick von dem sonderbaren Niemandsland. An diesem Ort konnte man all seine Sorgen vergessen. Sogar die, die man mit hineingenommen hatte. Das Holz nahm wie ein gutmütiger Wald Gemütsunruhen jeglicher Art in sich auf und schenkte einem stattdessen das Gefühl, in einem bezaubernden Märchen gelandet zu sein.

Kaum war Liliane vor der Tür, überlegte sie sich schon Ausreden oder Begründungen für den Fall, dass sie Florian berichten wolle, dass sie bei Pablo eingekehrt war. So richtig gefielen sie ihr alle nicht. Sie beschloss, es vorerst auf sich beruhen zu lassen, und schlenderte auf Umwegen nach Hause.

Unterwegs sprach sie jemand von hinten an, dessen Stimme ihr nur allzu bekannt vorkam. Es war Manuel, ihr erster langjähriger Freund.

Die beiden hatten sich ewig nicht mehr gesehen.

»Hi Liliane! Wie geht es dir? Du siehst fantastisch aus! Aber fast auch ein bisschen traurig, täusche ich mich? Was treibst du so?«

»Grüß dich, Manuel! Wie kommst du denn hierher? Besuchst du deine Eltern?«

»Mein Vater ist gestorben, meine Mutter ist jetzt im Pflegeheim. Aber mein Bruder hat das Haus unserer Eltern übernommen und ausgebaut. Er fand, dass wir uns das teilen könnten. Also bin ich wieder hierher zurück.«

»Wann?«

»Letztes Jahr schon. Ich hab mich von Ulrike getrennt. Das war so nicht mehr haltbar.«

»Das ist ja ein Ding! Oho. Eure ach so große Liebe!«

Liliane konnte sich einen sarkastischen Unterton nicht verkneifen.

Wegen Ulrike hatte sie Manuel verloren. Die beiden hatten lange unbemerkt und nebenher was laufen, bis Carla ihnen mal zufällig begegnet war. Sie entdeckte sie, als sie im Park fast schon mehr als nur knutschend zugange waren. Natürlich hatte Carla Liliane sofort davon in Kenntnis gesetzt. Und Liliane konnte das damals nicht fassen. Manuel war ihre erste richtig große Liebe. Sie war sich absolut sicher, dass sie für immer und ewig zusammengehörten. Damit, dass er fremdgehen könnte, hätte sie nie gerechnet. Insbesondere im Bett schienen sie mehr als nur gut zusammenzupassen.

Und nun stand dieser Manuel vor ihr, als wäre nie etwas gewesen. Wenn sie nicht alles täuschte, flirtete er sogar mit ihr. Sie fand das unverschämt, doch sie musste zugeben, dass er verdammt verführerisch aussah, und das sagte sie ihm auch. »Es scheint dir gut zu bekommen, wieder hier zu sein. Du wirkst ausgesprochen attraktiv. Hast du inzwischen eine neue Frau?« Sie hörte sich an, als wolle sie sich ihre Chancen ausrechnen, wieder bei ihm zu landen. Sie warf sich das augenblicklich selber vor und schob schnell nach: »Ich wohne jetzt in der Weststadt bei meinem Freund.«

»In der Weststadt? Ola la. Ist wohl 'ne gute Partie, was?«

Liliane schien ihr Ziel erreicht zu haben, sie hatte gewusst, dass ihn das wurmen würde. Doch unseligerweise plapperte sie noch weiter: »Du hast mich ja nicht zu schätzen gewusst! Mein Freund gehört nicht zu den

Typen, die nicht genug kriegen können. Er weiß, was er will!«

»Wenn das mal so klar zu erkennen wäre«, schwatzte ihr Kobold dazwischen.

Liliane seufzte tief, ihr Blick verschleierte sich ein wenig.

Warum hatte sie das gesagt? War sie so überzeugt davon? Oder hoffte sie es nur?

Manuel verfügte schon immer über ein spezielles Talent, ihre verborgensten Gefühlsregungen zu erspüren und bohrte nach: »Und warum strahlen deine Augen dann nicht vor lauter Glück?«

»Ich hab heute einen blöden Tag. Hat was mit der Arbeit zu tun. Ich hab mir wahrscheinlich ein bisschen zu viel vorgenommen.«

Manuel machte den Eindruck, dass er ihr die Begründung abnahm. »Ich hab gehört, dass du vor Jahren schon eine eigene Agentur für Grafik-Design aufgemacht hast. Die soll ganz gut laufen ...«

»Wo hörst du denn sowas? Ich denk, du warst in Hamburg?«

»Ich hab halt auch so meine Quellen. Außerdem war ich ab und zu mal hier, ich hab dich sogar mal gesehen.« Er grinste sie an.

Liliane schmunzelte, weil ihr klar wurde, dass er sich über sie auf dem Laufenden gehalten hatte. Sie musterte ihn. Ihre Augen verweilten dabei etwas zu lange, als dass ihr Blick als verstohlen hätte durchgehen können. Ihre Nase nahm Witterung auf. Manuel umwölkte eine unüblich hohe Dosis eines äußerst reizvollen Parfüms. Sie schnupperte, dann schaute sie schnell zu Boden, um sich nicht anmerken zu lassen, wie er auf sie wirkte.

Seinem zweifelhaften Charakterzug entging das trotzdem nicht, er nutzte die Gelegenheit für sich.

»Ich bin zurzeit solo. Mir war nicht danach, mich mit jemandem über jede Kleinigkeit einigen zu müssen. Ich genieße jetzt meine Freiheit und leb sie, so gut es geht, aus. Stillhalten kann ich immer noch, wenn ich ins ruhigere Alter komme. Übrigens weißt du ja, wo ich wohne. Das Haus und – speziell unser Dachgeschoss – wirst du wohl nicht vergessen haben. Die Telefonnummer steht im Telefonbuch. Falls du sie nicht mehr hast.« Er grinste anzüglich und hob die Augenbrauen an.

Die Aufforderung, die in dieser Mimik mitschwang, war Liliane durchaus nicht entgangen. Sie schimpfte innerlich, weil sie sich der Wirkung seines Charmes nicht völlig entziehen konnte. Er roch so gut. Sein Instinkt, sich unwiderstehlich zurechtzumachen, hatte sich im Laufe der Jahre offenbar nicht verloren. Liliane erkannte mehr, als ihr lieb war, warum sie sich einst in diesen Mann verliebt hatte. Die Kombination aus ›einfühlsam‹ und ›rau‹, eingewickelt in eine ansprechende Hülle, hatte nichts an ihrer Wirkung auf sie eingebüßt. Dass sie ihm aber ausgerechnet in dem Moment begegnen musste, in welchem sie glaubte, Florian nicht erreichen zu können! Ihre Schicksalsfaden-Weberinnen stellten ihr eine riskante Herausforderung in den Weg.

»Ich geh dann mal! Ich werde erwartet!« Sie versuchte, sich aus dieser Schlinge zu retten, und lief die ersten Schritte rückwärts.

»Na dann –« Manuel gab einen Kusslaut von sich und sah Liliane einen Augenblick nach. Sie drehte ab und sah zu, dass sie sich eiligst aus dem Staub machte.

*****

Als Liliane zu Hause ankam, traf sie der Schlag. An ihrer Wohnungstür klebte ein Zettel mit folgenden Worten:

Jedes Mal, wenn ich dich suche, bist du nicht da!

Das Ausrufezeichen war dick nachgezogen.

Sie murmelte vor sich hin: »Wenn er mich sucht? Jedes Mal? Warum sucht er nur dann, wenn ich mal weg bin – wenn ich jemals weg bin?« Sie ging bei ihm klingeln. Niemand da. Sie klingelte immer wieder, aber es öffnete keiner. Dann holte sie sich den Zettel von oben und klebte ihn an seine Tür. Für Liliane gab das jetzt eher einen Sinn. Sie trabte trotzig die Treppe wieder hinauf und fragte sich, wo er denn eigentlich sei.

… Heute ist Donnerstag. Er hatte davon gesprochen, dass er da zu seiner Mutter wollte …

Florian war also bei Arabella.

Liliane beschlich eine merkwürdige Ahnung. Hoffentlich geht das gut, betete sie im Stillen.

Doch sie hatte nicht den blassesten Schimmer von dem, was inzwischen vorgefallen war.

Sie suchte nicht nach Erklärungen, warum er sie gesucht hatte, mehrfach und dringend sogar. Die wahre Bedeutung des Ausrufezeichens entging ihr; sie empfand es nur als Vorwurf.

Sie betrat ihre Wohnung nur widerwillig. Der sonst vertraute Wohnungsgeruch erschien ihr befremdlich. Sie schaute sich missmutig in ihrem Zimmer um. Ihr wurde unbehaglich. Sie bekam schon wieder dieses eigenartige Gefühl, trotz ihrer Einsamkeit nicht allein zu sein. Es schauderte sie. Ihr Blick fiel auf den Balkon. Die Agapanthus ließen die Blätter hängen und wirkten, als machten sie ihr Vorwürfe, weil sie heute nicht schnurstracks neue Töpfe besorgt hatte. Dabei hatte ihr an diesem Morgen wahrlich anderes im Sinn gestanden. Nach der aufwühlenden Nacht! Liliane konnte ihr Umfeld nicht mehr ertragen. Die Luft in den Räumen wirkte bedrückend schwül; auch wenn das nicht am Wetter lag, sie ließ sich nicht atmen. Liliane zog die Schuhe wieder an und verließ das Haus. Auf halber Strecke kehrte sie um. Sie hatte ihre Tasche vergessen und keinerlei Geld bei sich. Und dabei wollte sie doch Töpfe kaufen!

»Wenn *ich* schon meine Handtasche vergesse, muss es ja schlimm um mich stehen!«, murmelte sie vor sich hin.

Zweiter Versuch. Sie spazierte in die Stadt und versuchte dabei, sich innerlich etwas abzukühlen. Dann fand sie, schneller als gedacht, zwei ausgesprochen stattliche Töpfe. Sie stolperte nahezu darüber und freute sich. Sie schienen ihr noch passender als die Vorigen zu sein. Aber nun schleppte sie sich mit ihnen ab. Die Dinger waren scheußlich schwer. Und Liliane hatte den ganzen Weg zu Fuß angetreten. Sie fürchtete unterwegs, die Henkel der Tüten würden reißen, und bedauerte, keine Stoffbeutel genommen zu haben. Aber die Töpfe hatten ja einen ziemlichen Umfang. Das Auto wäre gewiss ratsamer gewesen. Wer A sagt, muss auch B sagen.

Liliane bemühte sich, jedem Hindernis rechtzeitig auszuweichen. Vor allem den Fahrradfahrern, die erbarmungslos dicht an ihren schlenkernden Errungenschaften vorbeirauschten. Sie verteidigte diese Töpfe schon jetzt wie die Agapanthus selbst. Sie waren ihnen bereits zugehörig.

Zu Hause angekommen, überkam sie Stolz. Sie freute sich wie ein kleines Mädchen, das heldenhaft Riesen-Töpfe herangeschleppt hatte. Sie hoffte, die Mühe, die sie in den Transport gesteckt hatte, würde den Pflanzen nachher zugutekommen. Energetisch sozusagen. Sie feixte über ihre spinnerten Ideen, aber rechtfertigte sie auch. »Warum denn nicht? Man weiß ja nie!«

Dummerweise hatte sie, bei all dem, die Erde vergessen! Zwei Arme wären ja auch zu wenig gewesen für alles. Liliane grämte sich die Tonleiter auf und ab. Also noch mal raus. Sie griff nach dem Autoschlüssel.

Ihr Kobold amüsierte sich köstlich über ihre Methode, den Tag rumzukriegen.

Liliane war zum Glück bald wieder zuhause und begab sich endlich ans Werk.

Sie breitete eine Wachstuchtischdecke auf dem Terrassenboden aus und füllte die Töpfe mit den weißen Steinen, die in den Vorgängertöpfen gelegen hatten. Darüber gab sie eine Schicht Sand, um jeglicher Staunässe entgegenzuwirken. Die Pflanzen erschienen erschreckend schlaff und traurig. Sie berührte sie so zartfühlend wie nur möglich und sprach ihnen unentwegt Mut zu. Als ihr das auffiel, lächelte sie über sich selbst.

Das Ergebnis der Umtopf-Aktion fiel ein wenig ernüchternd aus. Die Agapanthus wirkten verloren in ihren stattlichen und doch etwas geheimnisvollen Töpfen. Der silberne Schein auf dem Steingut wirkte altehrwürdig und beinahe magisch; die Pflanzen eher alt und schlaff. Liliane goss sie und hoffte auf bessere Zeiten.

18 ☼ Wieder alle beisammen

Es wurde spät. Liliane saß allein auf ihrer Sitzbank auf dem Balkon und starrte in den Himmel. Nach vorn auf die Terrasse war sie nicht vorgerückt. Sie brauchte die schützenden Wände um sich. Manuel spukte ihr durch den Sinn. Sie versuchte, die Erinnerungen an ihn abzuschütteln, doch die Bilder wollten nicht weichen. Unseligerweise tauchten nur die schönen Erinnerungen auf. Liliane entschloss sich kurzerhand, Carla anzurufen. Sie wollte ihr nichts davon erzählen, aber sie hoffte, ihre Stimme könne sie vielleicht auf andere Gedanken bringen. Eilig kramte sie ihr Handy hervor. Während sie dem Rufton lauschte, freute sie sich auf das Gespräch.

»Hi Lila, schön dass du dich mal meldest!«

»Grüß dich, Carla! Wie geht's dir inzwischen? Hast du dich ein bisschen eingelebt?«

»Na ja, geht so. Zumindest hab ich jetzt Anschluss gefunden. Aber so ein Großraumbüro ist absolut nichts für mich. Ich hab mir ringsum lauter Pflanzkübel auf den Schreibtisch gesetzt und kaum noch Platz für mich und meine Arbeiten. Damit haben mich prompt alle hochgenommen. Sie spötteln jedes Mal, wenn ich mich dahinter verkrieche, ich verschwände wieder in meinem Urwald. Aber eine der Frauen hat das gleich nachgemacht. Mit der verstehe ich mich seitdem ganz gut. Und bei dir? Wie läuft's bei dir so? Hast du für die Agentur schon jemanden gefunden, der sich eignet?«

»Nein. Ich hab selber auch noch nicht wieder angefangen ...«

»Bist du verrückt? Entschuldige bitte, aber so verlierst du doch alle Aufträge!«

»Stimmt. Ich hab aber ganz andere Probleme am Hals.«

»So? Was ist denn los? Ich denk zwischen dir und deinem neuen Vermieter hat es gefunkt? Klappt was nicht?«

»Das ist ja das Blöde! Wir sind total ineinander verschossen und treten trotzdem auf der Stelle. Bei uns geht's keinen Schritt weiter. Und es sieht aus, als hätte ich es mal wieder mit Geistern zu tun bekommen. Du weißt, was ich meine, oder?«

»Wieso? Ist der etwa Witwer?« Carla klang entsetzt.

»Du hast's erfasst!«

»So 'ne Scheiße! Und dabei hab ich dir wirklich die Daumen gedrückt.«

»Ich hab übrigens Manuel getroffen«, gestand Liliane nun doch.

»Was soll denn das jetzt heißen!? Geht's deshalb bei dir und deinem, wie hieß er nochmal … Florian nicht weiter?« Carlas Stimme nahm Anlauf, vorwurfsvoll zu klingen.

»Nein! Ach wo! Er ist mir nur über den Weg gelaufen.«

»Ach nee! Manuel war doch nach Hamburg gezogen, wieso läuft der dir jetzt über den Weg?!«

»Er ist zurück. Er wohnt jetzt wieder im Haus seiner Eltern.«

Carla verschlug es glatt die Sprache. Ihre Antwort ließ etwas länger auf sich warten. »In dem Haus?! Da hat das doch mit euch beiden angefangen?! Im Schmuseparadies oder wie ihr seine Etage damals genannt habt. Mensch, lass bloß die Finger von dem! Wer einmal fremdgeht, macht das später auch wieder. Das ist sein Charakter! Aber so, wie ich dich verstehe, hat er dich mächtig beeindruckt, stimmt's?«

»Ja. Das lässt sich nicht bestreiten.« Liliane erhob sich von ihrem Platz und begab sich lieber ins Wohnzimmer. Dort ließ sie sich genüsslich in den Sessel plumpsen.

»Dann bist du wahrscheinlich immer noch nicht restlos darüber hinweg, dass er dich fallengelassen hat. Sonst könnte der dich nicht so leicht um den Finger wickeln.«

»Von so einem lässt sich, glaub ich, jede Frau um den Finger wickeln.«

»Nee. Nur die, die 'ne Affinität zu komplizierten Männern haben.«

Sie lachten beide. Liliane war froh, dass sie mit jemandem darüber reden konnte. Das Gespräch räumte das Chaos in ihr schnell wieder auf.

»Danke, Carla. Jetzt geht's mir schon besser. Du glaubst gar nicht, wie du mir fehlst! Vielleicht hätte ich lieber dich heiraten sollen. Wir hatten nie ernsthafte Probleme, und dabei konnten wir uns immer ehrlich die Meinung sagen.«

»Aber begeistert warst du auch nicht immer davon!«, erinnerte Carla sie.

»Ich war dir trotzdem immer dankbar dafür. Und das hab ich dir auch gesagt. Konstruktive Kritik braucht man schließlich zum Wachsen.«

»... Ja, davon hab ich auch 'ne Menge abbekommen bei dir. Du fehlst mir übrigens auch. Vielleicht hast du ja mal Lust auf einen Stadtbummel durch Berlin. Bis du dich dazu aufrappeln könntest, kenne ich mich dann vielleicht auch ein bisschen hier aus.«

Carla spielte auf ihren mangelhaften Orientierungssinn an und Liliane konnte sich gut vorstellen, was eine Stadt wie Berlin für sie bedeutete.

»Moritz schaut gerade nach mir. Er hat eben was Tolles für uns gekocht und will mich holen kommen. Er lässt dich übrigens grüßen und meint, du fehlst ihm auch, denn seit du nicht mehr da bist, muss er sich immerzu meine Probleme anhören.«

Liliane erkannte seine Stimme im Hintergrund, Carla und er lachten. Liliane lächelte still vor sich hin. Und wieder einmal wünschte sie sich einen ebenso unkomplizierten Prinzen an ihrer Seite.

»Na dann, macht's mal gut ihr zwei! Und lass was von dir hören, wenn du was loswerden musst. Wenigstens das Telefonieren nimmt uns ja so schnell keiner. Ciao!«

»Ciao. Und halt die Ohren steif! Soll heißen, komm nicht vom Wege ab! Manuel ist sowas wie der böse Wolf! Denk immer dran!«

Liliane lächelte über diesen Vergleich. Sie gehörte für gewöhnlich nicht zu denen, die sich nur auf empfohlenen Wegen bewegten. Aber in diesem Fall wäre es mit Sicherheit besser, sich an Carlas Rat zu halten. Liliane lenkte ihre Aufmerksamkeit auf die liebenswerten Seiten von Florian und spürte, wie dem Irrlicht Manuel augenblicklich das Licht erlosch.

Wenn doch diese neue Beziehung nur etwas unkomplizierter wäre!

Liliane sehnte sich nach Florian. Wie verrückt sogar. Doch ihre Hoffnung auf eine gemeinsame Zukunft war durchaus schon mal von größerer Intensität gewesen. Sie hatte Angst, ihre Kraft könnte nicht ausreichen, um Florian ganz für sich zu gewinnen.

Blitzartig folgte sie einem Impuls. Sie sprang aus dem Sessel und fegte durch den kleinen Flur zur Wohnungstür. Sie stürmte die Treppe hinunter und klingelte an seiner Wohnung. Sie hätte sich Florian jetzt gerne vorbehaltlos in die Arme geworfen, doch er war immer noch nicht zurück. Liliane konnte sich nicht vorstellen, dass er wirklich so lange bei Arabella verweilte. So wie er das bisher erzählt hatte, machte er eher nur Pflichtbesuche bei ihr.

»Ein Pflicht-Besuch«, betonte der Kobold.

… Hat Arabella etwas Bestimmtes mit ihm zu besprechen? Geht es um mich? Sprechen sie heute doch über Geister? Wie wird Florian drauf sein, wenn wir uns wieder begegnen? …

Lilianes Fragen nahmen scheinbar kein Ende. Sie wollte sie am liebsten runterspülen. Zurück in ihrem Dachstübchen fügte sie ihrer Mineralwasserflasche etwas Vitamin C zu, es sollte freie Radikale in ihr einfangen. Jetzt nahm sie einen ordentlichen Schluck daraus und schmunzelte über ihre Assoziation dazu. Sie spielte mit der Idee, Geister fielen vielleicht auch unter die Kategorie der freien Radikale. Zumindest die Quälgeister. Doch wie sollte das Vitamin die hilfreichen von den störenden unterscheiden? War das nicht so ähnlich wie mit dem Unkraut in einem blumenreichen Garten? Wer bestimmte, was davon das Unkraut war? Der eine liebte Wildblümchen und ließ sie nicht nur stehen, sondern förderte sie auch noch. Der andere rupfte sie erbarmungslos aus und fand, dass sie nicht in seinen Garten gehörten. Liliane sinnierte so vor sich hin und nickte darüber ein.

*****

Als der Ging-Gong erschallte, schrak sie auf. Es war längst Mitternacht. Das konnte, das musste ja wohl Florian sein. Sie beeilte sich, zur Tür zu kommen, und riss sie auf.

»Entschuldige«, flüsterte er, »ich hab noch Licht bei dir in der Küche gesehen und hoffte, du wärst noch wach!«

»Ja, mehr oder weniger. Jedenfalls war ich noch nicht im Bett«, beruhigte sie ihn und warf sich ihm an den Hals. »Möchtest du reinkommen?« Sie gab ihm eine Chance.

»Ich weiß nicht so recht. Ich sollte. Ich weiß nicht, ob ich wirklich möchte.«

Liliane horchte auf.

... Das ›sollte‹ stammt gewiss von Arabella ...

Sie versuchte schnell, tüchtig mitzuhelfen.

»Als wir das erste Mal zusammen hier drin waren, hast du mich vollkommen in deinen Bann gezogen. Wärest du damals nicht eingetreten, würde ich jetzt vielleicht nicht hier wohnen.« Ihr war ein schäkernder Tonfall gelungen. Der neckende Unterton in ihrem Satz erleichterte Florian den Schritt über ihre Schwelle. Er atmete schwer. Liliane trat einige Schritte rückwärts und hielt ihm ihre Arme geöffnet entgegen.

»Komm ruhig, ich fang dich auf.«

In ihrer Kindheit hatte sie es geliebt, jemandem in die Arme zu springen, und sie hoffte, Florian würde dieses Spiel erkennen. Er kam prompt recht schnell auf sie zugelaufen. Sie fing ihn auf und hielt ihn fest.

»Ich glaube, ich hab einen verdammt guten Fang gemacht, meinst du nicht?« Sie kicherte und wollte ihn damit necken.

Doch er antwortete missmutig: »Wer weiß, als was sich das noch herausstellt, was du jetzt für gut hältst.«

»Das weiß man nie. Aber manchmal wird es nachher viel besser, als man je zu träumen wagte. Besonders, wenn man nichts erwartet.«

Sie lächelte. Es hatte sich angehört, als hätte sie dabei an ihre Katze gedacht.

Florian küsste sie dankbar auf die Stirn. Auf die Wangen. Auf die Nase. Auf die Stirn. Seine

Lippen verweilten darauf ... Er *sah* sie ... Er sah sie ... nur sie. In diesem Raum, in ihrer gespenstischen Wohnung. Endlich sah er sie an! Mit einem Blick, der ihr unendlich viel Kraft gab. Florian tastete sich vorsichtig durch ihre Räume, er betrachtete sie gründlich. Jeden Raum. Auch das Badezimmer. In der Küche lächelte er. Aber er sagte nichts. Er schlich ins Schlafzimmer. Wie eine Katze.

Liliane war ihm bis jetzt ständig gefolgt. Auch sie verhielt sich wie eine Katze, die ihm um die Beine strich. Nun ließ sie ihn allein. – Ihr Bett und er, die beiden passten nicht zusammen. Ihre Träume und er, die sollten nicht zusammenkommen. Er in ihren Träumen, in diesem Bett, das sollte nicht der gleiche Florian sein wie der, der vor ihr stand. Noch nicht. Sie zitterte. Sie schwitzte. Sie fror.

Florian tat ein paar Schritte rückwärts, als hätte er auf ein Abbild ihres Traums geblickt. Es schauderte ihn. Sobald das Schlafzimmer hinter ihm lag, warf er die Tür zu. Wer weiß, was er gesehen hatte. Aber Liliane war froh, dass die Tür zugeknallt war. Er wandte sich schnell nach ihr um und griff nach ihrem

Ärmel. Sie brauchten dringend Halt. Aneinander.

Er entdeckte den Schweißfilm auf ihrer Stirn und griff nach ihren Händen.

»Du bist ja eisig«, flüsterte er.

Liliane bemerkte, wie sich die Gedanken in seinem Schädel überschlugen, sie sah sie hinter seinen Augen flackern. Seltsamerweise führte sie dieser Anblick zu ihrer eigenen Ruhe zurück. Sie fühlte Arabella in ihrer Nähe, sie atmete in ihrem Rhythmus. Sie fand ihren Frieden und zog Florian mit hinein.

»Sollen wir zu dir gehen? Zum Schlafen meine ich?«

Sie wollte weg. Aber sie wusste nicht, ob er seine Mission schon erfüllt hatte.

»Ähm ... ja«, gab er zurück, aber das wirkte eher, als wolle er dringend noch etwas loswerden. Doch dann überlegte er es sich anders und fand, dass jetzt nicht der richtige Augenblick dafür sei. Stattdessen erwiderte er: »Ja. Für heute reicht's! Es war mehr als genug! Ich würde auch lieber gehen.«

Sie lächelten. Sie hatten beide mehr gesagt als ausgesprochen. Ihre Blicke kuschelten bereits miteinander.

»An Schlafen dachtest du?«, neckte er sie.

»Na ja. Mehr oder weniger«, gab sie glucksend zurück. Er gab ihr einen Klaps. Sie verpasste ihm postwendend auch einen.

*****

Sie betraten seine Wohnung voller Achtsamkeit. Ihre Wildheit traute sich nicht hervor. Behutsam ließen sie sich in der Küche nieder und brühten sich einen blumig duftenden Tee auf. Sie tauschten schweigend vieles miteinander aus. Dinge, die sich närrisch anhören würden, falls sie ihnen Worte verliehen hätten. Sie brauchten sie nicht auszusprechen. Ihre Dankbarkeit, einander gefunden zu haben, schwebte raumfüllend über ihren Köpfen.

Später duschten sie zusammen. Die Brause massierte auch die letzten Verspannungen aus den Muskeln, bevor sie sich ins Bett fallen ließen. Sie liebten sich still und leise. Fremdgerüche hatten keinen Platz mehr zwischen ihnen. Sie kamen sich weit näher, als sich mit vorstellbaren Begriffen erfassen ließe.

Ihre Liebe wuchs. Liliane sah förmlich schon, wie ihre beiden Agapanthus ihre Blätter aufrichteten. Sie wünschte, sie würden bald zur Blüte kommen. Doch sie strafte diesen Wunsch als Erwartungshaltung ab. Sie wusste, sie und Florian, sie beide müssten frei schwimmen. Erwartungen besäßen jederzeit die Macht, ihre Hoffnungen zu ertränken.

Liliane sah Arabella lächeln. Sie glaubte, sie könne ihre Gedanken hören und atmete sie tief ein. Hatte sie sich denn mit ihr verbunden und nicht nur mit den Hausgeistern?

... Vielleicht können wir ja telepathisch miteinander kommunizieren? ...

Lilianes Lächeln über diese Frage blieb auf ihren Lippen liegen. Sie schlief damit ein. In Florians Armen.

19 ☼ Zu schön, um wahr zu sein

Die nächsten sieben Tage schlief Liliane jede Nacht bei Florian. Er wich ihr auch tagsüber nicht von der Seite. Sie kauften zusammen ein oder bummelten ziellos durch die Stadt. Wenn er schrieb, sortierte sie ihre Fotosammlung. Am achten Tag schlenderten sie Hand in Hand durch den Park. Liliane versetzte es einen Stich, als sie sich daran erinnerte, wen er zuletzt an der Hand geführt hatte. Oder wer ihn geführt hatte. Die Erinnerung überzog sie mit einer Reifschicht.

»Was hast du?« Ihre Erstarrung war Florian nicht entgangen.

»Es ist erstaunlich, wie sehr du plötzlich für mich da bist. Dir entgeht nichts. Sobald sich die dunklen Vögel bei mir einzunisten versuchen, scheuchst du sie weg. Du bist ein guter, treuer Ritter.« Sie lächelte matt.

Er zog ihre Schulter eng an seine.

»Pablo hat mir übrigens erzählt, dass du bei ihm warst.« Florian feixte schelmisch, weil er wusste, wie sehr sein Satz Liliane überraschte. »Er hat mich letzte Woche mal angerufen. Wir haben uns lange unterhalten. Kann sein, dass wir ein derart offenes, privates Gespräch überhaupt noch nie zuvor geführt haben. Was sicher nicht an ihm gelegen hat.«

»Und? Findest du es schlimm, dass ich bei ihm war?«

»Ich hab eine Weile gebraucht, bis ich das von der positiven Seite aus betrachten konnte. Aber Pablo hat mich so lange geschubst, bis mir nichts anderes übrig blieb, als auf die helle Seite zu wechseln.« Florian schaute Liliane versöhnlich an. Sie ließ ihn weiterreden, wollte ihn nicht noch einmal unterbrechen. »Er mag dich so sehr, dass ich froh bin, dass er schwul ist. Ich würde mir sonst ernsthaft Sorgen machen.« Er krächzte ein missglücktes Lachen. Es hörte sich wie ein übertönter Seufzer an.

»So? Das wusste ich gar nicht. Warum hast du mir das nicht gesagt?«

»War das wichtig?«

»Nein!« Liliane kicherte erwischt.

»Dein Kichern hört sich aber verdächtig an! Jetzt bin ich erst recht froh, dass er dich nicht in Betracht ziehen würde.« Sie feixten und genossen ihre Späßchen. Dann drängelte sich eine Frage dazwischen, die Liliane gerne sofort weggescheucht hätte. Aber sie war ihr schon rausgerutscht.

»Wie hieß *sie* eigentlich?«

Florian schien ebenso erschreckt zu sein, dass *sie* sich bei ihnen dazwischen drängte.

»Katharina«, gab er unwillig zurück. Er flüsterte den Namen, als wenn niemand hören sollte, dass er ihn aussprach. Nach so langer Zeit.

So, so, ›die Reine‹, dachte Liliane, doch sie stellte schon die nächste Frage: »Wie lange wart ihr denn zusammen?«

Florian hatte gehofft, *eine* Antwort würde ihr genügen. Er litt unter ihrer Frage, sein Gesicht verlor jegliche Farbe. »Zehn Jahre so ungefähr.« Es kam so leise, dass Liliane es mehr erraten musste.

»Und was ist passiert?«

Florians Augenbrauen schnellten in die Höhe. Er ließ Lilianes Hand los und fühlte sich mehr als genervt. Sie griff sofort nach seiner Hand und zog sie zu sich zurück.

»Nein! Ich lasse dich nicht los! Du mich bitte auch nicht!«

Er wollte sich beschweren und schnappte schon nach Luft, doch er hielt wieder inne und knetete ihre Hand. Ihre Handflächen rutschten auf einer Schicht Schweiß herum. Wessen das war, ließ sich nicht mehr unterscheiden. Florian schien es ebenfalls zu bemerken oder er folgte Lilianes Aufmerksamkeit. Dann fand er seine Sprache wieder.

»Ich weiß ja, dass du nicht nur so zum Spaß fragst. Tut mir leid. Ich war nicht darauf vorbereitet.«

»Ich weiß. Ich auch nicht.« Diesmal flüsterte sie.

»Kannst du nicht lieber Arabella danach fragen? Mir wäre lieber, wenn sie dir das erzählt.«

»Arabella? *Du* schickst mich zu Arabella?« Liliane lachte verblüfft auf, es mischte sich aber zum Glück ein schäkernder Unterton mit ein.

Florian stellte sich gespielt geknickt. »So weit *ist* es schon mit mir gekommen!« Er verpasste seinem Satz einen jammernden Sound.

»Ja. So weit ... *bist du* schon gekommen!« Liliane betonte es anders als er.

Er schaute ihr verblüfft in die Augen. »Was du mit Worten so anstellen kannst, ist echt erstaunlich.«

»Ja. Was du da so anstellst, ist auch erstaunlich!« Sie ritt noch einmal auf demselben Ross. Allerdings war sie sich nicht sicher, wie weit Arabella hier was *angestellt* hatte. Florian wirkte wie ausgetauscht seit den vielen Stunden bei ihr.

... Vielleicht ist seine Mutter keine Hexe, sondern eine Zauberin ...

Die Idee gefiel Liliane.

Sie hätte zu gern gewusst, was die beiden miteinander besprochen hatten. Und wie es Arabella gelungen war, dass Florian ihr diesmal zugehört hatte. Nach all den Jahren, in denen sie ihn nie erreichen konnte. Da schien Magie im Spiel zu sein. Vielleicht Zahlenmagie.

Sie erinnerte sich an einen familientypischen Siebenjahreszyklus, den Arabella mal kurz erwähnt hatte. Sie war nicht weiter darauf eingegangen, aber Liliane verstand ja bei ihr auch manches ohne Worte.

»Gut. Ich gehe zu Arabella. Aber auf deine Verantwortung!« Sie grinste breit und piesackte ihn vorsichtig. Er quälte sich ein Lächeln hervor.

»Florian?«

»Ja?«

»Ich muss aber heute noch hin. Ich hab das Gefühl, dass mir was bevorsteht.«

Er schaute sie besorgt an. Liliane fragte sich, ob er was von der Intensität ihrer Träume ahnte. Oder Arabella, oder beide. Sie hatte nicht mehr gewagt, davon zu sprechen.

»Dann wirst du heute wieder zu dir raufgehen?«

In seinen Augen machte sich Angst breit.

»Ich befürchte, ich muss.« Sie sah, dass er wusste, dass sie da oben kein so friedliches Leben führte, wie man hätte meinen können. Aber sie ahnte nicht, dass auch Florian von *Katharina* geträumt hatte. Er wartete permanent auf den richtigen Augenblick, ihr davon zu erzählen. Doch er schreckte jedes Mal davor zurück, das Thema auf *Katharina* zu bringen und jetzt – schien ihm wieder der falsche Moment dafür zu sein.

»Gib mir das Foto von dir! Dann kann ich mich daran festhalten. Damit ich fest an deine Magie glauben kann, wenn du ...« Er sprach den Satz nicht zu Ende.

Liliane zog ihn dicht zu sich heran. »Ich liebe dich.« Sie hauchte es ihm ins Ohr und hoffte, sein Gehörgang würde beschlagen und ihre

Worte für die gesamte Zeit, die sie getrennt wären, abbilden.

»Ich glaube an dich«, raunte er ihr ins Gesicht. Sie schloss die Augen. Diesen Satz wollte sie behalten und nirgends entweichen lassen.

20 ☼ Hat der Spuk endlich ein Ende?

Florian brachte Liliane zum Haus, nicht zu seinem, nein, zum grünen Haus. Er gab Liliane bei seiner Mutter ab. Felix saß so überrascht in der Türöffnung, dass er das Wedeln vergaß. Arabella sah Florian überglücklich in die Augen. Es war das erste Mal, dass das junge Pärchen zusammen vor ihr erschien. Das gegenseitige Einander-Vorstellen war deutlich anders verlaufen als sonst üblich. Das ersparte ihnen allen aber auch viele unnütze Worte. Sie schwiegen andächtig. In ihren Augen spiegelte sich dasselbe Bild. Florian schob Liliane sachte auf Arabella zu, verabschiedete sich und wandte sich zum Gehen. Arabellas Augenbrauen setzten ein Fragezeichen ab. Sie griff nach Lilianes Arm und zog sie in die Wohnung. Die beiden Frauen schauten Florian nicht hinterher.

Liliane betrat das Wohnzimmer, dessen angenehme Atmosphäre freundlich auf sie ausstrahlte. Sie fühlte sich augenblicklich darin geborgen. Der Holztisch schien regelrecht nach ihren Händen zu rufen und sich nach ihren Streicheleinheiten zu sehnen. Liliane konnte sich nicht dagegen wehren, ihn ihrerseits berühren zu wollen. Und sie staunte wieder, wer wohl solch filigrane Schnitzarbeiten hatte bewerkstelligen können. Der Tisch wirkte in diesem Augenblick wie ein Altar.

Arabella setzte sich ihr gegenüber. Auch sie legte beide Hände auf das antike Möbelstück. Liliane bildete sich ein, das Holz begänne zu pulsieren. Doch Arabellas Augen riefen sie zu sich. Lilianes Bewusstsein versank in ihnen und löste sich auf. Sie merkte nicht, wann sie wieder zu sich kam.

Die beiden saßen immer noch regungslos da. Arabella begann unaufgefordert zu erzählen.

»Für Katharina war nie etwas gut genug. Sie fand sich nicht dünn genug, das Leben erschien ihr nicht bunt genug, das Licht zeigte Falten, die sie nicht sehen wollte. Sie verrückte ständig Möbel, als wenn sie damit in sich selbst hätte etwas geraderücken können. Doch vergeblich. Irgendwann wollte sie aus diesem Leben fliehen. Sie versuchte es mehrfach. Doch Florian passte ja auf sie auf. Dass er das eine Mal nicht da war, wirft er sich zeitlebens vor. Er konnte nichts dafür. Er hätte sie nicht umstimmen können. Irgendwann musste es passieren.«

Sie holte tief Luft, bevor sie weitersprach.

»Er hat sie im Dachstübchen kennengelernt und er hat sie im Dachstübchen verloren. Also nicht, dass es da passiert wäre. Nein. Das meine ich nicht. Aber als sie von dort zu ihm gezogen ist – damals wohnte er noch in einer Mietwohnung am anderen Ende der Stadt –, da war sie schon nicht mehr wirklich bei ihm. Leider traf das auf die gesamte Zeit zu, die sie dann noch zusammen waren. Ihr Geist war gefangen in einer anderen Welt.«

Liliane erschrak. Es überzog sie mit Gänsehaut.

»Wollte sie, dass er ihr in diese Welt folgte?«

»Ja. Ich denke schon. Ich befürchte nur, dass sie nicht wusste, wie sie in diese Welt gelangen könnte. Sie fand ihren eigenen Geist nicht. Sie trafen nicht zusammen. Oder nur in Momenten, in denen sie nicht darauf achtete, wie sie ihn selber wiederfinden würde.«

»Und trotzdem wollte sie Florian mit sich ziehen?!« Liliane klang empört.

»Vielleicht hoffte sie, dass er sie dorthin führen könnte, wohin sie nicht fand.«

Die Erinnerung an ihren Traum drückte Liliane gegen die Brust. Arabella rief ihr zu: »Atme, Kindchen, atme. Je stärker du wirst, desto eher muss sie vor dir weichen. Puste dich so richtig auf, fülle dich mit Energie, dann kannst du ihr standhalten!«

Liliane schniefte ihre aufkommenden Tränen weg. Dann sprudelte es ungebremst aus ihr hervor: »*Sie* wollte mich überzeugen, dass ich kein Anrecht auf ihn hätte! Ich sollte *ihr* den Vortritt lassen und *ihr* ihr angestammtes Recht auf ihn. Ich hatte ihn fast schon aufgegeben!«

»Fast. Zum Glück nur fast. Dann hat sich das Blatt gewendet, oder nicht?«

»Woher weißt du das?«

Arabella schmunzelte und verfolgte aufmerksam, wie sich Lilianes aufschießende Traum-Verzweiflung auflöste. »Ist doch nicht wichtig. Ich denk mir das halt so. Jetzt mal weiter!«

»Ich hab *ihr* Florian aus der Hand gerissen und wir stolperten eine Treppe runter. Zum Glück sind wir nicht gestürzt. Aber *sie* musste vor dieser riesigen Wand stehen bleiben. *Sie* konnte ihm nicht folgen! Uns nicht folgen. *Sie* konnte ihn mir nicht wieder wegnehmen!«

»Gut. Sehr schön.«

»Ich war bis jetzt immer davon überzeugt, dass ich mich mit *ihr* versöhnen müsste. Aber das lief diesmal nicht besonders harmonisch ab. Ich sehe immer noch *ihren* Blick vor mir. Er war so voller Entsetzen und so eiskalt. *Sie* fühlte sich beraubt. Und jetzt weiß ich nicht weiter. Ich glaube aber immer noch, dass ich *ihr* Wohlwollen brauche. Ist das denn falsch?«

»Nein. Ich denke, das ist der richtige Weg. Auch wenn dir das viel abverlangt.«

Es tat Liliane so gut, verstanden zu werden. Sie hob den Kopf und atmete wieder tiefer. Gleichzeitig schaute sie sich im Zimmer um, als wenn sie nach Zeichen suchte, die ihr verraten hätten, was sie dringend wissen wollte.

»Was hast du mit Florian gemacht, dass er mich auf einmal sogar zu dir schickt? Mich noch bringt, als könnte ich auf dem Weg zu dir verloren gehen?«

»Lenk nicht ab! Wir bearbeiten ein anderes Thema! Konzentriere dich wieder!«

Doch der Faden war gerissen. Liliane fiel nichts mehr zu der Sache ein.

Arabella schaute Liliane enttäuscht an. Doch sie gab sich sofort Mühe, ihre Enttäuschung zu verbergen.

»Aber verrate mir doch, wodurch Florian sich so verändert hat!«, hakte Liliane nach.

»Hat er es dir nicht selber erzählt?« Arabella tat erstaunt.

»Was?«

»Na seinen Traum!«

»Seinen Traum? Ich weiß nicht, wovon du sprichst!«

»Florian war an dem Tag, an dem er zu mir kam, tagsüber in seinem Bürosessel eingenickt und hatte einen ungewöhnlich real wirkenden Traum. Er hatte von *Katharina* geträumt. Das erste Mal überhaupt, seit sie nicht mehr da ist. Er war völlig aus dem Häuschen und wollte ihn dir eigentlich sofort erzählen, aber du warst nicht da, als er dich erreichen wollte. Er ging andauernd bei dir klingeln.« Arabella schaute sie fragend an.

»Ach herrje, jetzt verstehe ich die Formulierung auf seinem Zettel. Er hat mir aber seitdem noch immer nichts davon erzählt.« Lilianes Ton changierte zwischen enttäuscht und empört.

»Er wird wohl auf den rechten Moment gewartet haben. Versteh ihn doch. Er will das Thema ›Katharina‹ sicher nicht von sich aus eröffnen.«

»Hm, nun ja, das wäre eine Erklärung.« Liliane nickte kaum merklich, bevor sie nachsetzte: »Und, du darfst es mir jetzt sicher auch nicht erzählen?!« Es klang keck, aber sie rechnete nicht damit, dass Arabella sie in Florians Angelegenheiten einweihen würde. Und sie war sich auch nicht so sicher, ob sie überhaupt erfahren wollte, was *Katharina* in Florians Traum zu suchen hatte. Doch Arabella lehnte sich in die Rückenlehne, lächelte versonnen und begann, ohne zu zögern, zu berichten.

»Er träumte sich selbst in dichtem Nebel stehend. Die Luft war feucht und roch unangenehm. Zwei Frauen wirbelten im Kreis um ihn herum, doch er konnte sie nicht erkennen. Der Nebel verbarg ihre Gesichter vor ihm. Er griff mit der rechten Hand wahllos ins Leere, als wolle er versuchen, eine von ihnen zu erfassen, doch mit dieser Bewegung schien er den Nebel zu zerschneiden und so in zwei getrennte Welten aufzuspalten. Dadurch wurden auch die mit nebelartigen Bändern verbundenen Frauengestalten voneinander getrennt. Sie bewegten sich in entgegengesetzte Richtungen, blieben aber dicht an seiner Seite und fanden sich also kurz darauf in einer Reihe mit Florian wieder, wobei er genau auf der Mittellinie zwischen den getrennten Welten stand. Er spürte die Trennung, die senkrecht durch seinen Körper verlief. Seine linke Seite wurde kalt, die rechte wurde warm, er fühlte sich zerrissen. Der Nebel lichtete sich und Florian erkannte die Frauen, er wandte den Kopf einmal hin und her und verharrte dann mit seinem Blick auf der Gestalt links von ihm, auf *Katharina*. Von *ihr* führte eine sichtbare Verbindung zu seinem Herzen. Es war nur ein Lichtstreif wie matter Mondschein, aschfahl wie der Nebel vorher, doch er verband *sie* und ihn. Florian sah *Katharina* an, betrachtete *ihren* ätherischen Körper, der von *ihrem* langen Haar umschmeichelt wurde, und noch immer dieselbe Schönheit besaß, die er von jeher an ihr kannte. Sein Blick zuckte aber von *ihrem* Gesicht zurück, denn er entdeckte dort leere Augen. Je länger Florian *Katharina* betrachtete, ja, wie gebannt anstarrte, desto mehr fiel ihm auf, dass *sie* nur noch eine Hülle war. Als er wieder in *ihr* Gesicht sah und die seelenlosen Augen entdeckte, schauderte ihn. *Sie* war eine leblose Gestalt, die allein für ihn einen Tanz der Erinnerung tanzte. Voller Entsetzen packte er den nebulösen Verbindungstentakel, der sein Herz mit *ihrem* verband, und riss ihn sich aus der Brust. Er ließ dieses nicht fassbare Etwas los und sah, wie es sich von sich aus zurückzog und von der leblosen Hülle aufgesaugt wurde. Die Hohlform der *Katharina* erstarrte und verwandelte sich vor seinen Augen in eine hübsche Statue aus kaltem Stein. Entgeistert drehte er sich nach der zweiten Frauengestalt um, die sich klein zusammengekauert hatte und weinte. Er zog sie sachte zu sich hoch und hob sie auf seine Arme. Er trug sie davon, ohne sich noch einmal umzuschauen. Er lief mit ihr auf ein rotes Auto zu, dessen Form sich ständig wandelte. Mal sah es aus wie eine käferartige Halbkugel, mal wie ein dick angeschwollenes Herz, mal wie ein Cabrio und mal wie ein Minibus. Es änderte fortwährend seine Gestalt. Doch als er, na nun rate mal wen, davor absetzte und sie fragte, ›Willst du mit mir zusammen fortfahren?‹, antwortete sie ihm: ›Ja, lass uns beide miteinander fortfahren‹. Dann öffneten sie die Türen des Autos, das plötzlich Flügel bekam.

An dieser Stelle wurde Florian wach.«

Liliane schluckte und zwinkerte heftig. Sie war gerührt und völlig überwältigt davon, dass Florian in ihrer eigenen Traumsprache geträumt hatte. Sie schluchzte los, sie konnte ihre Tränen nicht mehr halten. Es waren Freudentränen, die alle Anspannung wegspülen wollten. Arabella nahm sie in den Arm und drückte sie fest an sich.

»Er will jetzt sein Leben *mit dir fortfahren*. Da muss man kein Traumdeuter sein, um das zu verstehen. Aber hey, das ist doch kein Grund, so die Fassung zu verlieren!«

Arabella war um Aufheiterung bemüht, schniefte aber selber. Auch in ihren Augen trat das Wasser über die Ufer. Doch sie gähnte lautstark und herzzerreißend, um Liliane aus ihrem Schluchzen zu befreien. Die lächelte auch prompt dem geräuschvollen Gähnen entgegen.

»Mädel, halte durch. Es ist noch nicht zu Ende. Heb dir noch etwas von deiner Anspannung auf. Auch wenn ich verstehe, dass du gerührt bist. Bleib auf der Hut. Es war ein wichtiger Schritt. Aber am Ende musst *du* die Staffel über die Ziellinie tragen.«

Liliane nickte. Ihr Lächeln sah aus, als wenn sie gedanklich bei Florian wäre. Sie war so glücklich. So erleichtert. Doch Arabella sorgte mit einem seltsamen Schnalzgeräusch dafür, dass Liliane sich ihrer bevorstehenden Aufgabe bewusst wurde.

Eine Weile betrachteten sie sich schweigend.

Unter Arabellas intensivem Blick beruhigten sich Lilianes Gedanken, ihr schien es, als würden sie aus ihrem Kopf aussteigen, wie Fahrgäste, die auf der Reise zur Endstation an einem Zwischenhalt den Zug verlassen. Lilianes Brust hob und senkte sich im gleichen Rhythmus wie die Arabellas.

»Willst du dich *ihr* heute wieder stellen?« Es war nicht nötig, *ihren* Namen zu nennen. Sie wussten beide, wer gemeint war. Arabellas Stimme durchbrach den friedlichen Moment jenseits der Gedanken. Liliane schüttelte überrascht den Kopf, als wollte sie die Frage wieder loswerden. Widerwillig gab sie zurück: »Wollen würde ich das ja nicht unbedingt nennen. Ich hab Angst. Ich weiß vorher nie, was mich erwartet. Ich weiß nicht, ob ich so viel Glück habe, wie ich brauche.«

»Das ist keine Frage des Glücks!« Arabella schien sich über Lilianes Wortwahl zu wundern. »Du bist stark! Dir stehen außerdem hilfreiche Geister zur Seite. Du verfügst also über besondere Stärke. Und das ist auch genau das, was du brauchst!«

Liliane wusste, dass sie Recht hatte, doch etwas in ihr zweifelte es an.

»Lass dich von deiner Angst nicht unterkriegen! Florian glaubt jetzt an dich. Er weiß, was du für ihn tust!«

»So? Von dir? Er kann es doch nur von dir wissen! Woher weißt du das alles?«

»Ich sagte doch schon, ich bin eine weise alte Frau. Im Laufe eines langen Lebens macht man so manche lehrreiche Erfahrung.«

Liliane fühlte sich vertröstet. Was nicht das Gleiche war wie getröstet.

Ihr Blick streifte suchend durch den Raum und blieb dann auf einem der vielen Buchrücken hängen. Die Bücherregale aus dunklem Holz bedeckten die gesamte Tür-Wand. Liliane gefiel, dass die Türöffnung wie ein Portal in die Bücherwelten wirkte.

»Warum hast du eigentlich keinen Mann?«
Liliane überraschte mit dieser ziemlich privaten Frage sowohl sich selbst als auch Arabella.

»Es gibt immer Menschen, die alles bei den anderen können, nur nicht bei sich selbst. Denkst du das, wenn du mich danach fragst?«

»Nein.« Das hatte sie nicht gedacht. Aber vielleicht wollte Arabella, dass sie das mal in Betracht zog. Liliane war nur nicht sicher, ob Arabella *sich* dabei gemeint hatte ...

»Er ist vor zwei Jahren gestorben ...«, folgte nach einer gewissen Bedenkpause.

»Oh! Tut mir leid! Das ist verhältnismäßig kurz her. Ihr zwei wart sicher lange zusammen, oder?«

»Ja. Neunundvierzig Jahre.«

»Und wann ist das bei Florian passiert?«

»Vor sieben Jahren.« Arabellas Blick suchte etwas in Lilianes.

»Ich dachte, es läge viel kürzer zurück!«

»Nein. Er hat sich seitdem eingemauert.« Arabella suchte immer noch etwas in Lilianes Augen. »Es ist gut, dass du ausgerechnet jetzt aufgetaucht bist. In unserer Familie scheint es Tradition zu sein, die Siebener-Regel einzuhalten. Das zieht sich schon durch Generationen!«

»Das zieht sich schon durch Generationen!«, echote es in Liliane.

Der Satz klang eigentümlich in ihr nach – als ob er seinen Doppelgänger finden wollte. Und in der Tat fühlte er sich für Liliane wie eine Wiederholung an. Sie wurde das Gefühl nicht los, dass Arabella sie schon einmal auf das Thema gebracht hatte. Doch sie konnte sich nicht an gesprochene Worte erinnern. Es kam ihr so vor, als hätte sie über dieses Thema nur geträumt. Und sie war sich nicht einmal sicher, ob Arabella in diesem Traum vorgekommen war. Allmählich glaubte sie auch schon an die Familiengeister im Haus.

»Warum meinst du, dass es gut wäre, dass ich jetzt aufgetaucht bin?«

»Nach sieben Jahren beginnt ein neuer Zyklus. Was das eine angeht. – Es passt also schon diesbezüglich, dass du jetzt in Florians Leben getreten bist. – Noch dazu hatte Florian dieses Jahr seinen neunundvierzigsten Geburtstag. Also hat auch sein neuer Zyklus begonnen, ein ganz spezieller sogar. Es passt alles mehr als gut zusammen.«

Ihre Betrachtungsweise gab dem Alltäglichen eine besondere Bedeutung. Man könnte fast sagen, sie verlieh ihm Magie. Dabei erschien das, was wahrhaftig existierte, einfach nur in anderem Licht.

Felix erhob sich und schlich langsam zur Tür. Er wirkte unschlüssig und drehte sich nach Liliane um. Seine Augen fragten sie: »Kommst du nun oder nicht? Du wolltest doch gehen?«

Liliane erhob sich wie ferngesteuert vom Sofa. Ihre Augen suchten ratlos nach einer Antwort auf Arabellas Gesicht.

»Du hast heut noch was vor dir. Es ist vielleicht besser, wenn du jetzt gehst. Ich bin mir nur nicht so sicher, ob du Florian vorher nochmal treffen solltest.« Sie erhob sich ebenfalls. »Wenn es nicht unbedingt sein muss, verzichte darauf. Versuche *es* lieber jetzt gleich. Du bist im Augenblick gut gewappnet.«

Ihr ›*es*‹ kroch als Gänsehaut über Lilianes Kopf. Sie legte ihn reflektorisch weit ins Genick und ließ das imaginäre ›*es*‹ schnell wieder von ihrem Scheitel rutschen. Das könnte ruhig hier bei Arabella bleiben. Liliane wollte keine Gänsehaut auf ihrem Weg.

*****

Als Liliane sich dem Haus näherte, spürte sie Florian hinter dem Fenster. Sie schaute nicht hin, doch sie war froh, dass seine Aufmerksamkeit sie wieder entgegennahm. Es fühlte sich gut an. Liliane wusste, dass sein fester Griff sie umschlang und dass Florian sie nicht fallen lassen würde. Sie schloss die Haustür auf und betrat den Flur.

Die Buchstaben auf seinem Namensschild blinkerten ihr wie verführerische Wimpern entgegen. Alle sprachen ihr noch einmal Mut zu. Sie begab sich in ihre Wohnung und entledigte sich ihrer Sachen. Sie wusste ja, was ihr bevorstand. Auch wenn sie es nicht wirklich wusste.

Sie legte sich ins Bett, doch sie schwebte noch auf ihrer Ambivalenz. Am liebsten wollte sie dem Schlaf entfliehen.

Doch ihr Traum stand bereits in seinen Startlöchern. Sie fühlte ihn, konnte ihm nicht entgehen. Liliane beschwor noch einmal Arabella in sich herauf. Sobald sie ihre Nähe spürte, schloss sie die Augen und genoss Arabellas streichelnde Hand auf ihrem Haar. Deren hingehauchtes »Du schaffst das« schubste Liliane in den Schlaf.

Katharina saß auf dem Fußboden und wirkte wie ein niedliches kleines Mädchen. *Sie* flocht sich ein Zöpfchen aus dem Schläfenhaar *ihrer* rechten Seite. *Sie* bemerkte, dass Liliane *sie* anlächelte.

»Hallo Katharina.« Liliane begrüßte *sie* wie ein Kind, das schon erwachsen behandelt werden wollte. Sie näherte sich *ihr* vorsichtig und fragte *sie*, ob sie sich setzen dürfte.

Katharina nickte und fasste, kaum dass Liliane auf dem Boden saß, ihr ohne Vorankündigung ins Haar. *Sie* strich mit gespreizten Fingern durch die Strähnen, dieses Mal ohne blauen Sand daran. *Ihre* Hände bereiteten auf der rechten Hälfte ihres Kopfes drei Stränge für einen Zopf vor. Dann griff *sie* auf *ihrer* linken Seite in *ihr* eigenes Haar und begann, einen gemeinsamen Zopf zu flechten. *Sie* verflocht Lilianes Haare mit *ihren*.

Der Anblick dieses Zopfes bereitete Liliane Schmerzen. Sie wusste, sie sollte sich freuen, denn es war ein Freundschaftsangebot. Doch es fühlte sich eher an, als würde ihr etwas auf-gezwungen.

Kaum dass der Zopf fertig war, wuchsen ihrer beider Haare. Der Zopf wuchs mit und wurde erschreckend lang. Eigentlich schön lang, doch Liliane erschreckte es. Das nachwachsende Haar verflocht sich automatisch. Sie ergriff den Zopf und erfühlte sein Gewicht. Sie befürchtete, er könne schmerzhaft an ihrer Kopfhaut ziehen. Doch sie fühlte keinerlei Schwere.

Er stellte sein Wachstum auch schon wieder ein. Vielleicht wollte er nur von ihr getätschelt werden, als Zeichen, dass sie diese Freund-schaft annahm. Genauso wie neulich Felix.

Die beiden Frauen standen vor Lilianes Zimmertür. Sie hatte nicht gemerkt, wie sie aufgestanden waren. Sie mussten sich ja fortan im Gleichtakt bewegen wie siamesische Zwil-linge.

Leise öffnete sich die Tür.

Florian erschien. Wieder trat er aus einer Nebelwand hervor. *Katharina* präsentierte ihm voller Stolz den gemeinsamen Zopf. Liliane verschlug es den Atem.

Florian machte einen Schritt auf die beiden zu und legte ihnen seine Arme über die Schultern. Sein Gesicht näherte sich ihren Gesichtern. Doch er küsste zuerst *sie* auf die Stirn. Dann erst Liliane. Die Stiche in ihrem Herzen wurden unerträglich. Sie nahm all ihre Kraft zusammen und verbiss sich ihren Schmerz. *Sie* sollte, *sie* durfte ihre Tränen nicht zu sehen bekommen. Liliane spielte vor, sie sei ebenso glücklich wie *sie*. Aber ihr Herz zerriss fast in ihrer Brust.

Liliane schlug die Augen auf und bebte. Ihr Haar war schweißgebadet oder tränengetränkt. Sie schluchzte so verzweifelt wie lange nicht. Florian war wieder einmal an *ihre* Seite getreten. Dass sie direkt daneben gestanden hatte, spielte für sie keine Rolle. Liliane fühlte sich, als wäre sie aus dieser Dreierumarmung herausgefallen. Die beiden anderen waren unter sich. Sie blieb einsam und verlassen übrig.
Sie weinte hoffnungslos. Sie hatte keine Kraft mehr, das Bett zu verlassen. Doch ihr bitterer Schweißgeruch kroch in ihre Nase und demütigte sie zusätzlich. Sie wollte schlafen! Nur

noch schlafen. Nie wieder träumen, nie wieder aufwachen.

Etwas zog sie aus dem Bett. Sie fiel direkt auf ihre Pantoffeln. Es tat ihr weh. Sie erschrak. Vor Schreck hielten sogar ihre Tränen inne.

Sie kroch auf allen vieren bis ins Bad und in die Duschkabine. Das Wasser prasselte respektlos auf ihr Nachthemd. Wie sie überhaupt an den Wasserhahn gekommen war, blieb ihr ein Rätsel.

Sie pellte sich das anhaftende Nachthemd von der Haut. Langsam fühlte sie wieder Blut in ihren Adern. Es strömte, angeregt vom belebenden Wasserstrahl, zunehmend lebhafter durch ihren Körper. Ihr wurde warm ums Herz. Ihre Tränen fühlten sich überflüssig unter so viel Nass. Sie versiegten. Lilianes Erleichterung zauberte ein erstes Lächeln auf ihr Gesicht. Sie lebte. Sie hatte *es* überstanden. Auch wenn es nicht das letzte Mal gewesen sein konnte. Sie würde nicht aufgeben, bevor Florian nicht auf ihrer Seite stand.

Liliane trocknete sich nicht nur ab, sie rubbelte sich die Erinnerung von der Haut. Anschließend schlüpfte sie in ihren Bademantel und verließ die Wohnung. In ihrem Bett konnte sie nicht übernachten!

Es war schon nach Mitternacht, doch Liliane blieb nichts anderes übrig. Sie huschte die Treppe runter und drückte den Klingelknopf. Das feine Glockenspiel ertönte. Florian war schnell an der Tür. Er blickte Liliane entsetzt entgegen, sie erschien ihm wohl wie ein Gespenst. Dabei ging es ihr für ihre Verhältnisse schon wieder gut. Doch er maß sie an dem, wie er sie sonst kannte. Er zog Liliane in die Küche.

»Du bist ja völlig nass, deine Haare tropfen.« Er flüsterte, als wenn er sie nicht erschrecken wollte. »Kann ich dich einen Moment loslassen, um den Föhn zu holen, oder ...«

»Ja, es geht schon wieder.«

Florian wollte lieber nicht wissen, wie Liliane sich vor diesem »Es geht schon wieder« gefühlt haben mochte. Sie sah in seinen Augen, wie sehr er sich darum bemühte, diese Vorstellung zu vertreiben.

Er holte den Föhn und war sofort wieder zurück. Den Stecker versenkte er in der nächstgelegenen Steckdose, dann striegelte er Liliane vorsichtig durchs verfitzte Haar.

Sie zuckte zusammen. Die Berührung ihrer Haare brachte ihren Magen in Wallung. Sie riss sich die Obstschale in ihre Nähe und hielt sie verkrampft in beiden Händen. Doch Florian verschloss ihr den Mund mutig mit einem Kuss. Liliane atmete ihn ein. Er hatte sie aufgefangen. Sie schob die Schüssel wieder zurück. Sein mitleidsvoller Blick brachte sie zum Heulen, aber es war ein wohltuendes, ein befreiendes.

Im nächsten Augenblick entdeckte sie eine Sonne. Florian hatte sie auf ein A4-Blatt gezeichnet. Darunter stand: Ich brauche dringend das Bild!

Liliane lächelte durch ihre Tränen hindurch, nein, sie strahlte Florian an.

Er begann endlich damit, ihr das Haar zu föhnen. Jetzt konnte sie seine Berührung genießen. Weil sie die Gewissheit hatte, dass er es war, der sie berührte.

Die beiden sprachen nicht mehr viel. Eine Zeit lang saßen sie nur eng aneinandergekuschelt da. Schweigend teilten sie vieles miteinander. Und Florian zeigte Liliane, dass er wirklich für sie da war. Liliane brauchte die Geborgenheit, die er ihr vermittelte.

Sie verkrochen sich bald ins Bett. An Sex war unter diesen Umständen nicht zu denken. Aber Florian hielt Liliane fest in seinen Armen, und er behütete ihren Schlaf.

21 ☼ Kein Ende in Sicht

Liliane erwachte. Es war schon später Vormittag. Florians Stimme drang leise an ihr Ohr. Er telefonierte und bemühte sich, sie nicht zu wecken. Sie verstand auch nichts von seinem Gemurmel, bevor er schon wieder verstummte. Keine zehn Minuten später erschien Arabella bei ihr am Bett. Liliane lag völlig unbekleidet unter der Decke und begrüßte sie deshalb ziemlich zurückhaltend.

»Wie geht es dir?« Arabella interessierte sich ausschließlich für Lilianes inneren Zustand.

»Ich hab es wieder nicht geschafft!«

Ihrem enttäuschten Tonfall fehlte nicht viel zur Resignation.

»Was erwartest du denn von dir? Der Mensch wurde ja auch nicht an einem Tag erschaffen! So schnell geht das alles nicht. Sei bloß nicht so ungeduldig!« Arabella strich mit ihrer Hand sanft über Lilianes Wange. Ihre Stimme hatte Liliane aufheitern wollen, doch ihre Augen betrachteten sie mit besorgtem Blick. »Es hat dir diesmal ziemlich viel Energie geraubt«, stellte sie fest.

Florian erschien in der Türöffnung. Er schien etwas gemischte Gefühle dabei zu haben, dass Arabella auf *diesem* Bett saß. Auch wenn in der letzten Nacht nichts darin geschehen war, es wirkte merkwürdig, seine Mutter an dieser Stelle zu entdecken. Er zog sich lieber wieder zurück und rief rückwärtsgewandt ins Zimmer: »Falls ihr mich braucht, ruft mich. Ich bin sofort zur Stelle, wenn was ist.«

»Danke.« Arabella wirkte aufrichtig dankbar. Dann wandte sie sich wieder Liliane zu.

»Willst du mir erzählen, was passiert ist?«

»Worte reichen nicht, um zu beschreiben, was da geschehen ist. *Diese* Träume bestehen aus weit mehr Dimensionen als alles, was ich kenne. Es würde sich harmlos anhören, wenn ich es beschreibe. Das, was das mit mir gemacht hat, entzieht sich garantiert allen Worten.«

»Ich weiß, mein Kind. Worte reichen so oft nicht aus! Ich kenne das aus anderen Situationen im Leben.«

Arabella war das beste Heilmittel, das Liliane jetzt unterkommen konnte. Ihr Verständnis, ihre Zuwendung, ihre Liebe – schlossen sie in ein universelles Herz ein.

»Hat Florian dich angerufen und hergebeten oder hast du ihn angerufen?«

Arabella warf einen schelmischen Blick auf Liliane. »Dir geht's schon besser, was? Deine Neugier erwacht wieder.«

Liliane lachte vorsichtig. Sie hatte aber Angst, die Wunden in ihrem geschundenen Herzen könnten wieder aufbrechen, selbst von so etwas Schönem wie der Erschütterung durch Lachen.

»Er hat mich angerufen«, raunte Arabella Liliane zu. Sie zwinkerte dabei verschwörerisch und gab ihr zu verstehen, dass man über so etwas nicht sprechen sollte.

Liliane nickte. »Ich glaub, ich kann jetzt aufstehen. Aber ...« Sie machte einige unbeholfene Bewegungen, um anzudeuten, dass sie die Decke nicht von sich wegziehen mochte.

Arabella kicherte. »Als ob mir das was ausmachen würde!«

Nein, ihr nicht, aber mir, dachte Liliane, zumindest hier am Bett ihres Sohnes.

Florian hatte mitgedacht. Er brachte ihr einen Bademantel ans Bett. Arabella war vorausgegangen und die beiden nutzten die Sekunde für einen verstohlenen Kuss. Ihr spitzbübisches Lächeln trugen sie bis ins Wohnzimmer. Arabella entging das sicherlich nicht. Doch sie deckte bald schon in der Küche den Tisch und zauberte ihren suchterregenden Kuchen hervor.

»Wo hast du denn den jetzt her? So schnell kann doch keiner backen!« Liliane wunderte sich über den noch lauwarmen Kuchen, der verführerisch duftete.

»Mir war schon heut Morgen nach Backen zumute. Man weiß ja nie, wann so ein Kuchen gebraucht wird.«

Sie lachten allesamt im Chor. Es fühlte sich wie Familie an. Florian betrachtete seine Mutter mit Respekt. Es freute Liliane, dass die beiden sich wiedergefunden hatten.

Arabellas Blick verteilte Dankbarkeit und Liebe. Ihre Hände verteilten den Kuchen.

Florian holte den Kaffee auf den Tisch. Liliane fühlte sich wie ein krankes Kind, das geschont werden sollte. Aber sie sagte nichts. Vielleicht war sie ja wirklich noch schonungsbedürftig.

Arabella fragte Florian, was es mit dem Bild auf sich hätte, das er dringend bräuchte. Sie meinte das Blatt Papier mit der Sonne drauf, das ihren Augen nicht entgangen war. Liliane lächelte und rieb sich die Nasenspitze.

Florian schaute sie an, als ob er um Erlaubnis fragte, antworten zu dürfen. Liliane nickte ihm ermutigend zu.

»Liliane hat oben bei sich Fotos an der Wand. Schöne Fotos, die sie selber gemacht hat. Auf einem Kleineren ist sie selber drauf. Es ist verfremdet und total bunt. Aber sie wirkt so magisch darauf, dass man dieses Bild sofort um sich haben möchte. Als wenn es einem selbst Magie verleihen könnte.« Florian lächelte versonnen vor sich hin.

Sein letzter Satz rührte Liliane. Neulich in ihrer Wohnung hatte er es noch nicht so schön beschrieben.

»Kann ich es sehen oder ist es ein Akt?«, säuselte Arabella, und zu Liliane gewandt: »Du magst mir ja deine Blöße nicht zeigen, stimmt's?« Sie kicherte.

»Es ist nicht unbedingt ein Nacktfoto, auch wenn ich nicht besonders viel anhabe. Ich schäme mich ja nicht vor dir ... ich meine ... nicht wegen mir ... nur ... vorhin ... auf *Florians Bett* ... kam ich mir ein bisschen komisch vor.«

Sie hatte seinen Namen etwas stärker betont. Arabella ging endlich ein Licht auf. Sie lächelte wie ein Hippiemädchen und wedelte mit beiden Händen Spiralen in die Luft. Einen Augenblick zuvor war die Luft zum Zerreißen gespannt gewesen, doch nun stiegen unsichtbar Luftballons in den Himmel. Florian begann wieder zu atmen. Lilianes Geständnis glühte nur noch in seinen Ohren nach.

»Ach Kinder! Stellt euch doch nicht so an! Ich bin eine erfahrene, alte Frau.« Die letzten Worte sprachen sie alle im Chor, dann ließen sie ihr Lachen die Räume durchfluten.

Lilianes Herz entspannte sich, die Risse heilten. Sie wünschte, sie könnte diesen Augenblick fotografieren. Doch es wäre ein Foto geworden, das nicht annähernd beschrieben hätte, was diese Situation mit ihnen machte.

Manchmal genügen Worte nicht, manchmal genügen Fotos nicht. Wie das Leben so spielt.

Arabella schenkte ihr einen wissenden Blick. Sie fühlte, was Liliane fühlte, und ergriff ihre Hand. Florian griff nach Lilianes zweiter Hand, Arabella nach seiner. Sie schlossen für einen Moment die Augen und genossen jenes Unbeschreibliche.

»Das haben wir immer gemacht, als ich noch klein war«, verriet Florian mit einer veränderten Stimme. Womöglich war das sein Kindheits-Ich, das gerade staunte.

»Mit Papa«, setzte er hinterher.

Und Liliane wurde bewusst, dass er in verhältnismäßig kurzer Zeit zwei geliebte Menschen verloren hatte.

Durch ihren Reigen strömte Energie. Es pulsierte in ihren Händen. Lilianes Blick streifte Arabella, deren Augen etwas feuchter glänzten als sonst.

Im selben Moment zog ein Gedanke an Liliane vorüber. Sie fühlte kurz darauf, was er hatte mitteilen wollen; die Familien-Hausgeister waren anwesend.

Keiner ließ los. Alle hielten einander fest. Liliane kannte diese Familiensitte nicht und war gespannt, wann der Ring gebrochen würde.

Die Zeit verstrich. All ihre Feldlinien hatten sich aufeinander ausgerichtet. Die drei ließen zu, dass sie aus der Zeit fielen. Alle miteinander.

Liliane wusste, dieses Bündnis würde dauerhaft von großer Bedeutung für sie alle sein. Sie atmeten im selben Rhythmus. Liliane merkte, wie markant Florian doch nach seiner Mutter kam. Endlich konnte er es wieder zeigen.

Er musste ihr nicht mehr vorwerfen, dass sie sah, wenn jemand seinen Geist verloren hatte. Er erlaubte es sich nun, es selbst zu sehen.

»Ich bin neugierig auf dein Foto. Neugierig auf deine Magie. Willkommen in der Familie.« Mit diesen Worten öffnete Arabella den Ring.

Alle drei fühlten sich entspannt und glücklich. Liliane warf Florian einen verliebten Blick zu. Er hauchte ihr einen Kuss in die Luft.

Müsste man jetzt sagen, zu schön, um wahr zu sein? *Katharinas* Geist war ja immer noch da und Liliane hatte ihre Prüfung noch nicht bestanden.

Doch zum ersten Mal war Liliane voller Zuversicht. Sie hatte keine Angst.

22 ☼ Aufgelöst

Arabella begleitete Liliane in ihre Wohnung. Florian folgte ihnen auf dem Fuße. Er drängelte sich an ihnen vorbei und stand als erster vor Lilianes Foto. Er nahm es, ohne zu fragen, von der Wand und drückte es sich ans Herz.

Arabella legte den Kopf schief. Diese Pose kannte Liliane sonst nur von sich. Arabella lächelte verzückt über ihren Sohn.

»Zeig mal her, ich nehme es dir nicht weg. Ich werde nur immer neugieriger!« Arabella hatte sich schon wieder fest im Griff.

Florian reichte ihr das Bild, als wäre es eine seltene Kostbarkeit.

Arabella betrachtete es still. Zwischen ihr und dem Bild schienen diese Märchen-Schleier zu wirbeln. Sie hatte eine spezielle Art, etwas Besonderes unter die Lupe zu nehmen. Sie strich sanft mit ihren Fingern über das Foto, einmal nach links, einmal nach rechts.

Florian rief erfreut: »Du siehst es auch, du weißt, was ich meine!«

Liliane war irritiert. Ihr gefiel das Foto. Doch was die beiden darin sahen, das erkannte sie nicht.

Arabella drehte sich zu ihr um. »Mit diesem Foto hast du Magie eingefangen. Und mit dieser Magie mir meinen Sohn wiedergebracht. Du bist stark, viel stärker, als du denkst.«

Sie reichte Florian das gerahmte Bild. Er versprach Liliane, eine Kopie davon zu machen. »Eine originalgetreue Kopie!«, betonte er.

Florian und Liliane lachten, sie wussten beide, worauf er sich bezog.

Arabella gönnte ihnen ihre kleinen Geheimnisse. Sie sah sich in Ruhe in Lilianes Wohnung um und lächelte unentwegt. Lilianes Einrichtungsstil schien ihr zu gefallen. Und sie kommentierte: »Das passt zu dir. Deine Einrichtung drückt dein ›Ich‹ aus. Erstaunlich, wie unterschiedlich ein und dieselbe Wohnung wirken kann.« Dieses Mal warfen sich Florian und Arabella wissende Blicke zu.

Das Schlafzimmer ließ sie noch aus. Stattdessen betrat sie den Balkon. »Es ist wirklich schön hier! Und du hast dem Dachstübchen endlich wieder Leben eingehaucht.«

Liliane ahnte, was sie meinte.

Arabella hielt kurz inne. Dann stapfte sie los und wagte sich doch auch, die Tür zum Schlafzimmer zu öffnen. Aber sie behielt die Klinke in der Hand. Ihre Augen suchten nach etwas. Liliane konnte nicht erkennen, wonach. Schließlich zog Arabella die Tür wieder zu, ohne den Raum betreten zu haben. Ihr Stirnrunzeln erschloss sich Liliane nicht.

»Arabella? Stimmt was nicht?«

»Doch, doch. Alles in Ordnung!«

»Muss ich mir Sorgen machen? Was hast du gesehen oder ... gesucht ... und nicht gefunden?«

»Ich hab *sie* nicht gefunden. Alles sieht nach dir aus. Aber ich weiß, dass *sie* noch da sein muss.«

Florian schnaufte im Hintergrund. Er spürte, wie sich Lilianes Herz zusammenzog, wenn man *sie* erwähnte.

»Gönne ihr doch wenigstens mal eine Pause! Abstand kann man das ja schon nicht nennen!« Er nahm Liliane in Schutz. Sie schaute dankbar in seine Richtung.

»Liliane ist jetzt frisch aufgeladen und so dicht dran. Es wäre besser, wenn sie versucht, es zu Ende zu bringen.«

Florian zuckte mindestens so zusammen wie Liliane und meuterte: »Das ist nicht dein Ernst! Doch wohl nicht heute gleich?!«

»Ich denke, es wäre das Beste.« Arabella überlegte kurz. »Vielleicht sogar, solange ich noch da bin.«

Lilianes Kehle war schlagartig trocken. Der Sauerstoff wurde ihr knapp. Sie flitzte in die Küche und hielt ihren Mund an den Wasserhahn. Florian flüsterte mit Arabella. Es ging einige Male hin und her.

... Mein Ritter will mich beschützen, während ich ihn erst von einem Geist erlösen muss ... Dieser Gedanke hatte etwas Kurioses, fand Liliane. Sie fasste wieder Mut und sprach vor sich hin: »Warum eigentlich nicht? Arabella hat gewiss Recht, wenn sie denkt, dass es das Beste wäre. Für uns alle wahrscheinlich.« Sie hoffte im Stillen: Vielleicht ist *sie* ja schon entkräftet oder gar machtlos, so dass es leichter für mich wird, ihre Irrfahrt zu beenden.

Liliane trat in den Flur und unterbrach das Gemurmel der beiden.

»Ich mache es. Ich bin bereit. Arabella hat Recht. Warum es noch auf die lange Bank schieben? Vielleicht gelingt es mir diesmal.«

Liliane fühlte Florians Überraschung bis in ihre Fingerspitzen. Fast im selben Augenblick übertrug sich ihre wilde Entschlossenheit auf ihn. Er spürte eine Kraft, die sich in Liliane auszubreiten schien. Es kam ihm vor, als begänne ihr Körper zu leuchten. Es war nicht schwer, ihr nun vollends zu vertrauen. Jeder düstere Zweifel wurde überstrahlt. Florian wurde Zeuge, wie sich Lilianes Absicht, *Katharina* zu erlösen, in Gewissheit verwandelte.

Keiner traute sich, ihr im Weg zu stehen.

»Siehst du, das meinte ich!« Arabella zwinkerte ihm zu.

»Wann?«, fragte Liliane ohne Umschweife. »Und wo seid ihr derweil?«

»Ich halte es nicht für gut, wenn wir die Routine durcheinanderbringen. Wir werden also lieber unten warten. Du musst alles so machen wie sonst.«

Liliane nickte. Sie spürte, wie sich ihr Träumen vorbereitete. Sie brachte Arabella und Florian zur Tür, aber schaute ihnen nicht mehr nach.

Arabella zog Florian am Ärmel, denn er wollte Liliane umarmen und sollte aber nicht. Sie hatte Lilianes Zustand erkannt und wollte ihrer unbeugsamen Absicht den Weg frei räumen.

Die Tür fiel hinter ihnen ins Schloss. Hinter den beiden und dem Bild.

Liliane war eigenartig ruhig. Ihre Angst stellte sich nicht ein. Nicht mal ein kleines Unbehagen. Sie lauschte. Sie hörte nichts. Ihr Herzschlag bummerte leise in ihrer Brust. Sie spürte es und fühlte sich nicht allein.

Sie legte sich ins Bett. Diesmal vergaß sie, sich auszuziehen. Sie atmete in gleichmäßigen Zügen und merkte, wie es sie forttrieb.

Als sie ihre Umgebung betrachtete, wusste sie nicht, wo sie war. In ihrem Zimmer schon mal nicht. An keinem ihr bekannten Ort. Es schien ein leerer Dachboden zu sein. Es war zwar reichlich staubig und an den Wänden hingen Spinnweben, aber sonst entdeckte sie nichts. Eine Wolke schob sich vor das Licht, das zum Dachfenster hereinfiel. Sie schaute automatisch nach oben zum Fenster. Und erschrak. Von der Dachverkleidung herab hing eine Schaukel.

Sie saß darauf und wirkte glücklich. Seit Liliane *sie* kennengelernt hatte, war *sie* niemals so beseelt erschienen. Die Fenster-Luke über *ihr* stand offen. Der Mond beschien *sie*. *Sie* schaukelte frohgemut vor sich hin und Liliane war nicht klar, ob *sie* sie schon bemerkt hatte.

Sie betrachtete *Katharina* und wusste nicht, wie sie sich verhalten sollte. Der Staub kratzte im Hals beim Atmen. Liliane traute sich nicht, sich zu räuspern. Doch *Katharina* entdeckte sie auch so. Und *sie* winkte Liliane zu. *Sie* lachte tonlos, *ihr* Lachen verklang auf den Spuren des Mondlichts.

Liliane schluckte. Darauf war sie nicht vorbereitet gewesen. Sie ahnte, was *sie* vorhatte. *Katharina* tat ihr auf einmal unendlich leid. Und *ihr* wissendes Lächeln brannte sich ihr ins Gedächtnis für alle Zeit.

Katharina schaukelte immer höher, immer übermütiger. *Ihre* Beine berührten die Verkleidung des Dachstuhls. Etwas knarrte neben Liliane, sie schaute einen Augenblick beiseite. Beim nächsten Blick nach oben war *sie* nicht mehr da. Die Schaukel pendelte noch hin und her, doch *sie* war verschwunden.

Das Mondlicht fiel noch immer durch die aufgeklappte Fenster-Luke herein. War *Katharina* durch diese Öffnung geflogen?

Liliane drehte sich um und raste die Treppe runter. Sie rannte, bis sie auf der Straße stand. Sie schaute in den Himmel. Doch von *ihr* gab es keine Spur. Lilianes Herz hämmerte wie wild. Die Situation fühlte sich bedrückend an. Liliane wurde es schwer ums Herz.

War es das? Hatte *sie* sich für immer verabschiedet? Auf diese Weise? Blieb von *ihr* nichts anderes zurück als dieses endlich beseelte Lächeln? Musste das als Zustimmung zu Florians neuem Leben genügen? Oder bedurfte es gar keiner Zustimmung von *ihr*?

Liliane stand ratlos auf der Straße und starrte in den Himmel. Sie hatte mehr erwartet. Wenigstens eine Geste der Versöhnung.

Doch Geister sprechen eine andere Sprache. Dies Lächeln auf *ihren* Lippen sagte weit mehr als tausend Worte.

Sie würde der neuen Liebe fortan nicht mehr im Weg stehen. Dieser Liebe, die vom ersten Tag an auf eine harte Probe gestellt worden war.

Liliane wälzte sich unruhig im Bett herum, bis es ihr endlich gelang aufzuwachen. Sie hatte ein flaues Gefühl in ihrer Brust. Es war ihr nicht möglich, sich zu freuen. Sie fühlte eine Traurigkeit, die ihr auch im Wachen das Herz schwer machte. Ihre Tränen halfen ihr, das Gefühlschaos zu bewältigen.

Kein Kampf, keine Auseinandersetzung. Seit dem Freundschaftsangebot durch den gemeinsamen Zopf war *sie* nicht mehr auf Konfrontation aus gewesen. *Sie* hatte sich mit Liliane verbinden wollen, bevor *sie* ging.

Vielleicht, um überhaupt in Erinnerung zu bleiben.

Liliane seufzte, sie fühlte sich unglaublich matt; auch dieses letzte Mal hatte ihr so viel Energie geraubt. Womöglich sogar mehr als sonst.

Hatte *sie* denn nun endlich Erlösung gefunden? Würde *sie* fortan wirklich nicht mehr stören? Hatte sich *Katharinas* Geist für immer aufgelöst?

23 ☼ Wohnung gefunden – samt Vermieter

Liliane duschte und wechselte die Klamotten. Sie betrachtete lange ihr Spiegelbild. Ihre Wangen wirkten hohl, ihr Gesicht ausgezehrt. Sie brauchte jetzt dringend mal Erholung. Sie zog sich eine rote Bluse an und hoffte, die könnte ihre Blässe etwas überstrahlen. Sie wusste, dass sie Florian nicht täuschen konnte. Aber Rot signalisierte, dass *es* hinter ihr lag.

Liliane klingelte an der unteren Wohnung. Florian kam an die Tür gestürzt. Er musste wohl auf heißen Kohlen gesessen haben. Er betrachtete erstaunt ihr Outfit und stotterte verblüfft: »Du ... du siehst gut aus ... komm rein!«

Liliane schmunzelte über seine Begrüßung.

Arabella schaute gespannt um die Ecke. »Und?«

»Ich komm ja schon ... Ich würde sagen ... Es ist vorbei.«

»Vorbei wie überstanden?« Florian wirkte überrascht. Gedankenlos berührte er das geheimnisvolle Bild, das die ganze Zeit über dicht vor ihm auf dem Tisch gelegen hatte.

»Sie ist weg … hat sich sozusagen verdünnisiert.« Liliane wollte den Satz triumphierend klingen lassen, doch sie erwischte stattdessen einen leicht skeptischen Unterton. Im Anschluss daran erzählte sie ihnen den gesamten Hergang.

»*Sie* hat dir trotzdem eine Menge Energie geraubt für ihr letztes Erscheinen! … Aber, du überspielst das erstaunlich gut!« Arabella konnte sich ein anerkennendes Schmunzeln nicht verkneifen.

»Ein letztes Mal! Ich hoffe, das muss ich nie wieder machen!«

»Nein, mein Engel, komm her! Ich pass auf dich auf, solange du bei mir bist.«

Florian nahm sie in seine Arme und küsste sie. Er gab nichts drum, dass seine Mutter dabeistand und vor Freude strahlte.

Liliane atmete an seiner Brust. Es war das erste Mal, dass sie die Gewissheit verspürte, dass sie für immer zusammen bleiben würden.

»Du hast Recht gehabt, Arabella. Es war der richtige Zeitpunkt. Ich bin so froh, dass ich das nun überstanden hab! Viel länger hätte ich es nicht mehr ausgehalten. *Sie* war in ihrer Art ziemlich zäh!«

Das ›Sie‹ fühlte sich für Liliane an, als könne man es allein durch Erwähnung nochmal heraufbeschwören. Sie nahm sich vor, dieses ›Sie‹ nie wieder auszusprechen. Ein für alle Mal.

*****

Arabella wollte sich schon verabschieden, doch Florian lud sie kurzerhand zum Essen ein. Er fand, sie sollten alle zusammen bei Pablo einkehren und sich zur Feier des Tages verwöhnen lassen. Angeblich seiner Mutter zuliebe, bestellte Florian dann ein Taxi. Auf den Wein wollte ja auch keiner verzichten.

Liliane freute sich schon auf Pablos Gesicht und dachte, er würde gewiss Augen machen, wenn sie zu dritt bei ihm auftauchten.

Florian hatte wirklich gute Ideen. Und Liliane fand, ein Gaumenkitzel á la Pablo täte ihr sicher gut. Sie hoffte, das könnte ihren eingefallenen Wangen am schnellsten wieder aufhelfen. Florian brachte sie aber um den Effekt, sich über Pablos Erstaunen zu amüsieren. Er kündigte alle drei heimlich per Sprachnachricht bei ihm an und bestellte etwas ganz Besonderes.

Diese Überraschung war ihm gelungen.

☼ Nachspann

Sabrina hat ihr Werk längst vollbracht. Sie starrt Liliane erschrocken an, weil sie aufgehört hat zu erzählen.

Liliane hatte sie auf eine Reise in die Vergangenheit mitgenommen. Sie öffnet die Augen, um selber wieder aufzutauchen, und schaut direkt in ihr Spiegelbild.

Sie sieht vollkommen verändert aus. Da ist nichts Mädchenhaftes mehr an ihr.

Sabrina hat ihr ordentlich Volumen ins Haar gezaubert. Die Frisur sieht italienisch aus. Nicht typisch deutsch. Liliane ist überrascht, sich so fremd entgegenzulächeln. Sie gewöhnt sich aber schnell daran. Es fühlt sich für sie an, als wäre sie in eine neue Rolle geschlüpft. Ein Identitätswechsel auf Zeit.

»Das ist Ihnen gut gelungen! Ich wusste nicht, dass man aus so dünnen Haaren so etwas machen kann!«

Sabrina strahlt sie an. »Gefällt es Ihnen?«

»Ja. Überraschend gut. Hätte ich vorher nicht für möglich gehalten.«

»Mir gefällt's auch. Das steht Ihnen. Sie sehen jetzt aus wie eine starke Frau. Und trotzdem überaus feminin, oder?«

»Sabrina?«

»Ja?«

»Sollen wir nicht ›du‹ zueinander sagen? Ich glaube, ich hab heute eine gute Freundin gefunden.« Liliane schaut zu ihr hoch.

Sabrina bückt sich und fällt Liliane um den Hals. Sie wirbelt dabei die Haarbürste vom Tisch. »Liebend gern. So jemanden hab ich mir immer schon als Freundin gewünscht!« Sie springt zurück und fürchtet, die Umarmung wäre gleich etwas zu spontan gewesen.

Doch Liliane hat damit kein Problem. Im Gegenteil. Sie antwortet ebenso fröhlich: »Ich auch. Und jetzt weißt du ja, warum ich mich damals von deinem Fassadenanstrich so angesprochen gefühlt habe!«

»Ja! Zwei Kontrast-Fanatiker!«

Sie lachen wie verrückt. Es macht ihnen Spaß, sich immer weiter in dieses Lachen hineinzusteigern. Liliane steht auf und nimmt Sabrina in die Arme.

»Wenn du nicht gewesen wärest, hätte ich diesen Schritt nicht hinbekommen.«

»Jedenfalls nicht so gut, was?«

Die Ladentür geht auf. Arabella tritt ins Geschäft.

»Wie ich sehe, habt ihr beide schon einen guten Draht zueinander gefunden. Dacht ich mir's doch! Und ihr beide passt ja wohl altersmäßig weit besser zusammen! ... Du siehst übrigens gut aus!« Sie zwinkert Liliane zu.

Die hatte ihr vor etlichen Tagen einmal alle Träume der Reihenfolge nach erzählt. Arabella merkte sofort, wie heftig die symbolische Verflechtung Liliane belastete. Arabella meinte nicht nur, dass der Zopf ab sollte, sie hat Liliane *natürlich rein zufällig* den entscheidenden Anstoß gegeben, es zu vollbringen.

Arabella hat halt so ihre Methoden.

»So ihr beiden! Ihr habt euch lange genug was zu erzählen gehabt. Jetzt geht's zur Mieze. Die wartet schon.«

»Wo eigentlich?«

»Na bei dir zuhause! Wo denn sonst?« Arabella zwinkert Liliane zu. »Ich wusste schließlich, wo du wohnst! Also los! Gehen wir! Auf ein Neues!«

Liliane stolziert auf Arabella zu und nimmt sie in den Arm. »Danke, Arabella. Wenn ich dich nicht hätte!«

Die beiden schmunzeln vielsagend und Arabella drückt ihrerseits Liliane an sich.

»Vorsicht, zerknautsche mir nicht meine neue Frisur! Sonst bekommt Florian nachher einen allzu großen Schreck!« Doch sie kichern verschwörerisch und nehmen es mit der Frisur nicht so genau. Liliane blickt sich um.

»Tschüss Sabrina! Ich ruf dich an. Jetzt bin ich so gespannt auf mein Miezekätzchen!«

»Warte Lili! Ich gebe dir noch was mit!«

Sabrina hat Lilianes Zopf unauffällig stabilisiert und in ein Haarnetz eingewickelt. Sie lässt ihn in ein kleines Beutelchen gleiten, legt ihn sich auf die Hand und schreitet mit flach ausgestreckten Händen auf Liliane zu. In dieser Pose wirkt Sabrina für einen Augenblick wie in einer ägyptischen Opferzeremonie.

Liliane nickt still und dankt ihr mit einem vielsagenden Blick. Sie nimmt die Gabe entgegen und überreicht sie vertrauensvoll an Arabella: »Ich dachte an ein kleines Freudenfeuer. Wenn du magst, machen wir das zusammen. Müsste dir doch eigentlich gefallen, oder?«

Arabella nickt zustimmend und erscheint Liliane schon jetzt wie die beste Schwiegermutter der Welt. Sie hakt sich bei ihr ein und lächelt, weil Arabella ihren Hund wohlweislich zu Hause gelassen hat. Heute stapfen diese beiden davon wie ein eingeschworenes Pärchen.

Sabrina strahlt ihnen hinterher.

Liebe Leserinnen und Leser,

ich hoffe, ich habe Ihnen mit diesem Buch
angenehme und bewegende
Lesestunden bereitet.
Ich wäre Ihnen dankbar, wenn Sie Ihre
Meinung dazu in einer Rezension
veröffentlichen würden.
So könnten Sie anderen
potentiellen Leserinnen und Lesern
mitteilen, was das Besondere
an diesem Buch ist.
Oder schreiben Sie an die Autorin:
mira-stern@e.mail.de

Sollten Sie mehr von Mira Stern
lesen wollen, empfehle ich den
außergewöhnlichen Liebesroman
»Die eigenwillige Magie der Liebe«,
der im Mai 2020 erschienen ist.

Buchbeschreibung:

Leila trifft eines Tages jenen Mann,
von dem sie seit geraumer Zeit
immer wieder geträumt hat.
Er sieht der Traumgestalt nicht nur
überaus ähnlich, Leila kann sich auch
seiner Wirkung nicht mehr entziehen.
Ob sie will oder nicht, sie muss sich dem
Geheimnis aussetzen, das diesen Mann umgibt.
Mit einer rätselhaften Gestalt an seiner Seite
macht sie magische Erfahrungen,
bevor für sie das Wunder der echten Liebe
zum Greifen nahe liegt.